当她恋爱时

沈沧眉 著

江苏凤凰文艺出版社
JIANGSU PHOENIX LITERATURE AND ART PUBLISHING, LTD

图书在版编目（CIP）数据

当她恋爱时 / 沈沧眉著. -- 南京 : 江苏凤凰文艺出版社，2019.3
ISBN 978-7-5594-3135-6

Ⅰ. ①当… Ⅱ. ①沈… Ⅲ. ①长篇小说－中国－当代
Ⅳ. ①I247.5

中国版本图书馆CIP数据核字(2018)第295615号

书名	当她恋爱时

著者	沈沧眉
责任编辑	白涵 刘洲原
监制	邓理
策划编辑	付婷
封面设计	杨平
封面插画	viv1girl
内文设计	杨露
出版发行	凤凰出版传媒股份有限公司 江苏凤凰文艺出版社
出版社地址	南京市中央路165号，邮编：210009
出版社网址	http://www.jswenyi.com
印刷	北京盛通印刷股份有限公司
开本	710mm×1000mm 1/32
印张	11
字数	310千字
版次	2019年3月第1版
印次	2019年3月第1次印刷
标准书号	ISBN 978-7-5594-3135-6
定价	36.80元

如果你问，那场恋爱怎么了？
我必须承认，我真的记不起来，
然而我知道你企图说什么。
她的脸是什么样子我已不清楚，
我只知道：那天我吻了她。

Bertolt Brecht

目录

Contents

第一章

○ ● ○

变成凤凰之后的灰姑娘，
她的真实感受鲜为人知。

DEEP DIVING INTO THE PINK OCEAN

安悦生从来没有想过，有一天，风萍真的会离开他。

他回想风萍离开前他们的最后一次争吵，似乎也并不怎么激烈。起因是那天早晨他起得比较晚，她照例数落他不该沉迷网游，进卫生间洗漱时又批评他的卫生习惯。他最后一丝睡意也被唠叨没了，心里头恼火，便回敬了几句。

稍后，两人一起搭乘电梯下楼，风萍的脸色依旧很不好看，他心里一阵厌烦，便忍不住冷笑着说了一句："你这么委屈，不如分手算了。"

这本是气话，却不料风萍当即同意："我也是这个意思。"

他大吃一惊，瞪着她反倒说不出话来，她却连看也没有看他。

现在想来，她大概是那时就下定决心，决意要离开他了。

随后的几天，她也没提分手的事，只是表现得有些冷淡，丝毫没有要离开的迹象。他原以为她只是一贯地闹情绪，冷她两天，再去哄哄，也就好了。

没想到，她竟然会借着到外地出差的机会，一去无影踪，不回来了。

但这还不是最悲哀的。

最悲哀的是，他竟然不知道去哪里找她。

他们相识、相爱不过一年时间，却已经发生过很多次争吵。他觉得她脾气大、怪癖多，很不好伺候，虽然他自身也有一些毛病，但她也不至于这样一走了之，连声招呼也不打就凭空消失，简直太莫名其妙了！

他们相识以来，她对自己的家庭情况甚少提及，他只记得她有一个哥哥。

那时他刚刚开始创业，公事繁多琐碎，对她难免疏忽，许多信息如风过耳，并不曾上心。她没有什么朋友，和他同居之后，他便成了她的全部。

他觉得自己完全没有私人空间，喘不过气，加上她的脾气一向难测，他心里便有些后悔，觉得共同生活的决定太冲动了，欠考虑。

当然，她的相貌和气质是没得挑的。

绝对客观地说，他大学时代仰慕过的系花都不及她的十分之一。同理，她的脾气，系花也是望尘莫及的。带她出去应酬，当然是很有面子的事，但她对应酬深恶痛绝，实在推却不过去了，脸色也绝不会好看。

这样一来，她就连原本那一丁点儿的优点也失去了。

她离开之后，他象征性地找过她，去过她的公司，找过她的同事，可他们知之甚少。手机打过很多次，一直关机，音讯全无。

他担忧起来，很认真地找了一阵子，还到派出所报了案，但都一无所获，只能作罢，想着没准哪天她会自己出现。

但她一直没有出现。

直到三年后，他在一次出差国外的飞机上——这时的他已经今非昔比，成了智能思维的总裁。旅途枯燥，他翻着机上提供的一本杂志，看见了她和别人的订婚照。

那个男人竟是北辰集团的二公子，唐迦南。

安悦生捧着杂志看了又看，眼睛几乎贴到纸上，心里直怨那照片太小、像素太低，不能看真切。图片上的人容貌一如当年，美得近乎庸俗，装扮自然是极精美华贵的，和三年前的清寒已不可同日而语了。

他盯着杂志发呆，与其说是惊诧，不如说是恍惚，心里只觉得不可思议。

北辰集团的唐迦南，那是多少人搭云梯也够不着的，她是怎么做到的?

倘若他的记忆不曾出错的话，她确有两大突出点：一是相貌，二是脾气。唐迦南这样的公子哥儿，受用得了她的美色，难不成还能连她的脾气也一并受用了?

这篇报道的主角是唐迦南的父亲唐湛，顺便提了一句唐家二公子订婚的消息。

安悦生扔下杂志，端起空姐温柔奉上的红酒喝了一口，感觉分外苦涩。

近年来他混得风生水起，心胸跟三年前比自然是大大不同了，然而，终究还没有修到衣锦夜行的气度，偶尔在某个志得意满的瞬间，未尝没想过有一天两人重逢，届时……

往日，每当他想到这里，总不由得“嘿嘿”冷笑两声，不再想下去，思维空间里好大一片留白，言有尽而意无穷，是可以无穷想象的，可现在的状况是凭他怎么想象，也想不到的。

这一步异峰突起，实在让人出乎意料。

他忍不住再次拿起杂志，又重看了起来：相片上的唐迦南面皮白净，眉宇间隐有浮夸之气，全无其父的雍容儒雅之风。他看不上唐迦南，却不敢看不上唐迦南的父亲唐湛。男人看男人，相貌只占较少一部分，甚至是无足轻重的，最紧要的是权势地位，整个亚洲只出了一个唐湛，而唐湛的儿子却有五个。

不过，即便是作为这五分之一的唐迦南，也够安悦生奋斗好几辈子了。人生真是不公平，倘若站在同一起跑线上，自己未必会输。

他心里愤愤不平，忽然看到杂志上的一句英文，译作中文便是：性格决定命运。安悦生不由得嗤之以鼻：狗屁的“性格决定命运”，假设他和唐迦南有着同一种性格，他们的命运会相同吗？显然不会！性格或许决定命运，但必须有一定的前提条件。

这世上的许多事情都是有条件的。

不知道风萍与唐迦南之间是否也存在某些不为人知的秘密条件？否则像她这种除了美貌之外一无可取的女人，唐迦南怎么吃得消呢？

他也不知是出于什么缘故，竟一再地为唐迦南担忧。

回城之后，他才发现各类社交传媒都在讨论唐二公子订婚的消息，内容无一例外地围绕女方的身份背景展开，各种猜测不胜枚举，向来都是媒体关注焦点的唐迦南这一回坐足了冷板凳。

一时间，风萍成了“灰姑娘”的代名词。

她自己倒不以为然，对着网络上的新闻看得津津有味。

麻雀变凤凰的故事永远受欢迎，它把公众缥缈的幻想变成了活生生的现实，鼓舞一代又一代的女孩前仆后继。但是，变成凤凰之后的灰姑娘，她的真实感受鲜为人知。在外人看来，风萍是再风光不过的，实际上她的处境甚为尴尬。

因为她和唐迦南订婚一事并没有得到唐家人的支持。

唐迦南一贯叛逆，做事每每出人意料，成年以来一直绯闻不断，突然说要订婚，家人哪里肯信？再一盘问，他连女方的家世背景都语焉不详，更加认定订婚是一出闹剧，正待细细劝说他回心转意，谁知他一转身就把事情高调办了。

如此一来，就把风萍推到了唐家的对立面。他们虽然也责怪唐迦南的不懂事，鬼迷心窍，但更气的还是风萍这个狐狸精，贪慕虚荣的坏女人。

唐家虽然对唐迦南和风萍订婚十分不满，面对媒体总还是要保持风度，出色的说辞令风萍钦佩不已。她关掉网页，到客厅里去喝茶，茶几上放着一张报纸，醒目头条依然是她订婚的消息，不知道撰稿者从哪儿得到的消息，称她曾是一名模特儿，和唐迦南相识于设计师易尔阳的服装秀，并迅速擦出爱情火花。

到目前为止，这是唯一含有些许实情的报道。

她确实参加过易尔阳的服装秀，但不是作为模特，爱情火花更是无稽之谈，当晚他们只交谈过短短几句话。

第一句是："小姐，前排为何没有我的座位？"

她头也不抬，简洁有力地回复他："那就到后排去找。"

他加重语气："我是唐迦南。"

她依然没有看他，翻开手里的文件夹，看了一下排位表："哦，唐迦南，易先生给你留了特别的位置，在后台。"

他皱眉表示不解："为什么？"

她合起文件夹，终于抬头看他："因为后台是模特换衣服的地方。易先生说，你真正想看的并不是模特身上的衣服。"

说完这句话，她就转身走了，留下满面尴尬的唐迦南哭笑不得，咬牙切齿地到后台去找易尔阳算账。

他们第二次遇见是在飞机上。

易尔阳结束时装展返回，随行共有五人，唯独她有幸坐头等舱。同排坐着的正是唐迦南。他和易尔阳寒暄过后，欠身向她微微一笑："这位小姐怎么称呼？"

她坐直身体，尚未答话，易尔阳便抢先道："阿南，我劝你不要打她的主意。"

这是什么鬼话？唐迦南对他怒目而视："尔阳，君子不失口于人。"

易尔阳"扑哧"一笑，抬手为他介绍："风萍小姐，风和日丽的风，浮萍的萍。唐迦南，你应该知道的吧？”

最后这句话是对风萍说的，疑问式语气。

唐迦南听了心里就有些不痛快。

拜托！有几个女人不知道唐迦南的？！

好在风萍没有让他失望。

“当然知道。”她微笑着翻开一本杂志，指着扉页人物，对易尔阳笑道，“杂志上登着照片呢！影后夏瑶的男朋友，难怪我刚刚觉得有些面熟……”

唐迦南无语了。

难道他还需要依靠夏瑶来提升知名度吗？

却听她又道：“不知道唐先生演过些什么片子？”

唐迦南的一张脸彻底黑了。

她一定是故意的。

易尔阳忍不住暗笑，握拳堵在嘴上连连干咳，差点儿憋出内伤。

偏偏她还面带歉意地补充一句：“抱歉，我不怎么关注国内的娱乐界。”

狗屁！不关注娱乐界为什么要买娱乐杂志！

唐迦南决定给予回击。

他调整一下坐姿，含笑道：“俗话说时尚娱乐不分家，风小姐身为时尚界人士，不关注娱乐界，关注什么呢？”

“我关注环保和健康。”

还敢睁眼说瞎话，真可恶！平白浪费一张漂亮脸蛋。

唐迦南心里冷笑，看着她手里的杂志问道：“这本杂志，想必风小姐还没有读过吧？”

“看过图片，有价值的信息极少。”

唐迦南微微一笑，道：“夏瑶身上的这件礼服出自Jennifer之手，价值一百三十余万。”这笔钱正是从他的信用卡里划出去的。

风萍也笑了："这条裙子不过是Jennifer的三流作品，算不上什么有价值的信息。"

此言一出，唐迦南的脸色终于变了。

一直在幸灾乐祸的易尔阳看到他的表情，内心更乐了，十分期待他发飙。

风萍话锋一转，又道："不过……请恕我直言，夏瑶小姐目前还不具备一个国际巨星的风范，配这条裙子倒是刚刚好。"

唐迦南再也说不出话来了。

三流的裙子，配夏瑶倒是刚刚好，就是说夏瑶也是三流货色？再往深里追究，岂不就等于说他唐迦南也就是个三流货色？

奇耻大辱，简直是奇耻大辱啊！

等到飞机着陆，大家纷纷起身，准备步出机舱，唐迦南抢先一步上前对风萍道："风小姐，如果你想引起我注意的话，那么我可以告诉你，你成功了。"

风萍在飞机上睡得迷迷糊糊的，乍听到这句话还有些回不过神。

易尔阳已经在身后哈哈大笑起来："阿南，冷静！冲动是魔鬼啊！"

唐迦南怒瞪他一眼，然后戴上超酷墨镜，大步流星地走了。

打那之后，他一有空就往易尔阳工作室跑，伺机一雪前耻。

工作室里的人就犹如打了一剂兴奋剂，人人精神抖擞，容光焕发，笑靥如花，不论男女老少已婚未婚的全都变得漂亮了、温柔了，甚至是摄影师大刘同志也忙里偷闲地对镜补妆，用他的说法就是，万一唐迦南也好这一口呢？

唐迦南来过三四趟，花枝招展的红男绿女见过不少，正主儿却一直没露面。他在多次旁敲侧击无果的情况下，不得不跟易尔阳打开天窗说亮话了。

易尔阳呢，因为他老人家隔三岔五地大驾光临，导致工作室的效率暴跌而气得跳脚，指着他大骂道：“快滚！下次谁再敢放你进来，我就让她滚蛋。”

唐迦南一脸笑嘻嘻：“告诉我风萍的住址和电话，我就立刻滚蛋。”

易尔阳一口回绝：“不知道。”

唐迦南一把坐在易尔阳的办公桌上，跷着二郎腿晃，对易尔阳嗤之以鼻：“你这鬼话谁能相信呢？她是你的员工，你却不知道她的电话，难道你这里是茶馆、酒楼，想来就来，想走就走，不用填个简历，做个登记什么的？”

易尔阳仰天长叹：“她只是兼职，我管那么多干什么？”

唐迦南一脸惊骇：“尔阳！你竟然让一个兼职员工跟你一起坐头等舱，你什么时候变得这么慷慨了？”

易尔阳快要哭了，哀号道：“我说迦南公子，您总不至于因为她没有及时认出您尊贵无匹的身份，就要对一介孤弱女子施以辣手摧花、始乱终弃……”

“去你的！”唐迦南笑着在他肩上打了一拳，顺势端起桌上的咖啡来喝，又道，“说实话尔阳，你是不是喜欢她，所以才……”

“天地良心！”他话没说完，易尔阳便发出一声长啸，“我要是存这个心叫我终生阳痿。”

唐迦南的一口咖啡全喷了出来。

易尔阳大惊失色，赶紧手忙脚乱地抢救他的设计图纸，然后将擦拭过后的纸巾揉成一团，直接丢向唐迦南的脑门，怒吼道：“滚出去！！”

唐迦南笑着躲过，好半天才控制住面部神经，道：“尔阳，我问你，一个混迹时尚圈的女人，居然不知道唐迦南是谁？你觉得可信吗？”

易尔阳撇撇嘴，无话可说。

唐迦南冷笑："还敢声称不关心娱乐界，真是可笑。她根本就是故意要引起我的注意，居心叵测……"

"那您又何必自投罗网呢？"

"不入虎穴，焉得虎子？"

易尔阳嗤笑一声："你最近是不是太闲了？"

唐迦南也笑起来，嬉皮笑脸地缠着他："是啊是啊，你就满足我一次吧！大家兄弟一场，我可从来没有求过你什么事啊，就这一次，你就给我吧……"

他挤到易尔阳的椅子里，揽着他的肩膀，死乞白赖地要地址，完全没注意到易尔阳的助理缇娜恰好站在门口。她瞠目结舌地看着眼前的两人，一个玉树临风，一个清秀挺拔；一个飘逸，一个沉静，交颈依偎在办公桌后的软椅里，那副亲昵神态，看得她一双眼珠子差点儿掉出来。

三分钟后，有关他们的流言就传遍了整个工作室。

室内，易尔阳禁不住他的软磨硬泡，终于投降了，写了一个地址交给他，然后黯然长叹道："又一棵娇嫩幼苗要遭殃了。"

唐迦南地址拿到手，立刻露出狼人本质，发挥其出色的过河拆桥的本领，将易尔阳奋力扑倒在书桌上……

办公室外的众妹妹们听到里面叫声不绝，不由得面面相觑，冷汗涔涔。

唐迦南发泄完毕，心情舒畅，慢条斯理地整理一下衣装，伸手拨两下发型，哼道："差一点儿就被你给骗了。"

易尔阳仰面伸出一根颤抖的手指，凄然哭诉道："唐迦南，你这个玩弄女性的恶魔，愿从今时今日起，就是你噩运的开始。"

唐迦南满脸得意，大笑了好几声，方拉门而出。

办公区的众员工眼见他满面春色地出来，肤色微红，眼带桃花的样子，都不由得一阵恶寒。只有摄影师大刘姿态妖娆地斜倚在办公桌上，目送他的背影，无限哀怨地来一句："只要他好这一口，人家还是有希望的……”

唐迦南去找风萍，一个月里去了两次，都没有见到人。

第三次去的时候耐心已经到极限了，他总不至于真的这么无聊，再则他毕竟算个公众人物，万一不小心被人发觉，把这事传出去岂不是给她长脸了。自己得不偿失了。

但这一次他的运气不错，虽然按门铃没人理睬，但是房内隐约有声音，应该是在家的。

于是他抡起拳头，“砰砰砰”地开始捶门，捶了十几下，硬是没人来应门，反倒把邻居家的大婶惊动了。

大婶探头一看，身高一米八五的男人，戴墨镜，着黑色西装，气势凌人，酷似电视里的黑社会，吓得赶紧缩了回去。

唐迦南一个箭步蹿过去，伸脚抵住门：“大婶等等！”

大婶脸色发白，下意识地捏紧自己的睡衣领口：“你想干……干什么？”

唐迦南被她的动作惊到了，连忙退后半步，咧嘴露出一口白牙，道：“大婶，跟您打听个事儿，隔壁的风小姐平常几点回来？”

大婶惊魂稍定，道：“原先住的是一对夫妻，后来他们把这房给卖了，现在的房主，我们都没见过。”

“不可能吧？”

唐迦南难以置信，看了看地址，没错啊。

“大婶你确定吗？这里没有住过一个女孩，大约一米七，长头发，二十出头，很漂亮，基本上见过一次就很难忘记。”

“见过一次就很难忘记？嘿嘿，那我肯定没见过。” 大婶冷笑两声，作势关门，“你到楼下的物业去问问。”

唐迦南百思不得其解，只能怀疑是易尔阳使坏，立刻拿出手机打电话过去严厉声讨他。易尔阳也被他吵得疑惑起来，特意找出员工资料，对着上面的娟秀笔迹念给他听："樱花街白马公寓3幢301室。宅电：无。移动电话：无。E-mail：无。"结果念得他自己也疑惑起来，"她难道是古人？"

唐迦南之所以一直惦记着风萍，一是出于富家公子的共同毛病：吃饱撑的，闲着也是闲着。二则，当然是因为风萍足够漂亮。现在又有了第三，好奇心。

"你当初是从哪里找的她？"

"服装秀招募人手，她来应征。"

"什么来历？哪所学校？"

"没有什么来历，她自称帮家人做过衣服，能够胜任这项工作。"

"啧啧，你用人还真是不拘一格啊！"

易尔阳忽略他的讽刺，道："虽然她自己说从来没有接受过系统的专业学习，但是我非常希望她是专业人士。"

"她在说谎吗？"

"我希望她在说谎！"

"为什么？"

"如果她没有说谎，那么她就是一个服装方面的天才。"易尔阳长叹，发出深沉的感慨，"我现在唯有庆幸她还没钱经营自己的事业，否则国内的服装界怕就没有我易尔阳的立足之地了。"

电话那头的唐迦南一时没有说话，在估摸着他这话的真假。

"现在你知道我为什么不把她的联系方式告诉你了吧？'唐迦南'这三个字就是钱啊。"易尔阳的声音里带了一丝笑意，"你们俩要是联手了，我可就惨了。"

唐迦南叫起来："那你也同意她在飞机上的那些话是想泡我，对吧？对吧？"

易尔阳最见不得他的自恋，冷笑道："那倒未必，她没准真不知道你是哪根葱。"

唐迦南提醒他：“嫉妒会破坏你高雅的气质……”

“呸！”

“你既然看好她，为什么不把她留在工作室？害得我现在找不到人……”

易尔阳厉声斥道：“蠢货！她岂甘居人下？”

唐迦南哈哈大笑：“是被人拒绝了吧？哈哈……没关系，让我帮你报仇雪……”

他话没说完，易尔阳已经挂了电话。

随着公司新投资的项目启动，事情忽然就多了起来，唐迦南需要出席各种会议，日程安排得满满当当，竟一点儿闲暇时间也无。约莫过了有两个月，某天晚上，他与客人在时光酒店的顶楼吃饭，落座后习惯性地随意一瞥，就看见了风萍。

与她同桌的是一名年轻男子，衣着得体，俊雅贵气。隐约有几分面熟，唐迦南一时却想不起来。

遍寻不着的人忽然狭路相逢，唐迦南的新仇旧恨全都被勾起来了。新仇，自然是自己三次上门寻她未果，一直以来都是女人主动贴着他，他何曾如此积极地找过女人？旧恨则是她在飞机上装疯卖傻，这点儿微末演技也敢拿出来现，太侮辱人了。

她看上去比上次见面时要黑一点儿，剪短了长发，齐眉刘海，堪堪到眉尖，是民国的学生头样式，现今甚为少见，配她那张脸倒也还凑合。

装嫩吗？唐迦南心里不屑，很纳闷与她一起的那个男人的身份。

在时光酒店的顶楼用餐，非富即贵，本市的圈子就这么一点儿大，没道理不认识啊？

他一个劲地盯着风萍看，他的客人——天曜科技的刘总见状也忍不住回头去看。这一看倒认出了那男子：“咦？那不是方君浩吗？”

经他这么一说，唐迦南想起来了。

方君浩，时光酒店就是他家的，全球数一数二的高级连锁酒店。据闻方家小女儿君怡是个大美人，唐家有个兄弟与她同在英国求学，故而略有所闻。

那一边，不知两人说了什么，方君浩忽然仰头笑出声来。风萍握着酒杯，嘴角笑意浅浅，倒显得格外矜贵。

唐迦南几乎怀疑自己眼花了，两个月不见人影，想来是去礼仪班进修了？

刘总眼见唐迦南一直心不在焉，讲话完全不在状态，两眼不时往那一桌瞟，心里不由得叹息：都说唐二公子是个花花大少，看来真是一点儿不假。那女的确实姿色过人，但他也不至于当着人就一副魂不守舍的模样。

他心里这样想，脸上却笑得春风和煦，极为善解人意地说道：“唐总要是认识他们，不妨过去打个招呼？”

唐迦南没有说话，做沉吟状。

恰在此刻，方君浩忽然拿着手机站起身来，对风萍点一下头，走到旁边去接听电话。

他刚一离席，风萍便侧头向唐迦南这边看了过来，似笑非笑。

果然是水性杨花。

唐迦南在心里冷笑一声，站起来抛下餐巾道：“那么就请刘总你稍坐一会儿，我去打个招呼。”

他大步走到她的餐桌前，还没开口，风萍倒先一步说话了。

“好久不见了，唐先生。”

她坐在椅子上，微微抬起头对他微笑，一张面庞光洁柔润，星眸熠熠地仰望他。唐迦南顿觉一股艳光袭人，原先要说的话就忘得差不多了，顺口接道：“是啊，风小姐近来可好？”

“老样子。”风萍微笑着说，作势请他坐下。

唐迦南拉开椅子坐到对面，开门见山地说：“听说你离开了尔阳的工作室，不知如今在哪里高就啊？”

“待业。”

“还在读书？”

“没有。”

“那是刚刚毕业？”

“不是。”

她始终面带微笑，但这般言简意赅，唐迦南就不再追问了，心里也隐约明白了几分。像她这样的女孩子，他也认识不少，不用工作，倒也不愁吃喝，每日装扮得光彩照人，自有名车来接。否则她凭什么坐在本市最高级的酒店用餐呢？光他们点的这桌菜的花费便足够支付一个普通白领的两个月薪水了。

唐迦南将目光从菜式移到风萍的脸上。

她正含笑看着他，唇边挂一抹淡淡的笑意，五官端丽到无可挑剔，近看之下竟是粉黛未施，肤色柔润纯净，无一丝瑕疵，真正当得起“天生丽质”一词。

在他认识的女孩当中，不化妆的绝无仅有。

这让唐迦南不得不心生感慨：生得这样美，便是让她利用了又有何妨？

他掏出皮夹里的一张名片，递了过去：“我的名片。”

风萍接过来一看，上面只印了名字和一串数字，外加一个北辰集团的徽标，很典型的名人式名片，当下微笑着客气一句，便收入随身携带的包里。

唐迦南略等片刻，见她丝毫没有交换联系方式的意识，忍不住提醒她：“不知风小姐的……”

他一语未毕，方君浩就回来了，脸色看上去极为古怪。他看了看唐迦南，又看了看风萍，然后将目光锁定在唐迦南的脸上，惊讶地问道：“你们认识？”

唐迦南不说话，只是抬头对他微微一笑，算是做了回答。

“君浩，你还记得我家的电话号码吗？”

“你家？”方君浩挑起一边眉毛，表示不解。

“我住的地方。”风萍加强语气。

“当然记得！”方君浩会过意来，但依旧很疑惑。

“麻烦你把它写给唐先生好吗？你知道的，我总是记不住家里的电话号码。”

唐迦南误会了他们的关系，听到这句话，顿时就愣住了。

她居然让方君浩把自己家的电话写给他，这也太明目张胆了啊！虽然他确实对她存了点心思，却也没有无耻到当面挖墙脚还脸不红、心不跳的地步！这个女人还真是什么事都干得出来啊。

果然，方君浩听了这句话，立刻转头看着他，目光灼灼。

他只得回以一个优雅的微笑：“麻烦你了。”

既然她都不在乎，那他也没必要表现得太心虚，无论她和方君浩是什么关系，先把电话号码拿到手再说。

方君浩从怀里掏出一支钢笔，拿起桌上的餐巾纸，飞快写了一串号码，以一种严肃，又带几分迷惑的表情，不情不愿地将纸巾递给了他。

唐迦南接过来，起身：“那我就不打扰两位用餐了，风小姐，我们再联系了。”

风萍巧笑嫣然：“好的。”

当晚，天曜科技的刘总独自驾车回家，想起晚餐时的情景，越想越觉得好笑。

前半个小时，唐迦南一直伸长脖颈对方君浩的位置行注目礼，后半个小时则是方君浩频频回头看唐迦南。这两位青年都是本市至尊级的钻石王老五，若是当晚的那位女士姿色平平，他恐怕忍不住要想歪了：俗话说红颜祸水，当真是一点儿不假啊。

唐迦南原本极笃定风萍想泡他，自打遇到方君浩之后，他就不那么笃定了，反倒觉得她奇货可居起来。人太贱，非得有人竞争的东西才觉得是好的。

他不知道风萍与方君浩进展到什么地步，但肯定关系匪浅，至少方君浩知道她家的电话号码，这一点就比他强。话说回来，她也真神通广大，方君浩常年在欧洲，帮他老爹打理那边酒店的生意，刚回来没多久，怎么就和她勾搭上了？

转念又一想：对了，进入时尚圈倒是可以认识许多名人，难怪她要到尔阳的工作室兼职了。那可是若干女孩挤破脑袋都想进去的地方，但她怎么又舍得离开了呢？

想不通啊想不通。

唐迦南自个儿胡思乱想地瞎琢磨，时间一下子就到了周末。

他下班回到家里，六点半，酝酿一会儿拿出手机，翻到风萍的宅电，就拨了过去。

等待对方接听的间隙，他破天荒地听到自己“咚咚咚”的心跳声，顿时感觉面颊发烫。

太丢人了，第一次谈恋爱也没有这样紧张。

遗憾的是，电话无人接听！

他不甘心，陆续拨了三次，依旧无人应答。

这一下郁闷得不行，到吧台倒了杯酒喝了，在宽大的沙发里枯坐一会儿，拿起电话转拨给夏瑶。夏瑶正在片场拍戏，听出他心情不好，立刻表示要请假赶来陪他。

唐迦南只是要确定自己那与生俱来的优越感，并不是真的需要陪伴，所以淡淡地谢绝了。转而拨给吴念真和余曼文，她们俩的语气都同样充满了惊喜，态度温柔，即便余曼文哀怨地发了几句嗲，娇滴滴地抱怨了两句，那也都是爱的表现。

看看吧，有无数女人随时随地等待着他的召唤，唯独那个该死的风萍，居然连电话都不接！人不在家，难道就不会把宅电转移到手机上去？总不会连手机也没有吧？

简直不可思议！

唐迦南郁闷之下进浴室泡了一个澡，就睡觉去了。

翌日，醒来一看时间，六点一刻，倒是极难得的早醒。

他躺在床上思忖片刻，拿起床头柜上的手机拨了那串已经熟记于心的号码。

这一回刚一拨通，便有人前来接听，一个极清朗明快的声音，简短地问道："哪位？"

唐迦南原本没指望能接通，更加没指望能这么快接通，连忙从床上坐起身来，嗓音暗哑地问道："风萍小姐？"

她轻笑一声："是我，唐先生。"

唐迦南一阵尴尬，又有些好奇："呃，你怎么知道是我？"

"知道我电话号码的人不多，我用的是排除法？"

"……"唐迦南见她答得轻松俏皮，更尴尬了，"没想到你这么早就醒了？"

她的笑声更响了："我要是不这么早醒，唐先生跟谁讲话呢？"

唐迦南连声咳嗽，感觉刚刚睡醒的大脑运转太慢，只好单刀直入："我昨晚打电话给你，你不在家……"

"抱歉，我昨天回来得晚。"

"今天有什么安排吗？我想请你吃饭。"

"我恐怕要到明晚八点以后才有时间……"

唐迦南连忙道："那就明晚八点吧，我去接你。"

风萍一阵沉默。

唐迦南的心突突地跳。

短暂的沉默之后，风萍说话了，语气略有踌躇。

"唐先生，请恕我直言，我的时间是很宝贵的。"

唐迦南一手握着电话，另一手在脑袋上轻敲两下，难道真的没睡醒吗？怎么都听不懂她在讲什么？

“我不太明白你的意思？”

“我的意思是，请我吃饭是要付我钱的。”

此言一出，唐迦南差点儿晕厥在床上，完全不敢相信。

这也太直接了！

她能把这句话说得口齿清楚、落落大方，丝毫没有扭捏作态，唐迦南佩服得五体投地。他见过不少功利性很强的女孩子，但她们大多还懂得用感情来遮掩粉饰一下，唯独她把这件事表达得如此赤裸，如此坦荡。他对她的钦佩之情当真有如滔滔江水……

“吓着你了吗？唐先生？”

“没，没有。”唐迦南脑子飞速转动，“我是在想，你是怎么收费的呢？”

他说完就想掐死自己。天啊！这种话他是怎么说出口的，就算她可以把自己当××，难道他也能把自己当××？

她的声音格外动人：“时薪四百美金，童叟无欺。”

唐迦南再一次惊诧了，为她后面的那句“童叟无欺”，难道是在暗示她的市场广阔吗？

“如果长期消费的话，可以打折吗？”他终于找回一点儿神志，恶意调谑起来。

她回答得十分严肃：“此事并不存在长期消费的可行性，我的时间很有限。”

唐迦南故作惊叹语调：“我很好奇，风小姐的时间是如何安排的呢？”

风萍轻轻笑道：“这么说吧，唐先生，当我想要出去消遣一下的话，会有专门人员去安排筹备，而当我想要安静独处，不被打扰，他们就会自动消失，直到我再次需要他们。”她说到这里略微停顿一下，然后才道，“所以，唐先生，如果你想要约我，除了要准备好每小时四百美元的薪水，还必须等我安排时间。”

唐迦南一口气差点儿没上来。

这个女人实在太嚣张！

风萍静候片刻，没得到回复，用一种略带揶揄的语气，轻柔地问道：“那么唐先生，明晚八点你……”

她话没说完，只听“啪”的一声，电话被挂断了。

风萍握着话筒，静默三秒，然后轻轻扣上电话。

一丝诡异狡诈的笑意自她的嘴角爬起，一路延伸至眼角眉梢，最后她忍不住倒在床上哈哈大笑起来。

两分钟后，电话铃声又尖锐地响了起来。

她刚拿起电话，就听见唐迦南咬牙切齿的近乎变调的声音：“明晚八点，我来接你。”

然后，电话“啪”的一声又挂上了。

风萍再次倒回床上大笑不止。

十分钟后，电话第三次响了起来。

她随手按下免提键，一个完美的男中音，无比恭敬地说道：“小姐，您的游艇已经准备好了，开往港口的车已经等在您的楼下了。”

第二章

青春是无法挽留的，时光迟早会把它带走，
任何努力都徒劳无功。

翌日晚上七点半，唐迦南沐浴换装完毕，驱车前往樱花街赴佳人之约。

樱花街上有相当著名的服装批发市场，价廉物美、品种繁多，产品销往周边数十个城市，本市市民也都喜欢在这里消费。风萍所住的公寓便位于樱花街的尾巴上，距离市中心算是比较远的，那一带的房子都是早期开发的，有些老旧。

按照她时薪四百美金的收入，完全可以住更好一点儿的地方。

唐迦南一想起“时薪”这二字心里就五味杂陈，一方面觉得她无耻，一方面又觉得她无耻得坦率，倒也不失可爱。

晚上的路况稍微有点儿堵，八点过十分，他才到达，隔着车窗就看见风萍站在公寓旁，穿一件白色风衣，身材有点儿出乎意料的挺拔，看上去身姿隽秀，丰神如玉。

他忍不住在心里喝了一声彩。就凭这气质，这相貌，这身材，无论是做哪一行，都绝对是前途坦荡、一片光明，何苦走这条路？

唐迦南的车子到了风萍跟前，按下车窗，跟风萍打了声招呼。

风萍向他的车子方向走了两步，似笑非笑地看着他："唐先生，你迟到了十二分钟，就等于损失了八十美金。"

唐迦南咧嘴一笑，朝她一偏头作势："上车。"

竟是一副极熟稔的态度，命令式语气。

风萍微微一怔，脸上随即浮起一丝微笑。

原以为他会一直拿腔作势地扮演绅士呢，明明已经气急败坏，却仍要勉强保持风度，看起来固然是有教养，可哪有直抒胸臆来得痛快呢！

她微笑着从车头绕了过来，唐迦南俯身过来替她打开车门，风萍抬腿坐进去，道："唐先生……"

唐迦南立刻打断道："太见外了，叫我迦南吧。"

风萍闻言侧过头来，正对上他湛然双瞳，心里微微一动：敢情准备抛弃高高在上的王子做派，改走温情脉脉的亲情路线了？

"风小姐，你住在这里，怎么你的邻居都不知道呢？"唐迦南一边开车一边问她。

风萍扬眉反问："你怎知我的邻居不知道？"

唐迦南一时被她抓住破绽，不由得略有些尴尬，坦白道："我来找过你。"

风萍脸上带笑，淡淡道："什么时候？"

唐迦南语焉不详道："呃，前一阵子……"

风萍偏头想了想，一本正经地说："大概是因为我平时太低调了吧。看来我得常请邻居们喝喝茶……"

闻言，唐迦南的内心一片静默。

低调？这两个字怎么看都应该由他来说才对吧，怎么被她抢了台词？

他忍不住干笑道："风小姐你可真幽默。"

风萍笑了笑，眼看他的车子上了高架，问道：“我们这是要去哪里？”

“辰阳山庄。”

辰阳山庄是位于市区南郊辰阳湖畔的度假胜地，以风景清丽幽绝而闻名。吃顿饭而已，他竟不惜驱车几十里地，恐怕不是注重她，而是看中了这地方的私密性。

风萍无声地笑了笑，伸手按住腹部，语气略带夸张地说：“就算我的胃没有意见，我也怕自己会在饭桌上睡着……”

唐迦南笑起来：“没那么夸张吧，你这两天干什么去了，搞得这么累？”

风萍轻描淡写地说：“也没干什么，不过是参加了一个聚会。”

像她这样的女孩子，聚会想必是非常多的，难怪要按时薪收费了。

唐迦南心里有点不是滋味，深究下去就是自找不痛快了，于是把话题岔开：“尔阳跟我盛赞你在服装方面的天赋，你有没有考虑过经营服装行业？”

风萍一笑，“爱好而已，真去经营的话就会少了很多乐趣，太烦了。”

唐迦南听她这轻描淡写的语气，无言以对。他主动提起这一茬儿，原是希望她能说出缺乏资金之类的话，这样他才好说出下面的台词，比如他可以略加资助啊，如果她有兴趣，那么就可以进行更深入地交流了，反正他有的是钱。再说了，倘若尔阳没有错估了她，那么这份投资可是稳赚不赔的啊。结果呢，她居然嫌烦。

这个借口真的太有创意了！！

不过他仍不死心，静默片刻，轻笑一声，说：“浪费天赋是不道德的。”

风萍不以为然，半闭着眼睛靠在座位上轻声道：“对于我来说，不浪费才是不道德的。”

再一次，唐迦南不知道这话要怎么接下去，仔细回味一下，这话还有一些玄妙的意味，便请教一句：“这话怎么说？”

“因为我本身已经被赐予了很多得天独厚的东西，还要发挥天赋，和大家去争夺市场，对他们来说未免太残忍了……”

唐迦南忍住想笑的冲动，问道：“你都被赐予了哪些得天独厚的东西？”

风萍转过头来，看向他嫣然一笑：“比如美貌……”

唐迦南认真地看她一眼，无法否认，忍不住笑了：“果然得天独厚！！”

风萍一笑，转过头去，她似乎真的累了，并不掩饰自己的倦容，丝毫不考虑自己是拿着“时薪”的工作状态。

唐迦南听了她一晚上的“狂言”，倒也不介意，笑道：“还有几分钟就到了……”

说着打开车上的收音机为她提神。

电台主持人在讲最新的影视资讯，紧接着就说到了一则社交媒体上的热点，主角竟是唐迦南的父亲唐湛，女主持称有人偶遇他携女助理用餐，神情亲密。然后又把他们年前在日本的事情回放，最后很八卦地预测女助理嫁入豪门的希望值，照例要提到唐湛的风流不羁，表明女助理尚需努力。这或许是出于女主持的嫉妒心理也未可知，毕竟唐湛的魅力无人可挡，三十年来长盛不衰。

唐湛早年丧父，十九岁便继承家业，被称为当时最年轻的董事局主席。彼时，北辰内部颇有动荡，某些元老蠢蠢欲动，不过三五年时间便被他逐一收服，可谓是少年英才。

他的婚姻是商业联姻的结果，为了稳固在公司的地位，早早便娶了电子产业大亨宋渐的女儿。宋氏年长他三岁，但体弱多病，婚后八年便因抑郁症去世，育有二子，长子皓云，次子迦南。唐湛至今未娶，但二十年来绯闻从未中断，还有三名私生子在英国。唐老太太曾表示要认回孙子，却一直不见下文。

唐迦南听到这则新闻，脸上表情尚未有变化，但眼神却已经黯淡下来，漆黑瞳仁不由自主地收缩了一下。风萍立刻觉察出气场不对了，但谨慎地保持了沉默。

唐迦南换了一个频道，还是八卦新闻，这一回的主角则是他本人，绯闻对象则是影后夏瑶，炒作的却是她的新戏。他一听，忙又换台，风萍忍不住嗤笑了一声。

唐迦南以往从不避讳这个，现在却有些讪讪的，颇为尴尬。

说起来，他不过是和夏瑶吃过几顿饭，外面就捕风捉影，一通误读。被问及两人的关系，她的经纪人回应得颇为含糊，致使舆论沸沸扬扬，连那件礼服也拿出来说事，拜托！他对哪个女人吝啬过？不过，能够在个人艳史上增添一笔，对大多数男性来说都是一件值得骄傲的事，他也乐得顺水推舟。不过，像眼下这种情况——和一个美女同车，收听自己和另一个美女的绯闻，还是要尽量避免的。

于是，他故意板着脸，语带斥责之意："这些记者真是越来越不像话了，唯恐天下不乱，芝麻大点儿的事也能渲染得风风雨雨的，整天胡说八道……"

风萍微笑着接了一句："你也知道这些记者是胡说八道啊。"

唐迦南就不说话了。

风萍点到即止，她可没有心情去操心别人的家事。

车厢里再一次陷入沉默。

过了片刻，唐迦南又活泼起来，笑问："风小姐是哪里人？"

"武鸣。"

"来本市多久了？"

"半年多。"

"还习惯吗？"

"我就算是到了难民营，也一样习惯的。"风萍笑笑，停顿一下又补充道，“我四年前来过，如今算是旧地重游……”

唐迦南有些好奇：“哦？当初为什么离开呢？”

风萍笑起来：“这里面有好几个版本，如堕落天使版，寻爱未遇版，热血青春版，你想听哪一个呢？”

唐迦南哈哈一笑：“风小姐你真幽默。”

风萍语气淡淡道：“你可真没创意，我赞美别人一个词从来不用两遍。”

唐迦南的笑声更大了：“这句话很耳熟，我姑姑是一件衣服从来不穿两次。”

风萍依旧淡淡道：“是吗？我以前也这样，后来觉得很浪费，好看的衣服多穿几次也未尝不可。”

唐迦南一时没有说话，却忍不住侧头瞥了她一眼。

她倚在座位上，头微微偏向窗口，侧脸线条如画，鼻梁格外秀逸。这种话她也敢说，还脸不红心不跳，语气都不带一点儿心虚的，他几乎要为她的气度折服了。他想了想，实话实说：“风小姐，你是一个很难懂的人。”

风萍转过头来看他：“怎么说？”

唐迦南摇摇头：“不知道，就是一种直觉。”

风萍觉得好笑，故意道：“那你可要提高警惕了，这不是一个好现象。”

唐迦南倒是明白她的意思，摇头道：“不不，我以往看见漂亮的女人，也愿意多看几眼，和她们多多亲近的。可是，我看她们都看得比较明白，唯独你我看不明白。你对我完全没有兴趣，对吗？”

他这句问得可是一点儿也不含蓄。风萍几乎要笑出声来，但终于还是忍住了，一本正经地说：“像你这样的男人，是无数女人的梦中情人，但她们也只能白日做梦地想一想，真正能够对你产生兴趣的，还是少部分能够接触到你的人，这种接近使她们敢于跨出幻想的第一步……”

"你属于哪一种呢？"唐迦南趁她停顿的机会，赶紧把话题拉回来，不能让她扯得太远。

"我？"风萍笑起来，近乎叹息地说道，"我属于不需要幻想的那一种人，基本上我想得到的东西差不多都能得到，除了爱情。"

唐迦南已经有些习惯她的"口出狂言"了。他怀疑她的价值观可能异于常人，不过，既然他厚着脸皮把问题抛了出来，若得不到明确的答复是很打击人的。

"你敷衍我……"唐迦南有些孩子气地抗议。

"这么说吧，迦南，"她第一次叫他的名字，有些不习惯，轻咳一声才继续道，"你家庭富裕、年轻有为、相貌堂堂，想要什么样的女孩子都可以得到，但如果要你挑一个人结婚的话，你挑得出来吗？"

"这个我没想过，估计难度不小。"

"所以说，你们这些人看起来好像选择很多，其实也很有限……"

"难道你都是抱着结婚的目的跟人交往的吗？"

风萍见他故意曲解自己的意思，又好气又好笑，"是啊，我是抱着结婚的目的和你吃这顿饭的，你可要小心点儿……"

不等她说完，唐迦南便笑起来："奇怪，我们怎么扯到这个问题上来了？"

风萍忍不住瞪他一眼，明明是他一个劲儿地纠缠着这个话题，还好意思反问她，好严重的健忘症啊。

两人一番闲话的工夫，辰阳山庄的璀璨招牌已然在望。

唐迦南将车驶入山庄为其专设的停车位，立刻便有服务人员迎上来伺候，一路引进去。席间若干废话略过不提，饭后，两人在山庄的风景区稍作消遣，也就回去了。

当然，唐迦南并没有真的支付美金，他是无论如何也做不出来这种事的，后来派人送来一枚价值不菲的胸针，风萍随手搁置，一笑置之。

接下来的两个月里，唐迦南的新闻特别多，内容都很荒唐，甚至有人指责唐湛太过放纵儿子。风萍起初还不知道，怎奈唐迦南的出镜率委实太高了，没法不知道。

某天，易尔阳忽然登门求助，在她家的客厅发现一堆报刊，他随手翻了翻，看到有好几份都提到了唐迦南，夸张地叫了起来："不是吧！风萍，你真的对阿南有意思啊？"

风萍正在泡茶，执一壶沸水悬壶高冲，随口笑道："如果你也每天登报的话，我便是对你有意思了。"

易尔阳粲然一笑："阿南到你这里绝讨不了便宜。"

风萍笑了笑，低头专心泡茶。

易尔阳趁机打量她的起居室，面积不大，但收拾得很洁净，布置也素雅，家具甚少，用料却是极高档的，说明她是一个注重品质的人……还有香气浓郁、汤色橙艳的热茶。

他接过风萍递过来的茶，放到鼻端闻了一闻，笑道："我原来觉得你挺神秘的……"

"现在呢？"

"现在更神秘了，不像普通人。"

风萍一本正经的表情，"你的感觉没错，其实我出身豪门世家——"

她话没说完，易尔阳已经笑了起来，"你真好玩！！"

风萍笑而不语，低头喝茶。

易尔阳一边喝茶，一边把自己求助的事情讲了。

原来下个月就是某著名基金一年一度的慈善晚宴，邀请了若干名人助阵，声势排场一年胜过一年，今年的主题是环保。易尔阳曾以环保为主题，在米兰做过一场极为成功的服装秀，深受好评，便成了名媛们的首选设计师。这回时间颇为紧迫，不得不请人帮忙。

风萍正好闲着，自然应允。

易尔阳道了谢，吃完杯里的茶，起身告辞。

“工作室一堆事情，我先回去了，明天……”

“明天我一定准时到。”风萍微笑。

易尔阳再次道谢离去。

第二天，风萍应约去易尔阳的工作室，看见他办公桌上有一份慈善晚宴的宣传资料，随手翻开来看了看，一长串的来宾名单看下来，认识的寥寥无几，明星里面倒还知道夏瑶和两三个歌手，名媛部分一眼看到“唐铭瑄”不由得奇怪：“没听说过唐湛还有女儿啊？”

易尔阳“扑哧”一笑：“她是阿南的表妹，他姑姑的女儿。”

“也姓唐？”

“她随母姓。唐大小姐早年丧父，年纪又小，做事难免有些随意……早年很多地摊杂志都会写她，前几年她移居国外，行事低调了不少。唐家人都不愿意提及此事，不过……”易尔阳忽然换了一副夸张语气，“你居然不知道唐铭瑄，你一定是外星人，而且是男外星人！”

一句话把风萍说得笑起来：“男外星人？”

易尔阳哀叹道：“只要稍微关注八卦的人都知道这件事，女人更不可能不知道。况且现在资讯这么发达。”

风萍抗议：“拜托！不看八卦难道是一种罪过？”

易尔阳笑道：“罪过谈不上，只是比较奇怪。我坚信八卦是女人的天性。”

风萍点头表示同意：“确实，我以前也爱八卦的，最近两年才转移了兴趣。”

“我好奇你以前感兴趣的八卦内容！”

“服装，美食，男人啊，平常女人八卦什么我就八卦什么……”她随口说着，将宣传册匆匆翻一遍，回过头重新去看那份名单：名媛周新竹排第一，另有吴念真、余曼文等人。因为唐迦南的缘故，她对余、吴二人也略有所知，余家搞娱乐，吴家经营餐饮，都是本城首屈一指的人物。

“这位周新竹……”

易尔阳听见这个名字就叹气：“特麻烦的一位主子，礼服要足够有创意、足够时尚、足够别出心裁，不过出手真是阔绰。”他笑嘻嘻地话锋一转，“有钱人家的千金小姐，开罪不起啊！”

风萍的嘴角忍不住上扬，放下宣传册，笑道：“好，干活吧。”

易尔阳将她领到自己的设计室，将自己的想法跟她沟通交流，为了扣住环保的主题，他别出心裁地使用一些拉环和瓶盖作为点缀元素，风萍听了点头称赞。这后面的一个礼拜，工作室全体员工加班自不必说，风萍也跟着他们熬了几个晚上，好好一个美女硬给熬成了黑眼圈熊猫。

易尔阳心里过意不去，眼看工作已经收尾，便让她回去休息。风萍也委实过于劳累，不客气地提着帆布大包回去了，却不是回家，而是叫车直奔时光酒店。那里有她的专属套房，可以让身心得到充分的休息。

她进入酒店，便直奔自己的专属电梯。那部电梯和贵宾部的电梯相邻，她迷迷糊糊，转弯处“砰”地撞上一个人。她精神不济，倒退两步，差点摔倒，还没等回过神来，便有人上前翘着兰花指呵斥她：“你瞎了！走路不带眼睛吗？你知道你撞的是谁吗？”口水差点喷到她的脸上。

风萍抬头看过去，撞到的是个男人——西装革履，一副墨镜不掩其俊朗轮廓。身后一个身材高挑，气质冷艳的墨镜女郎已经挽住他的胳膊询问：“弈，你没事吧？”

“没事，走吧！”

那斥责风萍的白嫩胖子用鼻腔对她重重地“哼”了一声：“走路小心点。”说完一扭腰，赶紧跟上那一男一女。

风萍自认倒霉，搭乘电梯上楼。酒店的客房经理已在专属套房门口垂手等候。她的第一句话就是：“去调一下电梯口的监控，让那个娘娘腔立刻滚蛋。”

当晚，歌星韩奕的经纪人任先生结束活动，回到下榻的时光酒店，得知自己已被扫地出门，并被列入酒店黑名单，终生不得入住该酒店。

酒店负责人对此的解释是：任先生人品太差，缺乏教养。

风萍一觉睡到第二天中午，直到管家前来唤醒她吃午饭。吃过午饭，如常去易尔阳的工作室，被助理告知，他正在陪周新竹小姐试礼服，她走向试衣室，刚一推门就看见橘红色的沙发上坐着一个人，正是昨日撞到的那名男子——近年来红遍华语歌坛的韩弈。

这一次他没有戴墨镜，抬起头用一双好看的丹凤眼看了她三秒，然后面无表情地重新盯着手里的杂志看。

风萍不知他有没有认出自己，也不多话，直接往里面走。人还没靠近，已经听到易尔阳那兼含无奈和疲惫的声音："周小姐，我已经尽力了，如果这样还不能令你满意……"

风萍适时推开门，室内的视线一瞬间聚集过来。易尔阳看到她，明显地舒了一口气，大步扑过来，在她耳边密语："你就是来解救我的上帝。"

风萍一看那位周小姐的表情，心想恐怕未必，笑着回以耳语道："不，不，顾客才是上帝。"

这位周新竹小姐正是她昨日遇到的那名冷艳女郎。她的目光很显然要比外面那位韩先生犀利。她冷冷地打量一下风萍，然后看着易尔阳，用一种非常高昂的语气问道："她是谁？"

在场除了风萍和易尔阳之外，还有两名负责试装的女助理，大家都是一阵发寒。易尔阳作为一个男人，对这种居高临下的语气近乎本能地反感，只当作没听见。女助理反应得快，赶紧出来打圆场："她是我们的兼职员工，叫风萍。"

周新竹冷冷地抽一下嘴角，放开手里的礼服，暂时把注意力移到风萍身上，抑扬顿挫地道："一个小小的员工，本事倒是不小。"

除了风萍，其他人都觉得有些莫名其妙。

周新竹看向易尔阳，冷冷一笑道："尔阳，你的这个员工本事很大啊！"

易尔阳已经隐约觉得两人有过节，但他一来不爽周新竹的挑剔态度，二来不满她的傲慢语气，虽然听出她话里的讽刺意味，却顺水推舟道：“嗯，风萍确实是个天才，将来必定会在时装界有所斩获。”

周新竹本来就有五分怒气，听了这话怒气不由得升到了七分。但一时却没有发作，她有些搞不清易尔阳这话的意思，脑子里先转了一圈，想不出有什么大人物是姓风的，但韩奕的经纪人忽然被驱逐，分明就是因为昨天那档子事。不过，就算她后面有人又能怎么样呢？她周新竹怕过谁啊？

这样一想，她的脸上不自觉带出一丝笑意。她不笑的时候给人感觉很冷艳，笑起来给人的感觉却更加冷艳，白齿红唇衬着冰冷眼神，叫人心里发寒。

“尔阳，韩弈的经纪人你知道吧？”

“知道啊。”

“他昨天被时光酒店列入了黑名单。”

“这是怎么回事？”易尔阳真的吃惊了。

“这个，就要问你的这位兼职员工了。”周新竹特意强调“兼职”二字，然后将冰冷的目光投向风萍。

风萍生平最讨厌的一种男人就是不尊重女士的男人。面对周新竹怒火中烧的目光和易尔阳的一脸好奇，她摊开手掌，颇有些无奈地说道：“这也没办法。那位先生素质太差，很没礼貌，公然对酒店的其他客人无礼。”

“其他客人？”周新竹眯起眼睛上下打量她，全身没有一件她叫得出牌子的衣服，她也能入住时光酒店？

“怎么？你也住在时光酒店吗？”

周新竹的个子颇高，还穿了一双高跟鞋，迫使风萍不得不仰起脸对她微笑，“我有时候会住那里，这有什么奇怪的吗？”

周新竹皱眉，她不喜欢风萍，却不能否认她的美貌。意识到这一点，她脑中忽然灵光一闪：难道她是……

如果真是这样的话，那就不足为奇了。

她不由得又多看了风萍两眼。

风萍明显感觉到她的眼神里带了一丝轻蔑，还没琢磨明白，就听她冷漠地说道：“没什么奇怪的。只是风小姐，大家既然在这个圈子里混，少不得要常打交道的，凡事别做得太绝了。”

这句话已经透出了浓浓的不友善的意味。易尔阳连忙支开风萍：“我正在等一份巴黎的传真，你帮我去看看传过来没有。”

风萍岂能不知他的意思，答应一声就要出去。周新竹还欲借题发挥，正巧韩弈进来了，问道：“还没好吗？”

周新竹在恋人跟前，只好不追究了，她身高一米七八，身材虽好，臀围却有些宽，这是她的一个小瑕疵，自己也知道，故而格外在意。此刻她正是嫌这件礼服衬得她屁股有点儿大了，实际上，这完全是她的心理作用。

易尔阳口干舌燥说了半天，也没能使她的注意力从自己的屁股上移开，而韩弈简简单单的两句话就做到了。他说：“这件礼服真的很有创意。新竹，你穿上它，在慈善晚宴上一定艳压群芳。”

周新竹有点儿怀疑：“你不觉得后面……有一点儿小问题吗？”

他认真看了一圈，说：“非常完美，我挑不出任何毛病。”

周新竹终于高兴起来，非常爽快地对易尔阳说：“好吧。那就不用修改了，后天晚上六点准时送到我家里来。”

易尔阳和那两名女助理都很想吐血。他们从专业角度出发，从材料到设计裁剪效果，给她解释了半天，她就是不买账。现在韩弈一句话就搞定了，难怪人家说恋爱中的女人智商等于零了。

送走了周大小姐，易尔阳立刻飞扑到柔软的沙发上，不到三分钟已经呼呼地梦周公去了。

风萍眼看没啥事，也回家去了。

到家一看，门上贴着一张纸条，上面写着：见字后请给我电话。

落款：迦南。

她打开门进去，随手将那个纸条扔进垃圾桶，放下包，脱掉外套，换鞋子，进卫生间洗脸，然后抹上面霜，进卧室。

她卧室的门窗材料是由国外运来的，隔音效果甚好。有时她想要暂时忘记外面的世界，只需关上门，断开网络就行。当一个人的物质得到全部满足之后，精神上总是特别空虚。有一段时间，她对一切都提不起兴趣，她读过很多专业，没有一科是念到毕业的，她不知道念这些有什么用。凡事都有专门的顾问团，每个人都是行业里最最顶尖的人才，她最应该做的事情就是大肆挥霍财富，然后静静等待死亡把她带走。事实上她也是这么做的，直到有一天，她遇到安悦生。

安悦生。她喜欢他的名字，安，悦，生，每一个字都充满了喜悦。多么美好的名字，那时候的她……

丁零……

突如其来的电话铃声吓了她一跳。

她起身看一眼来电显示，然后才接起来："怎么？"

对方深谙她言简意赅的作风，直接切入主题："西部来电询问您是否有空出席下个礼拜的学校落成典礼，另外他们坚持要以您的名字给学校命名。"

"不必了。"

"我已经代为拒绝。"

"很好。"

"请您下次做善事时不要冲动，我们有专门的慈善基金会。"

"是，是。"风萍笑了笑，"还有什么事吗？"

"近期有个古董拍卖会，里面有个明朝初期的瓷瓶，估价在三百万左右，您要是有闲情逸致的话，不妨去看看。"

"好的。"

风萍笑应一声，挂断电话，顺势躺到床上，不想动弹了。侧身看到床头镶嵌的镜子里自己的脸，黑眼圈依旧很明显，心里头一阵懊悔，真是何苦来着?

青春是无法挽留的，时光迟早会把它带走，任何努力都徒劳无功。要问这世上还有什么是她没有体验过的，大概就是和几位同事一起熬夜加班吧，这过程对她来说多少有种成就感和参与感。若是抛弃与生俱来的家世和背景，作为一个普通人，她能够赖以生存的也就剩这点手艺了吧，丝毫不比他人高明。

风萍叹息一声，闭上眼睛。

几年前，她处于敏感的萝莉时期，自寻烦恼地执着于“人生的意义”这类连哲学家也没办法给出标准答案的思考时，她的导师站在精神的高度鼓励她去体验生活，体验一种自给自足，自力更生的生活。炳辰则说：我们完全不需要这样做，我们生来就是注定享受的，世人不论是大谈民主自由，还是抨击富人的奢侈挥霍，他们的目的都只有一个，就是想要过上我们这样的生活。

炳辰很少对她这样长篇大论地讲话。他每日忙于花天酒地，和年轻漂亮的姑娘厮混，她只看到他放荡轻浮的一面，忽略他也是一名品学兼优的名校高才生，以至于后来的她用了很长一段时间去证明炳辰其实是对的。

她迷失在生命旅途中的某一段。

值得庆幸的是，这个错误犯得比较早，她还相当年轻，有足够的时间去修正，然后重新来过。不过，从另一方面来说，那段经历终究是不同的。

那是她生命中最初最纯的爱恋，故而也就显得格外难忘。比如这幢位于樱花街的白马公寓，比如初见安悦生的新月广场，比如楼下那辆路线烂熟于心的218路公交车……

有一回，她去谭记面馆还看见过他，西装革履的和一行人去了对面的餐厅。那餐厅装饰得十分气派，格调高雅。她当时只有一个感想：金钱或权势，男人终归还是要占一样的。男人的气度实在太需要这两样东西来打底了，不信你看安悦生……

第三章

这世上本来也不存在绝对正确的人。

DEEP DIVING INTO THE PINK OCEAN

风萍再一次被电话铃声叫醒时，天已经全黑了。

她一边拿起电话，一边开灯。

话筒里传来一个低沉的男中音：“我打扰到您了吗？亲爱的女王陛下。”

“君浩？”风萍夹着电话坐起身来，捋一下头发。

方君浩的声音听起来有些故意的克制：“我知道不应该为个人私事打扰您，可是……”

风萍打断他，微微蹙眉：“方君浩，你搞什么鬼？”

方君浩的声音愈加凝重：“陛下，臣在回禀很严肃的事情。”

风萍拿出撒手锏，懒洋洋地说：“如果我没记错的话，那一年带我们去翠明湖捉鱼，害我差点儿溺水的人是你吧！”

一提到这件事，方君浩就忍不住冒火，再也演不下去了，咬牙切齿道：“我怎么知道你会那么蠢，带了救生圈还能溺水。要不是因为你，我怎么会被老头子带走，学那该死的酒店管理，啊，翠明湖，我年少的梦……”

“酸死了。”

“我要去搞艺术。”

“请问得到家长同意了吗？”风萍恶意地说。

方君浩顿时泄气了。说起来也真是丢人，他一个眼看就满三十岁的大男人，堂堂七尺男儿，居然十分惧怕自己的老父亲，没道理啊，没道理！

“我的大小姐，你就帮个忙吧，你的话老头子一定会听的。”

“他听自然是会听的，但心里会难过。我为什么要去做令他难过的事呢？”

“那你忍心让我难过？”

“你难过？”风萍嗤笑一声，“你在欧洲不知道有多风流快活，那些色情杂志的封面照都是你提供的吧！”

“那叫艺术！”方君浩叫起来，“我可是获得过专业大奖的著名摄影师Steven-Fong……”

“你跟我嚷嚷没用，有胆子就去跟方伯说吧。”风萍在床头换了一下位置，肚子忽然一阵咕咕直叫，便道，“喂，没事的话过来陪我吃晚饭吧？”

“晚饭？”方君浩又叫起来，“我说女王陛下，现在已经是晚上十一点了，您还没用晚膳？”

“巧妇难为无米之炊啊！”风萍假意哭诉起来。

“给你十五分钟。”

风萍待要再说什么，只听他“啪”的一声挂了。她不以为然地笑了笑，起床洗漱，换衣服，下楼。

方君浩如约开着他的保时捷来接她。风萍坐进去，笑道：“我本想就在楼下吃个便饭……”

方君浩两眼一瞪："便饭？万一被人传出去，你饿死事小，我失了面子事大。"

风萍保持缄默，不屑跟他贫嘴。

"想吃什么？"

"随便。"顿一顿，她又问，"对了，君怡回来了吗？"

"明天下午的飞机，正好赶上那个该死的慈善舞会。"

"要有爱心啊，方君浩同学。"风萍说得语重心长。

方君浩嗤之以鼻。

"君怡今年有十八岁了吧？"

"十七。"提起这个小妹妹，方君浩也是一肚子抱怨，"其实她才是应该好好管教的那个，一个月的花费比我当年一学期的还多，偏偏老头子一句重话也不说她，真是偏心。"

风萍笑道："钱不就是用来花的吗？"

方君浩快速转过一个弯，然后狠狠瞪她一眼，"等你见过她就知道了，比起你十七岁时有过之而无不及。"

风萍立刻瞪回去："什么意思？"

方君浩连忙赔笑："我的意思是说你如今成熟懂事多了，做事也稳重。炳辰上次还夸你来着……"

深夜道路畅通，方君浩车技一流，几个拐弯驶入芮晶饭店大门口，立刻便有工作人员上来服务。两人进去，选了靠窗的位置落座。风萍点了几样重口味的菜肴，听得方君浩连连摇头，在一边给她讲解起养生之道："晚上吃了这些不好消化，对肠胃、皮肤都不好……"

风萍不耐烦道，瞪他一眼："饿了就该开怀大吃，否则活着还有什么意思？"

方君浩感慨道："活着本来就是一件挺无聊的事。"

风萍正端起杯子喝水，差点儿没呛着："千万别这么说啊，我现在感觉生活充满了乐趣。"

方君浩一脸孺子不可教的表情，朝着窗外四十五度仰面："举世喧嚣，唯我寂寥！"

前来上菜的服务生闻言全身一颤，两手一抖，差一点儿摔碎了盘子。风萍强忍着笑意，只等他上完菜，方才笑出声来。

一番风卷残云之后，她抬头道："你的事回头我跟方老伯说说看……"

方君浩闻言欣喜若狂："谢主隆恩！"

风萍埋头喝汤，不理会他的夸张，忽然感觉方君浩拿脚踢她。她还当他是无意，两腿往后缩了缩，谁知挨了更重的一脚，不由得怒道："你是骡子转世吗？"

方君浩见她如此迟钝，丝毫没有抬头的意思，只好干咳两声打招呼："这么巧啊，唐二少。"

闻言，风萍的动作停了下来。

唐迦南微微一笑，"是啊，好巧。正是人生何处不相逢啊！风小姐，你说呢？"

风萍放下瓷白汤碗，从容地拿起餐巾擦嘴，根本没看他。

方君浩忍不住揶揄他："下一句是不是'纵使相逢应不识'？"

唐迦南也不生气，看着他，微笑着问："方兄，不知道你和风小姐这顿饭吃了几个小时？"

方君浩微微皱眉，不知道他为何忽然问起这个。

风萍却是知道原因的，抢先对他一笑，道："迦南，你一个人吗？"

唐迦南见他们一起，心里本来很不爽，但被她这么一笑，还有这声"迦南"一叫，满腹火气一时倒发不出来了。

风萍又道："要是一个人的话，不如坐一起啊？"

唐迦南毕竟还是怒火难消，冷嘲道："那么，这个时薪要怎么算呢？"

“时薪？”方君浩的目光在他们身上来回转，不明所以，“你们在说什么？”

唐迦南脸色一变，盯着风萍阴恻恻地问道：“怎么？他是……”

“他也一样。”风萍连忙截断他的话，语音清脆地宣布，“时薪四百美元。”

方君浩完全被搞蒙了，待要说话，小腿立刻被风萍踢了一脚，只见她嫣然笑道：“凡是和我约会的男人，都必须按照时薪四百美元的价格来支付费用。”

方君浩听了她的话，整个人顿时像一尊石像呆在那里。

真是太羞耻了！

风萍继续说道：“所谓生意一码归一码，迦南，你还是不要跟我们一起坐了，刚才我一时没想到，不好意思啊！”

唐迦南的脸涨得通红：她居然把这种话说得如此磊落坦荡，真乃神人！！

风萍看一下手表，对方君浩笑道：“君浩，时间差不多了。”

方君浩跟唐迦南一样，一时说不出话来，风萍本是暗示他该走了，但是他被惊诧得脑子短路，居然拿出钱包拿了一叠美金递了过来。

他这个举动让风萍也怔住了，但很快，她却不动声色，微笑着伸手把钱接了过来。

这赤裸裸的金钱交易让唐迦南瞠目结舌。他如梦初醒，退后一步道：“不好意思，我那边还有几个朋友，先失陪了。”说完就转身走了。

稍后，方君浩送风萍回家，一路上不停地对她致以无上景仰：“我尊敬的女王陛下，您真是天才，这种事情您也做得出来？您不要脸，我还要脸呢。您……”

“闭嘴！”

方君浩的景仰立刻转为哀号：“天啦！要是被人传出去，说我方君浩需要花钱和女人约会，我的颜面何存，魅力何在啊？天啊！我的命怎么这么苦啊！深更半夜，好心好意地请人吃饭，结果还要倒贴几百美金，我真是……”

风萍只好威胁他：“你如果再多说一个字，今晚的事情就免谈。”

于是方君浩紧紧地闭上了嘴，一腔怨气留给五脏六腑慢慢消化。

方君浩那天晚上赌咒发誓地表示再也不想见到风萍了，结果隔天晚上就不得不打电话向她求救，无异于自打耳光。风萍对于他的来电也甚为惊奇：“是不是方老伯要拿刀砍你？可怜的君浩，我马上就去救你，一定要挺住啊君浩……”

方君浩脸不红心不跳地说出意图：“做我的女伴吧。”

风萍叹气：“君浩啊，你知道我的……”

“时薪四百美金嘛！”方君浩接口，非常爽快地大手一挥，“没问题，照付。”

风萍继续叹息：“君浩啊君浩，基于你前晚那一番义正词严的教训，我也深觉此事不妥。你想想看，我是何等的身份，怎么能这样计费呢？”

这番话听得方君浩在电话那边连连点头，不断地附和她：“嗯嗯，你想通了就好，那我一会儿去接……”

他话没说完，谁知风萍话锋一转：“太便宜了！”

“什么？”他感觉脑子有些跟不上。

“这个价格太便宜了，跟我的身份完全不符，所以我决定在原来的基础上再多加一个字，调整为时薪四百万美金，今日起执行！”

方君浩不说话了。

“君浩，那你一会儿还来接我吗？君浩……喂喂……”

方君浩气得直接摔电话了。

这件事本来安排得挺好的，今晚的慈善晚会由他陪小妹方君怡出席，却不料小妹不但自备礼服，而且自备了男朋友，带了一个年轻英俊的帅哥回国。直到晚上六点，这位叫Richard的小帅哥前来接人，方君浩才知道自己被妹妹无情地抛弃了。这个节骨眼上，叫他找谁去呢？要是不去吧，老头子肯定发飙，连他自己都是要出席的。

方君浩翻开通信录找了半天，硬是没有找出合适的人选。无奈之下，他只好继续给风萍打电话。这一回他还没开口，风萍便抢先说道：“抱歉，君浩，我帮不了你，我已经先答应别人了。啊，门铃响了，祝你好运。”

方君浩恨得再次摔电话。

他刚回国不久，相熟的女性朋友实在寥寥无几。他郁闷地出了办公室，遇到的工作人员全都恭敬地对他问候。他心不在焉地点了点头，从客房走廊处转个弯，一个身穿酒店工作服的女员工和他擦肩而过，完全无视了他。

方君浩已经走了过去，却又忍不住转过头来看向她的背影，只见对方踩着高跟鞋，身材高挑妙曼，十分惹眼。

“等一下！”方君浩忍不住开口叫住了她。

女员工静默片刻，转过身来、露出一个职业性的笑容：“先生您好，请问您有什么需求？”

方君浩打量一下她：“你是哪个部门的？”

“客房部。”

“为什么没有佩戴工作牌？”

“工作牌？”女员工一愣，低头查看，眼珠一转找到了借口，“哦，我正要下班，所以就摘了，您有什么需要？我可以让同事给您送过去。”

“你已经下班了，那太好了，我需要一个女伴，你今晚陪我——”

“对不起先生，您的要求恕我无法满足。”女员工说完转身就走。

“等等！”方君浩伸手去拉她。

却不料那女员工反应十分迅速，一把抓住他的手，一扭身就将他按在墙壁上，语气严厉：“老实点，你再纠缠我，我就叫保安了。”

方君浩的脸被她按在墙壁上，手臂被扭在身后，发出痛苦的声音：“你不认识我？”

女员工冷冷一笑：“我必须认识你吗？”

“我是方君浩，你的老板。”

女员工吃了一惊，连忙放开了他。

方君浩转过身来，一边揉着手腕，一边盯着她看：“你竟敢这么对待你的老板？”

女员工有点尴尬，但强撑气场：“那又怎么样？你想拿头衔压我啊？我告诉你，性骚扰和职场性骚扰的区别，就是下贱和更下贱的区别。”

方君浩无语：“性骚扰？”

“你刚刚不是叫我今晚陪你……”

“你误会了！我是需要一个女伴，陪我出席今晚的慈善晚宴。”

“哦，原来是这样啊！”女员工恍然，“可是，我已经下班了。”

“没关系，我可以付你加班费。”

女员工想了一下，问道：“你准备付多少？”

“按照你正常加班费的三倍，怎么样？”

“这是两个完全不同的工种，工作内容也完全不一样，似乎不好这样计算吧？”

“那你开个价吧。”

“五千块，现金。”

方君浩失笑：“一场晚宴最多三个小时，你的收费可不低啊。”

“看在你是我老板的份上，给你打个九折，四千五吧。”

方君浩忍不住笑了：“没想到我还占了职务的便宜。”

“你不同意就算了。”她转身欲走。

方君浩连忙说：“成交。”

对方露出一丝得逞的笑容，转过身来，自信地保证："放心！我一定会让你觉得物超所值的。"

方君浩不以为然地笑了笑，抬腕看一下手表："时间有限，你马上去女装部，他们会为你挑选合适的礼服和配饰，我七点半在大堂等你。"

当晚的慈善晚会富豪云集，星光璀璨。在这种场合，即便是方君浩也不显眼了。他到了现场，一直在大厅里搜寻风萍的身影，女伴发现了，问道："你在找什么？"

"找一个人。"

"谁啊？"

这时候，风萍一身银灰色的礼服，挽着男伴的手臂走进了宴会厅。

方君浩看到了他们，差点当场吐血。

风萍身边的男伴居然是他的老爹——方伯韬。

有没有搞错？老头子认识那么多女人，居然还来和他抢女伴，真是没天理啊。他忍不住用意大利语讲了一句粗话。

方伯韬也看到了自己的儿子，但目光却移到他的女伴身上，仔细地多看了几眼。方君浩的女伴觉察到他的目光，忍不住皱眉："那个人为什么一直看着我啊？"不等方君浩回答她又"哼"了一声，"一把年纪了，还这么不安分，真是为老不尊！"

方君浩看了她一眼，表情十分复杂。

她继续吐槽："他居然还在看我，一副色眯眯的样子，真想打他一顿。"

方君浩的脸色更难看了。

这时，方伯韬带着风萍朝他们笔直地走了过来。

女伴终于察觉出有些不对劲，拉了一下方君浩的衣服："你认识他们？"

方君浩“嗯”了一声。

女伴有点尴尬，埋怨他：“你怎么不早说啊！”

方伯韬已经走到了他们跟前，看着方君浩的女伴，问方君浩：“君浩，这位小姐怎么称呼？”

方君浩不发一言，似笑非笑地看着女伴。

她倒也大方，立刻微笑着自我介绍：“你好，我叫邱天。”

“秋天？”

邱天：“邱是邱淑贞的邱。”

方伯韬微微点头：“你好，我是君浩的父亲。”

邱天傻了眼，脸色变换了好几下，恨不得找个地缝钻进去：“不好意思啊，我去一下洗手间。”说完赶紧溜走。

方君浩看着她的背影，又好气又好笑。

方伯韬左右看了一下风萍和方君浩，一脸无辜地询问：“什么情况？我很可怕吗?”

风萍笑而不语。

方君浩却忍不住抱怨了起来：“爸，你为什么要和我抢女伴呢？你都一把年纪了，带着这么一位妙龄女郎，出席这样的晚宴，你觉得合适吗？”

方伯韬立刻瞪他：“哪里不合适？做慈善难道还有年龄歧视不成？”

风萍忍不住笑出了声音。

方君浩立刻对她投以怨恨的目光：“你还好意思笑？”

方伯韬看到熟人，走过去应酬。留下风萍笑着安抚他：“君浩，你不是已经有女伴了嘛，我看那位邱天小姐很不错啊！”

风萍说着看向洗手间的方向。邱天正藏在角落里偷看他们，看到风萍的目光，立刻缩了回去，一脸懊丧的表情，正以额头轻磕墙壁。

风萍笑了笑：“晚宴马上就要开始了，你快把邱小姐找回来吧。”

方君浩转头寻找邱天，没看到她，倒是一眼看到了夏瑶，以及她身边的唐迦南。唐迦南也正看着他们，他那个眼神——尽管隔了十来米的距离，方君浩仍然能读出那眼神里面的鄙视和嘲讽，这让他更加痛恨风萍和自己的老爹，他压抑着怒气，对风萍说了一句：“这笔账，我们以后再算。”

方君浩说完，转身去找邱天。

风萍强忍着笑，差点儿没憋出内伤，一回头，却见唐迦南不知何时已到了身后，一双漆黑的眼睛冷冷地盯着她：“风小姐，我真是佩服你，好手段啊。”

风萍心里更乐了，故作娇羞：“没办法，行情太好了！”

唐迦南几乎捏碎酒杯，“方伯韬知道你前天晚上和他儿子约会吗？”

风萍轻轻晃着手里的香槟：道：“知不知道都没什么关系。”

“……”唐迦南已经见识过她的坦诚，装作上下打量她一番，讥讽道，“你这身打扮可真够敬业的！”

“哦？”这句话倒把风萍给说愣住了。

“暮气沉沉，不是正配方伯韬的年纪吗？”唐迦南弯起嘴角。

风萍终于笑了，露出一排雪白整齐的牙齿，灯光下一照，当真是皓齿朱唇。她微微倾身，靠近唐迦南的耳边问道：“迦南，你不会是爱上我了吧？”

唐迦南一呆：“什么？”

风萍盯着他的眼睛：“要不然……你干吗总是一副酸溜溜的口气呢？我跟什么男人来往，跟你没有丝毫关系，不是吗？”

唐迦南完全失语。

风萍故意叹息了一声，继续挖苦他：“唉，其实你这个人也是不错的，就是你上次送的那枚胸针，上面的钻石也忒小了点儿……”

唐迦南的脸彻底黑了。

可是风萍的话还没说完呢：“是啊，我也知道你很有钱，可有钱又有什么用呢？你都舍不得为女人花……”

唐迦南失控了，一把抓住了她的手。

“嘘！”风萍轻嘘一声，吹来一丝淡淡的清香，“别冲动，迦南，你的女伴还看着呢！”

唐迦南毫不在意，紧握着她的手，眼睛亮得有些诡异。风萍的手被他握着，在夏瑶步步逼近的目光里，她甩开了他，微笑着略略提高一点儿声音和夏瑶打招呼：“夏小姐，您真是光彩照人。”

唐迦南毫不客气地戳穿她：“你真虚伪。”

这一下轮到风萍尴尬了。

她没料到唐迦南这般孩子气，还好夏瑶比较得体，眼神虽然有些疑惑，但还是保持了迷人的笑容：“谢谢！迦南，我们去那边打个招呼。”

唐迦南盯着她的眼睛：“后会有期，风小姐。”

风萍看着他幽深的眼神，忽然觉得惹怒他似乎不是一件很明智的事。

方伯韬寒暄完毕，端着酒杯回到风萍身边，笑着提醒她：“唐湛的两个儿子，大公子还稳重些，二公子太轻狂，不适合你。”

风萍喝了一口酒，道：“我又不喜欢他。”

方伯韬轻笑起来：“是吗？那我怎么觉得你跟他玩得不亦乐乎呢？”

风萍脸上一红，故意板着脸干咳一声：“方伯……”

方伯韬收敛笑容，故意哀声道：“人老了就爱啰唆，你别嫌我多事啊！”

风萍笑了笑，忽然悠悠叹了一口气：“唐迦南是不够好，可是方伯，我没有遇到更好的人。”停顿一下，补充道，“这世上本来也不存在绝对正确的人。”

方伯韬叹息一声：“唉，我是希望你们都能够幸福啊！可幸福这个东西如人饮水，冷暖自知，眼看你们……”

风萍怕他借题发挥，赶紧岔开话题：“方伯，我是给君浩当说客来的。”

方伯韬见她如此坦白，不由得笑起来：“我已经猜到了！这种事情他为什么不自己来跟我说呢？”

“他一向都有点儿怕您。”

“我很可怕吗？”方伯韬摸摸光溜溜的下巴，表情很苦恼，“小时候过圣诞节，扮演圣诞老人给你们发糖果的不就是我吗？”

风萍撇撇嘴：“关键是君浩觉得您可怕。”

方伯韬板着脸：“那是因为他小时候总带着你和炳辰干些不靠谱的事情。”

风萍嗤笑一声：“他俩才不会想要带我玩呢，是我死皮赖脸地要跟去……”

“不管怎么样，他总是太调皮了，子不教，父之过啊！”

“您太保守了。”风萍很不客气地说。

方伯韬严肃道：“规矩就是规矩，不能在我这里坏了。”

风萍叹息：“难怪君浩说您是茅坑里的石头……”

方伯韬立刻瞪眼，“那臭小子敢这样说我？”

风萍笑道：“方伯，我支持君浩去做他喜欢的事，而且酒店的管理，运营体制十分成熟，换个人照样可以，不必非得君浩。”

方伯韬张口欲言，被风萍阻止了：“方伯，都二十一世纪了，您的思想怎么还那么古板呢？君浩有自己的兴趣爱好，就不要拘束他了，退一步说，不是还有君怡吗？或许她对酒店有兴趣呢？”

“君怡？”方伯韬在人群中搜索到方君怡的身影，见她正在交际应酬，那神采飞扬的模样和她母亲如出一辙，方伯韬又骄傲又宠溺地叹了口气，“我过分纵容她了。”

风萍顺着他的目光扫过场内，一眼看到了周新竹，她的男伴却不是韩弈，而是另一名男子，矮她七八厘米。与他们一起的是吴念真和余曼文，她们俩都有些心神不宁，一直盯着唐迦南看。

说起来，唐迦南今晚原是陪着唐铭瑄来的，因为绯闻女友太多了，类似这种大家都要碰面的场合，他选择妹妹作为女伴绝对错不了。可惜进场没多久，就被夏瑶缠住了。她的经纪人则拉着唐铭瑄玩命地恭维，经纪人口才一流，句句叫你舒服，还让你察觉不到他是在拍马屁。唐铭瑄毕竟年轻，经不住这种回肠荡气的赞美。这样一来，四人等于是换伴了，吴、余二人自然很不爽。

唐迦南被她们这样看着，感觉头皮发麻，又被风萍气得上火，借口去卫生间清静一下。然后跑到旁边的露台上去透气，谁知那里先有人了，只听一个女声说："真的对不起，我不知道他是你父亲。"

"没关系！我原谅你了，而且我认为你说得很对，他确实有些为老不尊。"

却是方君浩的声音，唐迦南本来准备离开的脚步就停了下来。

方君浩继续说："我爸不会把你怎么样的，你不用躲他。"

"我没躲啊，就是觉得里面有点闷，想要透透气。"

静默片刻，女的又说："你爸爸身边的那位小姐可爱啊。"

方君浩嗤笑一声："可爱？她那叫可恶！"

"为什么这么说？"

"她本来可以选择和我出席晚宴，却偏偏要陪我爸出席，还不可恶吗？"

"你是在嫉妒你爸爸吗？"

方君浩一阵无语："你想哪儿去了？我跟她，我们那是青梅竹马的关系。"

唐迦南听到这一句，露出一丝诧异的表情。

那女的也显得有些意外："青梅竹马？你们从小就认识啊？"

“是啊，她人不坏，就是爱捉弄人。”方君浩停顿片刻，又说，“你放心吧，我不会因为你说了我父亲的坏话就不付你钱的。”

唐迦南听到这里，心里越发地鄙视方君浩了。他的女伴居然是花钱雇来的，真是太窘了！他摇了摇头，转身走了，走了几步，想到“青梅竹马”那四个字，仿佛明白了什么。

晚宴场内，周新竹像发现新大陆一样紧紧地盯住了风萍，心里不停冷笑：呵呵，看来她果然没有猜错，这丫头真的勾搭上了方伯韬，难怪可以在时光酒店为所欲为。

周新竹讨厌一切靠男人上位的女人，源于她的父亲有拈花惹草的爱好，她父亲在经营房地产的同时还格外关注文化事业的发展，积极投资影视行业。众所周知，这个行业盛产美女，周大老板的爱好得到了充分的发挥，一高兴就送豪宅名车，把周大老板的老婆孩子气得半死。因为这个，周新竹故意忽视那些门当户对的青年，选择了出身贫寒的歌手韩弈当男朋友。这样一来，他老爸不干了。他们家的情况是——谁有钱听谁的，财力最强的那个才是老大。所以，今晚站在周新竹身边的青年不是韩弈，而是她的弟弟周志泽。

周志泽被迫陪姐姐来参加这种无聊的宴会，当然不会放过猎艳的机会，研究过在场的众位名媛明星之后，将目标锁定在了充满活力的方君怡身上。

他那个德行，周新竹是再清楚不过的。可他看中谁不好啊，偏偏看中方家丫头。她心里那个气啊，忽然瞧见风萍离开了方伯韬，朝偏厅走去。

她想了一下，连忙跟了过去。

风萍不耐烦前来和方伯韬搭讪的那些业界人士，而且穿高跟鞋站了一晚上，实在有点儿累，很想找地方休息一下。谁知她刚在沙发上坐下来，周新竹就出现了，一袭冷艳的银色礼服，再搭配她的身高，真是气势夺人。

周新竹冷笑道："原来方伯韬就是你的靠山啊，我说你怎么那么嚣张呢？"

风萍将头靠在沙发上，微微合上眼，没理她。

周新竹提高嗓门，道："喂，我在跟你说话……"

风萍懒洋洋地回复她："抱歉，我不跟没有礼貌的人说话。"

周新竹的火气"噌"地一下就上来了："你是什么东西，也配指责我没礼貌？！你不过是男人身上的寄生虫。"

风萍"扑哧"一声笑道："周小姐，当寄生虫也是要有一点儿本事。"

周新竹怒不可遏："你，你太无耻了！"

风萍笑眯眯地说："那周小姐还留在这里干什么呢？"

周新竹已经在微微发抖了："你，你太嚣张了……"

风萍悠悠叹一口气："周小姐，你的词汇量好贫乏哦，请问你小学毕业了吗？"

"你——"

周新竹气得脸色煞白，却又拿她没办法，气呼呼地转身走了。

第四章

我们结婚吧！

DEEP DIVING INTO THE PINK OCEAN

晚宴接近尾声。

唐迦南在场内扫视了一圈，没看到风萍的人影，方伯韬正和基金会主席把酒言欢，谈笑风生。他没找到风萍，倒把余曼文和吴念真给招惹过来了，顿时被缠住脱不开身。

唐迦南一边应付她们，一边疑惑风萍是不是先走了。

虽然这样做很失礼，但她这个人一向都不按常理出牌，又有什么事情做不出来的?

方伯韬也正奇怪，把儿子抓到角落里问道："君浩，你看到风萍了吗？"

方君浩心里憋气，故意用非常夸张的语气反问他老爹："不是吧?您把女伴都弄丢了。"

方伯韬闻言双眼一瞪。

方君浩连忙改变态度，赔笑道："没准先走了。"

方伯韬纳闷："怎么没打招呼呢？不会出什么事吧？"

"您太杞人忧天了，她能出什么事？她不去祸害别人就谢天谢地了。哦，对了，我刚才看到那张支票的金额……"他忽然压低声音，凑近，"那么一大笔钱，是从她的账户划出来的吧？"

方伯韬勃然变色，怒道："你敢小看你老爹？"

方君浩连忙敛容，低首垂眉道："不敢！"

方伯韬摸了摸光溜溜的下巴，语音蓦地转为低沉："钱，我虽然有，不过那么一大笔，实在是气魄惊人，不是你老爸的一贯作风啊。"

方君浩仰头哈哈笑两声，心道：我就知道。然后父子俩一起转身，各自找各自的女伴去了，哦，不，方伯韬找的是女儿。

方君怡一见他就撒娇："爸爸，风萍姐姐呢？"

方伯韬不理她，瞥了一眼她身边的Richard，没好气地说："你眼里还有爸爸吗？"

方君怡摇着他的胳膊撒娇："当然啦，我早就想过来找你了，可我看你一直在和刘伯伯他们聊天，怕打扰你们嘛……"

方伯韬又瞥了Richard一眼，"酸"气冲天地想：你分明是和这小子粘到一处难解难分了。但碍于Richard在旁边，他只好说："她走了。"

"啊？"

"啊什么啊，快上车。嗯，那个，你……"方伯韬指着Richard，"君怡不用你送了，你自己回去吧。"

Richard一脸无辜的表情。

曲终人散之后，服务人员前来清场，发现有一位女士倒在偏厅的沙发上熟睡，于是赶紧上前将其唤醒。

风萍醒来，迷迷糊糊地站起来往外走，到衣帽间一看，自己来时的外套已经不见了。

她找来服务人员一问。

对方也微微变色："是周小姐拿走了。她说，她是您的朋友，帮您拿一下衣服。"

风萍一听，顿时就明白了，苦笑道："我虽然认识她，但绝不是朋友。"

年轻的服务员变了脸色，请她稍等一下，然后飞快跑去请示经理。

经理听了情况，匆匆赶过来，微笑问道："小姐贵姓？"

"免贵姓风。"

"风小姐，请问您的会员卡？"

"我不是会员。"

"那么，风小姐的朋友是……"

"方伯韬！"

这倒有些意外，竟然是时光酒店的方董。但方董为什么没有把她带走呢？莫非她触怒了方董？

"那么你要不要给方董打个电话？"

"我问的是我的衣服，跟方董有什么关系，"风萍懒得跟他打官腔，直截了当道，"我准备走了，但我的外套被周新竹拿走了。"

经理依旧保持微笑："风小姐，请问是您亲眼看到的吗？"

风萍微微皱眉："是你们服务人员说的。"

经理转过头来，看向刚才那个年轻女孩，微微眯着眼睛，压低一个音调问道："你看清楚了吗？她的外套真是周小姐拿走的？"

那女孩倒也乖觉，眼见经理脸色不对，顿时懵懂起来："嗯……我记得不太清楚……周小姐好像只拿了她自己的衣服。"

经理立刻又追问一句："那你还记不记得，这位风小姐到底有没有穿外套来？"

要赖就要赖得彻底。他们可是高级会馆，绝不能发生丢失客人衣物这样的事情，要怪就怪她不是会员，只好委屈一下她了。

经理的如意算盘打得好，那女孩就好像他肚里的蛔虫，配合得天衣无缝：“风小姐好像没有穿外套来……”

经理冷下脸喝道：“什么好像？到底有没有？”

女孩立刻朗声道：“没有。”

这么冷的天，居然有人不穿外套出门，除非那个人疯了。

风萍本来也没把一件衣服放在眼里，可见他们俩这么一唱一和的，心里也忍不住冒火。怎奈人在屋檐下，不得不低头，只好暂不发作。

她忍着气道：“那么，麻烦你帮我叫辆车，我要回去了。”

经理微笑着说：“抱歉小姐，来我们这里的客人非富即贵，从来都是车接车送的，我们从来没有想过还要提供这项服务，真是不好意思了。”

总有一些女人，以为傍上了大款，便自认高人一等，把他们呼来喝去的，比正经的豪门千金事儿还多，今天总算可以出一口气了。

于是，风萍就在经理洋洋自得的目光中，以一种慷慨就义的姿态走出了会馆。

迎着寒风，她心想着：当真是风萧萧兮易水寒，壮士一去兮……

风萍哆嗦着出了会馆大门，四下一看，周围连辆出租车也没有，心里那叫一个绝望。

但是，有句话说得好：车到山前必有路，柳暗花明又一村。

就在她冷成一团马上要瘫倒的时候，身后忽然传来了脚步声。风萍回头一看，路灯下，唐迦南身着一件黑色大衣，正大步流星地走来。

此时此刻，他的出现不啻是雪中送炭。

风萍感激涕零，热泪盈眶，不停地吸鼻子，实在是天气太冷，冻的。

这副模样着实叫人心疼。

唐迦南忙不迭地脱下外套递过去，风萍也忙不迭地将胳膊伸进袖口。

“你这是怎么回事？”唐迦南问。

“一觉醒来，人都走光了，一群没义气的家伙。”

唐迦南难以置信：“你竟然在慈善晚宴上睡觉？”

风萍面不改色：“反正又没人注意我。”

“我……”

唐迦南本想说我一直在找你，话到嘴边又咽下了。还好风萍被冻麻木了，也没有注意到他的欲言又止，打着冷战问道：“你怎么还没走？你的车呢？”

唐迦南面无表情地说：“被铭瑄开回去了。”

却不回答前一个问题，总不能说自己不死心故意挨到最后才走，然后终于老天开眼，被他看见她从里面出来了吧。

虽然英雄佐罗没有骑马来，但人能来已经很不错了。

风萍裹着他那件沉甸甸的大衣，寒风还是很刁钻地从底下灌了进去。

她瑟瑟发抖地看着他：“那怎么办？深更半夜的，肯定打不到车，我们走回去吗？”

唐迦南的大衣给她穿了，自己也冻得有些吃不消，提议道：“还可以跑回去的……”

“你在讲笑话吗？”

“好笑吗？”

“不好笑。”

“我刚刚给尔阳打了电话，他应该一会儿就到了。”

“那我们到会所里等他吧？”

她真是没骨气啊没骨气。

唐迦南心想：要不让你吃点儿苦头，你恐怕根本不记得今晚英雄救美的人是谁，嘴上却说：“不要紧，尔阳一会儿就来了。”

风萍不知道这个一会儿是多久，只好等着。

唐迦南却开始自言自语了："天气预报说，今夜零下好几度呢。"

一会儿又说："你看，地上都结冰了。"

一会儿再说："老天，这风最少有六级。"

风萍本来就冷得牙齿打战，两腿发抖，听了他这话更加抖得不行，风一吹一串清水鼻涕就流下来了。没办法，只好用袖子抹，反正是别人的衣服。

唐迦南看她抹鼻涕，终于发现了一个问题。

"这种天气，你不穿外套就出门吗？"

风萍战抖着回答他："穿了，但被人拿走了。"

"有这种事？"唐迦南有些吃惊。

"是啊。"

"太恶劣了，我帮你投诉。"

"谢谢！"风萍冷得站不住。

唐迦南终于有些不忍心了，给出一个建议："你不如蹲下来用衣服裹住膝盖，也许会暖和一点儿。"

风萍立刻照办，一边用颤音控诉他道："你，你怎么不早说啊……"

唐迦南也抱着双臂在她身边蹲了下来，毫不心虚地说："我刚刚才想到的嘛。"

风萍干脆闭嘴。

唐迦南却不闭嘴。他蹭蹭她的肩膀，慢吞吞地说："我如今也按时薪算费了。今晚这种情况，算是我陪你吧？"

风萍转过脸来，瞪大眼睛吸着鼻涕看他。

唐迦南一本正经地分析给她听："你看啊，我家庭富裕，年轻有为，相貌堂堂，想要什么样的女孩子都可以得到……"

这些全是风萍当日对他说的原话，她非常无语。

"两性市场上，还有比我更抢手的男人吗？"

他不等风萍说话，便自问自答："没有！绝对没有！可是……"话锋一转，"这样一个完美到无可挑剔的男人，伤害了无数女孩的芳心，选择在这样一个寒冷的夜晚，陪你蹲在马路边一起喝六七级的大风，你不应该有所表示吗？"

"我……"

"你穿着我的外套，还用它擦鼻涕。"

"你……"

"我的收费标准很低的，时薪四千美金。"

风萍努力想笑一笑，可脸冻得有点儿僵，搓揉了半天才说："这么低的价格，不太符合你的身份啊。"

唐迦南叹息："这不也得根据消费水平来定价的嘛？你看看你，全身上下就这件礼服还值几个钱，可我要这件女式礼服做什么？送给我奶奶都嫌老呢。"

风萍狠狠瞪着他，正要说话，耳边忽然传来一声尖锐的喇叭声和刹车声。她本能地就要站起来，怎奈蹲得太久，两腿发麻，高跟鞋一个不稳就倒了下去。唐迦南急忙起身去扶她，于是两个人一起摔倒在地。

易尔阳连忙跳下跑车，掏出手机对准他们一通乱拍，兴奋得哇哇直叫："哇哇哇！原来你们这么热情啊！特意通知我来看戏的吗？"

唐迦南扶起风萍，怒斥道："不得放肆！"

易尔阳一通狂拍："再摆两个pose（姿势）嘛，唐公子笑一个吧。"

唐迦南没空理他，赶紧拉着风萍一路爬进了车里。

易尔阳兀自欣赏着手机里的图片："随便一张都是猛料啊，这个角度多么完美，看来我还有当娱记的潜质……"

他正在自我陶醉，空气中忽然传来引擎发动的声音。

"喂，喂，我还没上车呢！你们……啊……我的车，我的车啊……"易尔阳撒开脚丫子一阵狂奔，仰天号叫，"唐迦南你这个忘恩负义、过河拆桥的王八蛋……”

好在唐迦南终究还不是一个忘恩负义的王八蛋。

他绕了一圈，又把车开回来，按下车窗只露一小截侧脸，冷冷地发号施令：“手机拿来。”

易尔阳底气不足地讨价还价：“欣赏一下又有什么关系呢？”

唐迦南冷笑：“你是没有关系，我们随时欢迎你来观摩，需要防备的是你工作室的那群八婆……”

易尔阳只得乖乖地将手机奉上。

唐迦南清除掉图片，随手扔到一边，然后才放他上车。

易尔阳一上车就立刻扑上去掐他的脖子，表情狰狞地吼道：“叫你过河拆桥！叫你过河拆桥！”

他发出雄狮怒吼，一张嘴几乎咬掉唐迦南英挺的鼻子。

唐迦南连声咳嗽，脸涨得通红。

已经恢复元气的风萍俯身捡起一旁的手机，打开摄像功能，对准他们啪啪啪连拍三张，然后举着手机，啧啧赞道：“这个角度好，很有戏，发送给谁欣赏一下好呢？”

唐迦南和易尔阳终于停下来，面面相觑片刻，很有默契地一起去抢夺手机。风萍任由他们抢去，笑嘻嘻问道：“你们饿不饿？不如去吃点儿东西吧？”

那两人齐声问她：“你身上有钱吗？”

风萍似笑非笑地看着易尔阳：“本来是没有，现在有了。易老板，你好像还欠我薪水……”

“不公平不公平！”易尔阳连声抗议，“为什么你们恋爱约会，要我出钱？”

“就当观赏费吧！”唐迦南一脸平静地说。

风萍好气又好笑：“别胡说，我们可没有谈恋爱！”

唐迦南打断她：“萍萍，尔阳是自己人，咱们没必要瞒着他。”

易尔阳又叫起来："哇哇，速度好快。"

风萍完全被那句"萍萍"惊到了，半天说不了话。

唐迦南却脸色如常，继续道："是啊，萍萍愿意支付每小时四千美金来和我约会，我何乐而不为呢？"

"此话当真？！"易尔阳看风萍。

风萍面色如铁。

唐迦南得意一笑："当然。"

易尔阳闻言，眼珠子差点掉出来，然后掰着手指头认真计算起来："一小时四千美金，如果你们二十四小时都在一起的话，就是九万六千美金。如果你们在一起三十年，一年三百六十五天，那就是……嗯，百万，千万，算不清了啊！"

他夸张地叫了一声，转过来抓住风萍的衣袖，将脸偎在她的胳膊上，含泪哀求道："风姐姐，求求你了，和我约会吧。哦不，不，我要嫁给你，从现在开始，我就是你的人了。"

风萍倒不知道易尔阳还这么会耍宝，哭笑不得，当下伸出一只手掌，"啪"地打在他的脑门上，然后掌心发力，将他缓缓推开。他还要再扑过来，却被唐迦南一把抓住脑后那根乌黑亮丽的辫子，强行按回座位上。

易尔阳最心疼自己的头发，当即对其一阵痛骂，慌忙拿出随身携带的梳子来梳理。唐迦南瞥他一眼，撇撇嘴巴道："油头粉面，有伤风化。"

易尔阳捏紧拳头给予回击："金玉其外，败絮其中。"

唐迦南不屑地哼道："庸脂俗粉。"

易尔阳反唇相讥："残花败柳。"

"小白脸。"

"你色狼，种猪，恶魔，变态……"

风萍听得冷汗涔涔，小声问道："我们还去吃饭吗？"

两人同时答她，一个说"去"，一个说"不去"。

唐迦南道："不去就下车吧。"

易尔阳哼道："凭什么啊，这是我的车。"

"凭我是司机。"

"呸！"

他们两人的交情好归好，漫骂起来也都是不遗余力，一路斗嘴，直到唐迦南找到一家尚在营业的面馆，这才让面条堵上他们喋喋不休的嘴。吃完饭，易尔阳就知情识趣地闪人了。

唐迦南拿起易尔阳留下的车钥匙，看着风萍："看来你今晚只好住我家了。"

风萍从容一笑："真荣幸，在你没有反悔之前，我们赶紧走吧。"

唐迦南也忍不住笑了起来，两人出门，驱车去唐家。

"我记得八卦新闻里说，你一向都不带女孩子回家的。"

"我也记得你说过你不关注娱乐界。"

"其实你也可以送我去酒店的……"

"那怎么行呢，万一被好事之人看到了，于我清誉有损。"

风萍忍不住笑出声来。唐迦南静默顷刻，也终于按捺不住笑了，他侧脸线条如画，如雕如刻，不知是否因为他今晚的英雄救美，风萍看他格外赏心悦目，不由得赞道："你这个人真不错……"

唐迦南很自然地接过话头，叹了一口气，学她的口吻惟妙惟肖："就是太小气了，舍不得在女人身上花钱。"

风萍见他还记着这一茬儿，又笑了："你舍不舍得为女人花钱我不知道，但你还真是有点儿小气，一句玩笑话记到现在……"

"玩笑？"唐迦南有点儿激动了，语调也高了，"拜托！！从来没有女人这样说过我。"

风萍笑着给他建议："如果你真这么气愤的话，可以送一个大钻石来堵我的嘴。"

唐迦南闻言反而笑了："你真不要脸！"

风萍掩面："被你发现了。"

唐迦南的别墅是一座老式宅院，原是他母亲年轻时居住的，外观很有古韵，几年前经过业内行家的设计翻新之后，又添了现代的便利和时尚。

唯一的遗憾当属女管家了。

面对风萍，她的眼神实在称不上友善，几乎是冷漠地瞥了她一眼，便看着唐迦南，态度恭谨地说："皓云刚走不久，让您到家立刻给他打电话。"

唐迦南明显一愣，但只是轻轻应了一声，然后问风萍："喝茶还是……"

"红茶。"

唐迦南闻言朝管家示意，她便下去了。

他脱掉西装外套，微微松一下领带口："你稍坐一会儿，我上楼去打个电话。"

风萍点头。

唐迦南上楼进入书房，拨通了大哥唐皓云的电话："大哥，你找我有事？"

唐皓云的语气听起来云淡风轻："其实也没什么大事……"

唐迦南笑了："你一向是没有大事不登门。"

"你前一阵子闹得太不像话，爸爸很生气。"

"他还会生气吗？"

"他还是很关心你的……"

唐迦南嗤笑一声："看来你是真没什么事，那我就挂电话了。"

"唉！"唐皓云叹息一声，终于说了正题，"那边来人了……"

"什么？"

唐皓云的语气不佳："那个私生子。"

唐迦南不说话了。

“奶奶明天要见他，我看他这一回怕是……”

“就这些吗？”唐迦南打断他。

“阿南，你这是什么态度？”唐皓云终于沉不住气，略微提高了声音，“这件事关系到咱们俩的……”

“早点儿休息吧，大哥，明天还要上班呢！”

唐迦南扣上电话便站在书桌旁，静默好半天也没有动。书房里只开了一盏小灯，他侧身背光而立，半个侧脸暴露在灯光下，另一半则藏在阴影里，看不出有什么表情。

楼下客厅，风萍已经喝掉了三杯红茶，气氛已经渐渐有些尴尬，陆管家的脸上已经有了一丝明显的嘲讽之色。她的脸皮实在不能算薄的，却也有些坐不住了。

无论如何，把客人扔下这么久都不太礼貌吧?

幸好唐迦南还记得有她这么个人，下来将她安排到了楼上的客房。

风萍觉察出他有些不对劲，好像忽然之间变得……脆弱？疯狂？可这两个词都不够准确。他那双漂亮的眼睛里有种孩子气的东西，像是糅合了这两种情感，令她有一瞬间的柔软，想要安慰他两句，却不知道该如何启齿。

唐迦南看她欲言又止，会错了意:“你稍等一下！”

他说完就转身走进了自己的房间，片刻后出来手里已经拿了一套纯白睡衣:“我家里没有留过女客，先穿我的将就一晚……”说完将睡衣递给她。

风萍自然地接了过来，笑道：“谢谢。”

“有什么需要随时叫我。”

“好的。”

“那么，晚安。”

“晚安。”

唐迦南想了想，又说了一句：“我稍后打给尔阳，让他明天给你送套日常的衣服……”

“费心了。”

唐迦南笑笑，转身走向自己的房间，走了几步回头，发现风萍倚在门口，没有动。

他又问了一句：“还有事吗？”

风萍笑笑：“我没什么事，但我看你好像有心事……”

“我能有什么心事？”

“没有最好，要是有的话，不妨说出来，我替你开解开解，毕竟，我难得受人恩惠。”

唐迦南笑了，有些暧昧地问道：“你准备怎么替我开解啊？”

风萍答得也很暧昧：“当然是在我的能力范围内，尽量替你开解。”

唐迦南又走了回来，走到一个非常近的距离，盯着她的眼睛。

风萍毫不回避地看着他，她有一张清丽无瑕的脸，在走廊的暖色灯光下更添柔美，诱出唐迦南体内一股难以自持的冲动。他伸手揉了揉自己的眉心，像是要按捺住什么东西。

“你这样说，我会想歪的。”

“你想得有多歪？”

“你真想知道吗？”

“当然。”

“那我就说了。”

“说吧。”

“我们结婚吧！”

“……”

风萍完全愣住了。

唐迦南盯着她，瞳仁窅不可测，像一个神秘的魔咒。

“这个应该是你能力范围内的吧？”

“……”

太狠了！这一招太狠了！

她确实不讨厌他，甚至还有一点儿喜欢，但无论如何也达不到这么刺激的地步。

“我吓着你了吗？”唐迦南向后退了一步，声音里带了一丝嘲讽的笑意。

风萍觉得十分刺耳，此时退缩的话，未免也太丢人了。她笑了笑，实话实说道：“确实有点出乎意料，你受了什么刺激吗？”

唐迦南学着她的语气：“确实受了点儿刺激。”

风萍笑了起来：“那你可要考虑清楚了，这事可不是儿戏，稍有不慎，将有可能令你遭受巨大的财产损失。”

唐迦南也笑了，点了点头：“为了保险起见，我建议先订婚，你以为如何？”

风萍故作沉吟：“我觉得你的态度非常诚恳，实在不忍心拒绝，不过……”她话锋一转，“为了公平起见，我决定给予你随时反悔的权利。”

唐迦南微微一震，静默片刻才笑道：“那我岂不是稳赚不赔？”

风萍一笑：“我好像也没什么可损失的。”

“那就这么说定了？”

“没问题。”

唐迦南笑了：“那早点休息。”他转身走向自己的房间，在门口又转回来定定地看了她片刻，忽然笑道：“你这个人有时候自信得叫人惊讶。”

风萍微微一怔，觉得这句话有几分耳熟。

“晚安！”唐迦南说完就果断地关上了房门。

于是，这件极具轰动性的事情就这样随随便便地敲定了。

风萍也就此在唐迦南的别墅定居了。

唐迦南往别墅里添置了若干衣物及日常用品、出行装备等，还及时补送了一枚价格昂贵的订婚戒指，风萍对这一切都泰然受之，令陆管家感到非常震惊。她不明白究竟是怎么一回事，有一种类似自己的领土受到侵占的感觉。

这个不知道打哪儿冒出来的，来路不明的女人，她以前一次都没有见过。这女人穿着一件袒胸露背的晚礼服就公然地出入，堂而皇之地赖着不走了。

除了那件礼服，她甚至没有一样属于自己的东西，一切都是迦南少爷为其购置的。

天啊，谁能告诉她，这叫什么事啊？

陆管家的这种震惊很快传递到了唐家老宅，但震感程度完全不在一个级别。

在陆管家那里，风萍不过是唐迦南的女朋友。

但是，唐家得到的消息却是未婚妻。

照理说，唐迦南早已成年，能够定下终身是一件喜事。只是，好像前几天报纸杂志还登有他的花边新闻，现在他忽然宣布要订婚了。不可思议啊不可思议！

唐皓云作为他一母同胞的亲兄弟都吓一大跳。

再说了，你什么时候宣布不好啊，非得挑这种时候？

这时候，唐老太太正为私生子的事情烦着呢，唐迦南又闹了这么一出。

不过，烦归烦，孙儿的终身大事还是要过问的。比如女方的家庭背景、职业、经历等。唐迦南对风萍所知甚少，哪里答得上来，只知道她的职业勉强算得上是个服装设计师吧。

唐老太太一听，当即就表示反对，在场的几位一致不看好。她握住孙子的手苦口婆心劝说起来，说了一大堆废话之后，也开始说浑话了。

“迦南你就算要在外面胡闹，也要跟你爸学着点儿，他就不会被女人牵着鼻子走……”

唐迦南冷笑道：“那国外那三个是怎么回事？”

唐老太太生气了，拿出强硬的态度："总之我绝不同意，她根本配不上你。"

唐迦南面无表情地顶了她一句："我妈倒是挺配得上我爸，可惜她死得太早。"

唐老太太真生气了，两眼一闭，差点儿就昏过去了。

这可把大家吓坏了，纷纷指责唐迦南太不懂事。

于是这件事便暂时在唐家搁浅了。

出乎意料的是，唐湛对此事始终保持缄默，不置可否。

唐迦南便非常高调地对外宣布了订婚的消息。

于是一石激起千层浪，舆论哗然。

大家都对这个即将嫁入豪门的灰姑娘好奇极了。

可是最好奇的，莫过于灰姑娘本人。

她每天盯着报纸八卦，关注唐家人的反应。

虽然唐迦南订婚的对象正是她自己，但很明显，这一切不是出于爱。

第五章

这世上只有一件事比被人议论更加糟糕，
那就是没有人议论你。

唐迦南订婚一事如此轰动，各方面的人士都非常吃惊。唐家人自不必提，唐老太太连气也懒得生了，作为父亲的唐湛却始终保持沉默。

唐迦南的绯闻女友夏瑶、余曼文、吴念真等人都纷纷闭门不出，尤其是夏瑶，她和唐迦南的绯闻炒得沸沸扬扬，搞得大家真以为她要嫁入豪门了。结果他转头跟别人订婚去了，简直让她没脸见人。因为有她垫底，余、吴二人也就相对地不那么郁闷了。社交媒体纷纷做了唐二少情路回顾，细数绯闻女友之类的话题，网站点击量剧增，评论如潮，说什么的都有。

再就是周新竹了，她比唐家人还要震惊，觉得这女人太不可思议了。她不是方伯韬的女人吗？怎么忽然就变成了唐迦南的未婚妻？这手段也太强了，周新竹简直要五体投地地拜她。嫁入豪门究竟有多难，周新竹是最清楚的，她兄弟的那些女朋友，哪一个不是撞得头破血流而不得其门。风萍虽然还没有嫁入豪门，但能够哄得唐迦南和她订婚，也不得不说是一个奇迹。

方伯韬倒还好一点儿，他毕竟一把年纪，阅历丰富，而且在那天的晚会上，也隐约看出了一点儿苗头。所以，他虽然也很好奇、吃惊，却不方便贸然把电话打到唐家去。即便如此，风萍还是接到了谴责的电话，方君浩的第一句话就是："请问你现在大脑清醒吗？"

"完全清醒。"

"你是出于自愿，没有受到什么胁迫吗？"

"完全自愿。"

"你的订婚是出于爱吗？"

"当然不是。"

"玩弄别人的感情是不道德的。"

"那么，如果是被别人玩弄呢？"

"这个，这个就更加不道德了。"

风萍笑了："要不然时间怎么打发呢？"

方君浩深深叹了口气："确实挺无聊的，干脆你们抓紧生几个孩子吧，翠明湖真的太寂寞了。"

风萍呵斥他："你要没有别的事就挂电话吧，我未婚夫就要回来了。"

她特意强调那三个字。

方君浩立刻拆穿她："据我所知，唐迦南根本不在家，而且你搞出这么大的动静，我怎么可能没事，炳辰要把我骂得狗血喷头了。"

风萍大笑："我相信你的口才足以应付他。"

方君浩无可奈何："你悠着点，唐家还是有点儿实力的，你的身份瞒不了太久。"

"到时候再说。"

风萍放下电话，一转身，陆管家不知何时站在了门口，手里端着果盘。唉，她也不要每次都用这一招来偷听嘛，真没创意。

相处下来，风萍对她这种类似护犊的心态多少有了点儿了解。唐迦南幼年丧母，唐湛忙于公事，一个漂亮的、孤独的小男孩难免要惹起女仆泛滥的母性，天长日久，把他当成自己的所属物也未可知。如今忽然来了个外人，有排斥情绪也是可以理解的。

这件事对她来说，顶多就是出出风头，被大家议论一阵子。风萍趴在床上，一边翻杂志，一边吃水果，水果掉在了杂志上，她若无其事地捡起来吃了。陆管家完全看不下去了：铭瑄小姐就从来不会这样，她永远是斯斯文文的，举止得体。

陆管家不堪忍受地下楼去了。

这时，电话铃声突然响了，她接起来一听，却是易尔阳打来找风萍，她不情不愿地把电话转了上去，却忍不住偷听。

电话里，易尔阳的语气十分夸张：“喂，你和唐迦南到底怎么回事啊？”

风萍的口吻轻描淡写：“就是订个婚而已，何必大惊小怪……”

“昨晚都还没有一点迹象，今天忽然就宣布订婚了，我真的非常好奇，这一夜之间究竟发生了什么，人物关系居然发生了这么巨大的转变？”

“唐迦南求婚了，而我答应了，就这么简单。”

“可他为什么会突然想要求婚呢？”

——这也是陆管家非常渴望知道的问题。

风萍笑了：“这个问题你应该直接问他呀。”

易尔阳又问：“那你为什么要答应嫁给他呢？”

风萍反问：“他可是唐迦南啊，换了你，你会拒绝吗？”

易尔阳一下子被问住了，过了片刻才哈哈大笑起来：“唐迦南要是向我求婚的话，我恐怕也是很难说不，哈哈哈……”

“那不就结了。”风萍笑着挂了电话。

陆管家听到她这么理直气壮的回答，气得简直要破口大骂。

网上有八卦爱好者努力挖掘风萍的背景资料，有匿名者爆料，称其曾与本市一位年过半百的富豪有过交往，该富豪经营酒店生意。一时间跟帖无数，万丈高楼平地起。这也是没办法的事，这年头吃饱没事干的人太多太多了。风萍自己也看得不亦乐乎。

王尔德说过:这世上只有一件事比被人议论更加糟糕，那就是没有人议论你。还真没说错，生活果然要有绯闻才有乐趣啊。

只是，这个爆料者是谁呢?

她和方伯韬只出席过一次慈善晚会，当晚富豪明星云集，注意她的人寥寥无几。就算有人认出了她，也不至于无聊到到网络上爆料，除非那人跟她有仇。

风萍不由得微笑起来。

她从床上爬起来伸了个懒腰，眼看时间快到五点了，唐迦南如果不回来的话，这时候应该来电话了。果然，没过一会儿，电话铃就响了。

“你换件衣服，咱们晚上出去吃饭。”

“嗯？”

“一会儿有车来接你，先到公司，我们一起过去。”

“好的。”

风萍挂了电话，进房沐浴更衣。

没多久，一辆豪车到楼下接她，一路驶至唐家的办公大厦。

风萍知道唐家有钱，可亲眼看到北辰大楼还是忍不住感叹了一下，真是气派啊。她虽然也是有钱人，可是看一组阿拉伯数字和看一幢高楼那感觉是全然不同的。

前来接她的这名司机身材很好，戴着墨镜，言简意赅，对她仿若丝毫不感兴趣。风萍却不露声色地打量他，就冲这身板和举止，她可以肯定他一定武力值过人。唐迦南让一名保镖来接她，大概是为了避免人多眼杂，低调行事。如此看来，她身上的这件女佣制服有些多余呢。

车子驶入底层的停车场，出来便是总裁专属电梯，直抵三十二楼的总裁办。她跟着保镖一起进去，手提着一个深色大包，穿着女佣制服，还戴了一顶防寒软帽，打扮得颇有些不伦不类，就连办公室里的三名秘书小姐也没认出她来，只当是用人给唐迦南送东西。

唐迦南看见她这副模样也吃了一惊，待保镖出去才忍不住笑："你还真做得出来？"

风萍摘下帽子，扒拉两下刘海，自嘲道："我是二十一世纪最神奇的灰姑娘，有什么稀奇的？"这个措辞是某网络媒体的娱乐头条。

唐迦南又笑起来，一双眼睛盯着她的脸看。

风萍被看得有些诧异："我脸上有东西？"

他摇摇头，忽然道："看来我低估你了。"

风萍一愣："哦？"

"你看起来很正常，一点儿也没有受到影响……"

"我应该怎样？"

"一夜之间成了名人，万众瞩目，人人都在谈论你，无论是谁都难免要受到一点儿影响，可是你看起来……"他穿一件白衬衫，斜斜地靠在那张豪华宽大的办公桌上，用手将她从头比到脚，然后盯着她的眼睛，"你看起来与平常无异，似乎一点儿也没有受到影响。"

风萍笑道："怎么可能呢？我这两天一直盯着八卦新闻，心跳都比平时快好多。"

"是吗？"唐迦南依然盯牢她的眼睛，"我也看八卦，目前还没有人爆出你的背景资料，你很神秘啊……"

他说这句话时表情忽然变得很严肃。

风萍一向只见到他吊儿郎当的一面，没见过他认真严肃的样子，此刻他忽然收起往日的嬉笑态度，一双漂亮的眼睛微微眯起来，倒有几分锐利冷峻之气。

她心里头微微一动，脸上却笑道："唐迦南先生，你可真大胆，连未婚妻究竟是谁都没有搞清楚，就敢随随便便地订婚？我可把丑话说在前头了，你若是反悔，那枚八克拉的订婚石头就别指望要回去了，我……”

她没说完，唐迦南已经笑起来：“无论如何，你目前还不至于令人乏味……”

这句话令风萍感到有些尴尬，还没有人这样评价过她，至少没有人当面这样说过。真是……太失礼了，嗯，不过，不知者不罪。

“让我看看你带的礼服，我期待你今晚能有惊人的表现。”

唐迦南走过来提起她带来的那个包，打开一看，里面只有一件亮灰色的大衣，和一个沉甸甸的黑色皮包，没有礼服。他抬眸看着她：“我绝不敢带着一位身穿女仆制服的女士去参加晚宴，更别说这个人还是我的未婚妻。”

她轻拍他的肩膀，安慰道：“如果不出意外的话，礼服应该就快送到了。”

唐迦南一愣：莫非是嫌他送的礼服不够好。

风萍似乎很了解他的疑惑，微笑道：“我问尔阳要了一件礼服，应该就快送到了。”

“尔阳？”

“我现在是他的代言人了，所谓吃人嘴软拿人手短，出席活动自然得穿他设计的衣服……”

“什么时候的事？”唐迦南一愣。

“就在半小时前。”风萍朝他眨了眨眼睛，笑道，“我如今的身份不同了，万众瞩目，自然要好好敲他一笔。”

“哦，那他付你多少？”唐迦南问，尔阳可是爱财如命啊。

风萍瞪他一眼：“不要随便打探别人的商业机密。”

唐迦南黯然长叹：“无论如何，这桩交易也有我一半的功劳，我怎么也应该抽点儿佣金才对吧？”

风萍待要说什么，忽然响起一阵敲门声。

易尔阳的礼服送到了。

她一看见那礼服的颜色，就笑不出来了。

粉色束腰礼服，设计制作上自然是没话说，但颜色未免也太稚嫩了一点儿吧？她现在可是唐迦南的未婚妻，不是唐迦南的妹妹。他肯定是故意的，她明明要求一件看起来成熟端庄的礼服，为什么给她少女风？这家伙是要自砸招牌吗？

唐迦南对这件礼服倒没有意见，立刻把她赶进休息室，道："给你半个小时，够不够？"

风萍无语。

他帮她关上门，忽然伸头笑道："需要帮忙就叫一声，我随叫随到。"

风萍没好气地瞪他一眼。

事已至此，也只好穿这一件了。

她换上礼服之后，终于发现它尚有唯一的可取之处，就是比较配她的发型。但她这个发型也可以走另外的冷艳性感路线……唉，算了，她进洗漱间，略施薄粉化了个淡妆，戴上耳环，就算搞定了。

她的容色分外鲜明，雪肤红唇，眉眼漆黑，着不着妆差异并不太大。

待她打开门，唐迦南顿觉眼前一亮，不由得吹了一声轻佻的口哨，在这个寂静的办公室里显得格外突兀，但他做来仿佛再自然不过，风萍居然也听得高兴起来，适才的抱怨立刻荡然无存。

"尔阳决不会后悔花费在你身上的每一分钱。"唐迦南由衷地恭维她。

"我却有些后悔了。"

"怎么，他给的报酬很低吗？"唐迦南不由得笑起来。

"很低很低！"风萍愤愤不平，"那家伙根本就是身在福中不知福，我愿意穿他的礼服，是他的荣幸……"

“没错。”唐迦南拍手赞成，“能请到我唐迦南的未婚妻做代言，那臭小子睡着也该笑醒了。”

风萍原本是气话，给他这样一说，倒有些啼笑皆非了。

唐迦南看了一眼手表，七点过半，晚宴八点开始。从这里到辰阳山庄，倘若路况稍有不顺的话，没准就要迟到了。他拿起那件大衣帮她穿上，两人出门搭乘电梯下楼去了。

等他们走后，三个女秘书就开始叽叽喳喳地议论了起来。

A说：“你们看清楚了没？刚刚那个女学生模样的是谁？”

B说：“小唐总不会刚订婚就开始乱搞吧？”

C说：“瞎说什么啊，阿九刚刚领进去一个女佣。”

B笑了:“不会吧，他连女佣也不放过？”

C笑喷了:“你太邪恶了。”

A惊了：“啊，我想起来了！她真人比照片好看多了。那照片拍得太小，看上去太成熟，难怪我一时没认出来。”

B、C同时想起一个人，顿时面面相觑。

晚上的路况还真的有点儿堵，在市区陆陆续续堵了约十五分钟，才开上高架，直奔郊区。

“今晚是什么性质的宴会？”风萍问道。

“商务酒会，主要是北辰内部人员，你就当它是公司的聚餐，不用紧张。”唐迦南一边缓缓地跟着前面的车，一边拧着眉头抱怨，“每到年终，这些老家伙就要回来折腾，真是烦人。”

风萍含笑不语，此类抱怨并非真抱怨，听着就可以了，无须发表意见。唐迦南也没有继续讲下去。

两人静默片刻，她忽然又想起一件事，侧头问道：“你刚才说什么期待我今晚的惊人表现，那是什么意思？”

唐迦南立刻道：“是，我想你今晚尽可以表现得目中无人。”

风萍微微皱眉：“我什么时候给你这个印象了？”

唐迦南咧嘴笑起来，道：“我的意思是说，等一会儿到了宴会厅，别管谁来和你讲话，你只管态度傲慢就对了。”

“这个我好像比较在行，你真的确定吗？”

“非常确定。”

“没问题！”风萍一拍手掌，故意仰起头板着脸，抬起下巴，拿出一派居高临下的姿态，“这个姿态怎么样？”

唐迦南瞥她一眼，不由得哈哈大笑，道：“很好。”

风萍也笑，但是心里纳闷。这个要求真的很没道理啊，俗话说姜还是老的辣，老家伙通常都代表着有实力的家伙，给他们留下傲慢无礼的印象，无论从哪方面来说，都不是什么好事情。

高架路况畅通无阻，路旁有一大块辰阳山庄的灯箱广告，在夜色下散发着诱人的光芒。

辰阳山庄是由著名建筑设计师依山傍水打造出来的度假胜地，九曲回廊，清幽雅绝，很适合唐迦南口中的那些老家伙来此熏陶，邀三两好友，泡一壶茶，听一支古曲，对弈清谈，洗涤一下身上累积了半辈子的铜臭味。

这里的温泉也是鼎鼎有名的。

北辰的酒会设在山庄餐饮部的五楼，视野绝佳，正好可以俯瞰辰阳湖的美丽夜景。唐迦南携风萍到达时已经迟到了半个钟头。她一眼看过去，诚如唐迦南所言，老家伙居多，他们携带的女伴和他们的年龄则成反比，越老的家伙女伴越年轻。

唐迦南带着她上前一一打招呼，那些都是叔伯一辈的人物。前辈们对他还比较和蔼，对风萍就不怎么感冒了，亲切的，赞她两句；含蓄的，点点头；无礼的，根本就当看不见她这个人。

一圈走下来，她忍不住暗自苦笑：这里的每一个人都比她傲慢百倍，唐迦南居然希望她表现傲慢。他这算是一种含蓄的提醒吗？

不过，这样更好，她也就用不着保持微笑了，更不必听他们讲套话，听了都影响食欲。她的人虽然还跟着唐迦南，眼睛却早已去打量美食了。这情形落到外人眼里，就更加瞧不上她了。到底是草根阶层，眼里面只有吃的，唐二公子怎么连礼仪也不给她培训一下就带出来了？

角落里有人轻声嘲笑。

另一个说，你看她那个戒指戴得像一个暴发户。

有个身材修长的男人也在盯着她看。

他的女伴道："皓云，去打个招呼吧。"

唐皓云握着酒杯，不置可否。

他的女伴发嗲："走嘛，我要瞧瞧她究竟有什么魔力，居然能绑住阿南？"

唐皓云终是带着她走了过来，两兄弟迎头碰上，彼此举杯示意。

唐迦南介绍道："我大哥唐皓云，他的律师女友孙媛媛小姐。"然后看了看风萍，含笑道，"她就不用介绍了吧？"

孙媛媛嫣然一笑："风小姐最近可是本市的焦点人物，想不知道都很难。阿南，恭喜你。风小姐你真是好福气。"

先是恭喜唐迦南，再赞风萍好福气，呵，真不愧是律师。

风萍笑了笑，没有说话，眼神却落在唐皓云身上。

唐皓云剑眉星目，国字脸，肤色微黑，从外貌上来看，他确实比唐迦南要成熟稳重。此刻，他这张稳重的脸上挂着淡若轻烟般的笑意，矜持地点了点头，微微举杯，算是问候了。

这不是一个友好的态度，但也没有表现出明显的敌意。风萍仰头饮尽杯里的酒，道："我去一下洗手间，你们先聊。"

她说完随手就将酒杯搁在桌子上，径自朝洗手间的方向去了。唐皓云和孙媛媛一脸木然，然后齐齐掉头看向唐迦南。

唐迦南一脸无辜地耸耸肩："她一贯就是这样的。呵呵，真可爱！"

他最后补充的这一句让两人听得头皮发麻。

孙嫒嫒也忍不住喝光了杯里的酒，企图冷却一下心情。她靠自身努力获得成功，和唐皓云一路走到今天实属不易，相比风萍的一步登天，未免有些心气难平，但她的怨气是冲着唐皓云来的，为什么他就不能像阿南这样冲动一次？为什么他总是顾及这个顾及那个，唯独不顾及她的感受，她都快三十岁了……

唐皓云丝毫不知女友正在感慨年华老去，压低声音道："阿南，你不要玩过头了。"

唐迦南轻笑一声："你说什么呢，大哥？"

"你是故意带她来刺激……"

"她是我的未婚妻。"唐迦南立刻打断他，"我不带她带谁？"

唐皓云气结："我看你真……嗨，刘总，好久不见了！"他忽然转变语气，朝唐迦南身后微笑起来。

唐迦南转身一看，救星原来是天曜科技的刘总。

三人寒暄起来。

这时候，洗手间里的风萍也在跟人寒暄。搭讪风萍的这位女士极为漂亮，粗眉毛，黑眼睛，尤其漂亮的是她的一头长发，漆黑飘逸，堪比洗发水的广告模特。风萍洗手时，正逢这女孩推门进来，看到她脱口道："咦，你是风萍？"

风萍一怔："看来我真成了名人，必须习惯随时随地被人认出来……"

那女孩咯咯一阵笑，笑声格外清脆悦耳，风萍忍不住又多看她两眼。

她笑完又说："你比照片上要漂亮。"

"谢谢。"风萍微笑。

"迦南一定很爱你。"她睁大眼睛，一派天真无邪的样子。

风萍不知说什么，只好保持微笑，然后指了指门，表示自己要先走了。

那女孩又笑起来，连忙点头。

还真是一个活泼可爱的姑娘。风萍微笑着打开门，抬头就见走道里站着一个人。

她看见这个人，笑容立刻就定格在了脸上。对方侧过身来，脸上也带着微微的笑意，看到她不由得也怔住了。

唐湛。

她在网络上看过他的照片，绝不会认错。

他是一个仪表儒雅的中年人，身材消瘦。他比他的两个儿子都要英俊，单看相貌，她不相信他有五十岁了。

难道刚刚那个女孩就是他的女助理？他们竟然如胶似漆到这种地步，连她上趟洗手间，他也要在外面等候？嗯，不可能吧？他可是唐湛啊。

“你是风萍……”

“这就是出名的好处吧，不需要跟陌生人做自我介绍。”风萍微笑起来，“是我，没想到会在这里遇见您，唐先生。”

她的原意是没想到会在这个酒会上遇见他，但他们此刻正在女厕所门口，这句话听起来就有那么点儿一语双关的调侃的意味。

唐湛笑了笑，道：“我也没有想到……”

他这话说得也挺奇怪，似乎是说完了，可听起来好像还留了半句，叫人不自觉地静候下文，但他又不说了。

他有一双深邃的眼睛，但是有着非常温和的眼神。“你本人比照片上好看，阿南很有眼光。”

呃……最近很流行赞美别人比照片上好看吗？

“谢谢！”风萍笑着道谢，“不过，我还是不占用您的时间了。”

唐湛微微点头，但脸色明显有些变化。

风萍转身离开，自觉这句话有些欠妥，可是万一他不是在等人呢？

里面那个不是他的情人呢？既然大家在厕所门口遇见，就当他上厕所好了。但是，当她穿过屏风，左转正要进入大厅时，忽然发现原来男洗手间在那一头。这么说，他确实是在等人，而不是要上厕所。他这作风也太彪悍了。

她进入宴会厅，找到唐迦南："你猜我刚刚在洗手间遇到谁？"

"谁？"

"你爸爸。"

"不是吧？"唐迦南吃了一惊地看着她，"他应该还没有老年痴呆，怎么跑到女洗手间去了呢？"

风萍被他逗得笑了起来，不由得伸手在他胳膊上拍了一下："是在外面过道上遇见的。你为什么不告诉我，你爸爸今晚也会来。"

唐迦南喝了一口酒，淡淡道："他一向神出鬼没，谁知道他到底来不来。他来了又怎样？又不会吃人，难道你也会紧张？"他忽然目光灼灼看她。

风萍皱着眉头苦恼："似乎有点儿吧？他毕竟是你父亲……"不等她说完，唐迦南就"扑哧"一声笑了出来，"怎么，你终于想要嫁给我了吗？"

风萍侧过脸来，挑起眉毛看他。

唐迦南近乎嘲讽的冷语："要不然，你管谁是我的父亲呢？"

风萍听着他的语气，起先觉得怪异，忽然醒悟过来：啊，原来他是要刺激唐湛。他要跟他的父亲唱反调，为什么？

她忍不住眨了一下眼睛。

唐迦南不露声色地问："你这是在勾引我吗？"

风萍哭笑不得，转脸不去看他，嘴上却忍不住道："原来你这么幼稚。"

"你说什么？"

"没什么。"

“你说我幼稚！”

唐迦南忽然一把握着她的手腕，语气冰冷，似乎很不能忍受这个词。

风萍手里的酒水洒了出来，流在手背上，顿时也忍不住要冒火，可转头看到他的眼神，不由得一凛。哎呀，看来这个词打中他的软肋了，得安抚一下。她正准备说几句温软的话，旁边忽然插进来一个声音：“迦南，你们在干什么呀？”

唐湛挽着长发飘飘的天真少女，笑眯眯地看着他们。因为唐湛的关系，他们俩立刻成了众人的焦点，场内的每个人都将目光投向他们。风萍这才意识到自己和唐迦南的姿势十分暧昧。

周围忽然变得异常安静。风萍忍不住在心里黯然长叹，唉，有话好好说，你激动什么嘛！这一下看你怎么收场？

好一个唐迦南，他居然在众目睽睽之下回答道：“我们正准备亲吻，爸爸。”他说完直接把她拉进怀里，低头吻在她的唇上。

风萍整个人都不好了。她甚至怀疑那些泼洒在她手背上的酒水在嗞嗞作响。但是，这个时候不配合他显然是不行的，只好闭上眼睛做陶醉状。等唐迦南亲完抬头，她还闭着眼睛装陶醉：“再来一次吧。”

唐迦南一呆，怀疑自己的耳朵。

周围稍近的人群里已经响起了窃笑声。

唐湛也是一脸的似笑非笑。

可是，当唐迦南看着她那张晶莹绯红的容颜，终于情难自禁，深深地吻了下去。这一次他吻得十分用心。等他们再次分开时，唐湛已经走了。周围的人都恢复了正常交谈，没有人再关注他们。

风萍深吸一口气，脸颊很烫，不知道为什么有点儿想笑。唐迦南也有些尴尬，故作镇定地端起桌上的酒杯喝了一口，然后才发觉，自己喝的是女士的酒，不觉又是一阵尴尬。

风萍忍着笑意，低声调侃他道：“别紧张迦南，你的吻技不错。”

唐迦南一张脸顿时涨得通红。她到底在说什么啊，既然他的吻技不错，那他还紧张什么啊，她哪里看出他紧张了？真是的……不过，他毕竟是唐迦南啊，故作镇定道：“谢谢！我对此一向非常自信。”

风萍忍不住想笑：“我要去一下洗手间。”

“你刚刚才去过。”

“我手上被你泼了酒水……”

她说完离开大厅，穿过屏风后的走道，绕到观景台上，两手撑住冰凉的栏杆，让她的体温稍稍冷却。适才想笑的心情，脱离那个氛围也就没了。玻璃窗外的辰阳湖被霓虹灯装点得五光十色，她看着不由得长舒一口气。

唐湛以铁血作风闻名商界，本人看起来却是风度翩翩，亲切随和，很有儒商风范。他理应是一个好父亲，唐迦南和他究竟有什么隔阂，使他不惜拿自己的婚姻赌气？

她忽又想起上一次来辰阳山庄的路上，在唐迦南的车里听到的那则八卦新闻，似乎就是在那晚之后，唐迦南的事就特别多，足足折腾了两个月才渐渐平息。他是不满意父亲老牛吃嫩草，觉得面子难看，抑或是担心家产？

请原谅她的小人之心。风萍略有些自嘲地笑起来。她实在是日子过得太清闲了，才会来蹚唐家这浑水。可是管他呢，反正闲着也是闲着。

当晚他们有了亲密行径，彼此间的气场不禁变得微妙起来。

唐迦南觉得在订婚一事上，自己利用了风萍，她是吃亏的，尽管她本人似乎并不这样认为，可他却因为这一丁点儿的内疚，自觉不能再无耻地觊觎她的身体了，故而格外注重绅士风度。

可惜他的良心发现，并没有得到风萍的理解，反而误会他是在为日后悔婚做铺垫……她此刻还没有真正了解唐迦南，唐迦南是完全想不到这些的，就算将来真的要悔婚，无非是支票上数额大小的问题，哪里就难倒他？令他踌躇惊讶的，是他似乎真对她有了感情，这一点可谓始料未及、不在计划之内。

他们住同一层楼，一个睡主卧室，一个睡客房，暗夜里看那两扇精致的房门遥遥相对，很渺远的样子。两人的作息时间也遥遥相对，像是彼此有意错开，避免见面的样子。

唐迦南晨起工作，风萍必定还在熟睡。晚上，十有八九他都有应酬，而风萍是很讨厌应酬的，再则年关在即，他也实在是忙。外界的传闻也终于平息了下去。风萍本人并没有什么议论价值，不过是攀上了唐家这棵大树，才吸引了大众的焦点。她蛰伏了些日子，颇有些“蠢蠢欲动”，想到之前矮人大叔提过一个拍卖会，便决定去看看。

恰好唐迦南这天提前结束工作回家，发现风萍不在，阿九说她去了一个拍卖会，他问了地址便驱车过去。他不知道她对古董还有兴趣。

唐迦南找到地方，车子刚刚减速转过来，便见风萍戴一款超大墨镜，几乎遮去半张脸，站在台阶上和一个男子讲话。天色不太好，愁云惨淡的样子，风把她那苍绿色大衣的下摆吹得猎猎飞舞。

那男子只有一个侧面，看得不是太清楚。

他泊好车子快步走过来，一边叫她的名字：“风萍！”

闻声，台阶上的两人同时转过头来。风萍对他的出现毫无准备，不由得一怔，白皙面庞在墨镜的衬托下尤显得苍白，漂亮的嘴唇向上弯了弯，算是回应。那男子身材挺拔，一双细长的眼睛，眼角上翘，看起来有点儿男生女相。

唐迦南的目光在两人脸上一扫，然后看定那男子：“这位先生是……”

那男子不说话，看向风萍。

风萍只得给他介绍：“安悦生。”

唐迦南觉得这名字有点耳熟，一时想不起来，更仔细地看了看他，依稀有两分面熟，还是想不起来，笑道：“安先生，你好。”

安悦生笑了一下，走下一级台阶，和他握手："你好，唐先生。"

"安先生也是古董爱好者？"

安悦生笑着摇头："是我一位朋友爱好收藏古董，听说这次拍卖会上有一只明代的瓷瓶，特意让我帮忙来看看，承蒙风小姐割爱……"

"是吗？"唐迦南笑起来，转头去看风萍。

风萍淡淡一笑："举手之劳，不必客气。"她说着抬头看了看天色，"看这天色恐怕是要下雪了，咱们赶紧回去吧，再见。"

她对安悦生点了点头，率先举步离开。

唐迦南和安悦生再次握手言别。

等车子驶出停车场、拐上街道，唐迦南才道："原来你喜欢古董……"

风萍心不在焉地笑一声。

"你既然看中那个瓶子，又何必让给他呢？"

"也不是什么绝品，我随便看看。"

唐迦南听这句话的意思，仿若她的品味甚高，倒并非囊中羞涩的缘故。可是，明代的瓷瓶再怎么样也绝对不会便宜，她很有钱吗？

相识以来，他还是第一次想到这个问题。因为他自己是完全没有财务负担的，平日来往的也都是富家子弟，所以从来不以这个去想别人，此刻回想，风萍的服饰穿戴似乎并不奢侈，他送的那枚胸针也从没见她戴过，她除了对床品的要求高点儿，其他方面倒很好伺候……

他忽然想起这些，倒像个为养家糊口发愁的汉子。意识到这个，他不禁在内心发出自嘲的笑声。

风萍遇到安悦生，始料不及，不免有些神思恍惚，整个人陷在车座里不说话。窗外的天色彻底阴沉下来，仿佛有雪欲来。过了好一会儿，她才发觉唐迦南也格外沉默，心里便有些疑惑，又见他嘴角含着一丝笑意，更疑惑了。

"你笑什么？"风萍侧过头，问道。

“嗯？”

唐迦南无意识地应一声，抬头看了一下内后视镜，自己果然一脸微笑，仿佛有什么隐秘欢愉，不禁面上发热。恰在这时，迎面射来一束强光，他蓦地一惊，觉得自己的好奇心走得有点儿太远了。

风萍虽然觉得他的脸红比较稀罕，却没有心情调侃他。她有自己的心事。

回家吃过晚饭，外面果然飘起了雪。

唐迦南难得偷来半天的闲工夫，很愿意陪她坐一会儿，在温暖的室内欣赏窗外的雪景，倒也不失为一种浪漫。却不料风萍自始至终都心不在焉的，令他颇为扫兴，脸色郁郁地上楼去了。

风萍在沙发上独自坐了一会儿，也起身上楼去，路过书房门口，忽听唐迦南叫了一声：“喂！”语气听着像和谁赌气似的。

风萍停住，转过头来问他：“有事？”

唐迦南绕过书桌走过来，递给她一张卡，解释道：“那天晚上你丢衣服的事情，我替你教训了他们，他们老板特意送一张会员卡，表示歉意……”

风萍立刻明白过来，冷笑道：“三流会所的会员卡，我很稀罕吗？”

唐迦南心里一震，觉得“三流”两个字格外刺耳。他按捺情绪，故意笑问道：“那依你看，什么样的才算是一流会所？”

风萍道：“你父亲位于雁荡山的会馆可算一个。”

这算是拍马屁吗？

唐迦南无语，却又听她道：“周新竹拿走了我的大衣，送一张会员卡就算了结了吗？哼！就算将整座会所送给我，我也不稀罕。”

唐迦南不知她说的是气话，还是那件大衣委实昂贵，便问道：“那件大衣有特别意义吗？”

风萍道：“没有。但它就算烂成了碎片，也比这张卡有意义。”

唐迦南又无语了。

她兀自气愤地补充一句：“我是决不会再去这个会所的。”

唐迦南闻言，脸上不由得带出一丝笑意，为她有些稚气的话。他道：“可是我们圈里的人差不多都在那里玩……”

“我对你们的圈子没兴趣。”风萍打断他，举手道晚安。

唐迦南微微变色，这句话就等于是说，我对你没有兴趣。他自认是很会应付女人的，偏偏碰到她就偃旗息鼓了。随她怎么骄傲的女人，到了他面前没有不谦逊的，风萍是一个例外。

他的好心情彻底消失了，郁闷得不行。都已经跟他订婚了，还说不感兴趣的鬼话，不嫌太迟了吗？玩欲擒故纵的女人他见得多了，没有像她这么玩的，简直要令他反感，可偏偏自己的情绪又总被她牵动。

如此一来，这一夜自然是要失眠的。

当晚，与他一起失眠的还有两个，一个是风萍，一个是安悦生。

第六章

○ ● ○

如果有机会重新来过，她肯定会做得更好，
但人生没有彩排。

DEEP DIVING INTO THE PINK OCEAN

安悦生没想到会这么快就见到了风萍。

时隔三年，她的相貌和照片上没什么区别，举止气度却实在不能同日而语了。三年前的她还有些青涩，偶尔也会局促不安，如今姿态优雅地坐在位置上，气定神闲地举牌报价，几百万的数字脱口而出，表情纹丝不动。

人家说财大气粗，真是一点儿不假。

他还记得三年前，她和客户吵架，被公司解雇，最后为了区区几百块钱跟公司人事吵架。那是他第一次发现她原来是那样看重金钱的，平时她总是一副不把钱当回事的态度。他对着电视广告赞叹某款汽车，她会说“你喜欢的话，我们去买一辆好了”。那样正儿八经的口吻，好像他们真的买得起似的。

他最讨厌她这种自以为是的幽默感。每逢这种情况，他都要找借口到卫生间里去抽两根烟，来冷却心头的火。等到他出来后，她虽然不说什么，但必定会第一时间去开卫生间的那扇小窗。

她的小资情调也让他无法接受，月薪不高，日用品却坚持购买进口的，从洗发水、沐浴乳、护肤品到枕头、眼罩，尤其是那眼罩，实在有点儿滑稽。他读大学时，一个寝室六个人，也没见谁需要戴眼罩才能入眠。

她是典型的月光族，虽然她从来没提到过缺钱，但这种消费态度，没有哪个男人会想和她共度余生，更不敢想象他们的未来。她的离开是对的，他们在一起反倒彼此制约，死气沉沉。如今他事业有成，她想必也会顺利嫁入豪门，这是再好不过的双赢结局。

只是，他还必须再见她一面。

她离开之后，他以为自己很快就会忘记她。事实却恰恰相反，他不但没有忘记她，反而把她记得更清楚了。很长一段时间之后，他才搞明白自己的这种心理——不是因为他还爱着她，而是因为她走得太决绝，决绝到不给他一个挽留的机会，虽然他十有八九也不会挽留，但她主动离开，他的自尊心不允许。

她欠他一个解释。

第二天，他选购了一束花，命人送至唐宅，附上名片和几句短言，为上次拍得的那只明朝梅瓶再次致谢。他自觉这个借口非常贴切，她看到后必定会回电给他。却不料风萍那天去了易尔阳的工作室，很晚才回家，那束花便落在唐迦南的手里。

他看到安悦生的名片，恍悟——难怪觉得安悦生有些面熟，原来是智能思维的首席执行官。这是近年颇受瞩目的科技公司，受到很多投资人的追捧，北辰旗下的投资公司也投了一部分资金。

只是，风萍为什么会认识他呢？

他觉得疑惑，便叫来阿九，让他去调查一下安悦生。

阿九的办事效率极高，第二天晚上便来复命，表示没有查到他和风小姐有什么瓜葛，非但和风小姐没有，他几乎没有感情生活，最近三年的全部精力都在工作上。

唐迦南对阿九的能力是毫不怀疑的，但他回忆那天的情景，始终觉得两人之间的气氛诡异，好像并不是因为那只花瓶才认识的。

每到年终，北辰的酒会都特别多，易尔阳要给风萍多备几件礼服，顺便游说她多多抛头露面。风萍嗤之以鼻："易大设计师，你知道有多少人给我送衣服吗？"

易尔阳瞪她："我可不只是送衣服，还送了钱的。"

风萍笑起来："拉倒吧，我连一个子儿也没看见。"

易尔阳也笑，指着满室的高档布料和两件半成品礼服，道："这些难道不是钱吗？这些布料有多贵，你是最清楚的，把它们关在衣橱里是很不道德的行为。"

风萍经由唐迦南的灌输，对易尔阳的吝啬之名已经早有耳闻，当下不再跟他磨嘴皮子，抬腕看一下时间，道："时间不早了，我该回去了。"

易尔阳说："再等我半个钟头，我送你。"

风萍忙说："不用，我打车。"

易尔阳面色略一迟疑，还是问了出来："你何不购辆车呢？阿南总不至于……"

"他送了，我没开出来。"风萍微笑道。

"为什么？"易尔阳很不理解。

"反正也不赶时间嘛。"风萍笑笑。

"你甚至没有手机……"易尔阳终于有机会问一个很久之前就想知道的问题。

"我觉得人们应该适当保持点儿距离，如今的通信已经非常发达，没有手机，你还不是一样找得到我？"风萍微笑道。

"这是个信息时代，你会因此错过很多机会。"

“凡事都有利弊，看你从什么角度去看了。我倒希望过一过古人的生活，如今事事得到得太容易，快乐也就打了折扣。而且你知道的……”她的语气忽然低沉下去，狡黠地眨一眨眼道，“像我这样漂亮的女孩子，被人问电话号码的机会总是特别多，要是不给吧，有时难免要得罪人的，不如干脆没有，省事！”

易尔阳大笑起来：“谁这么不自量力，敢打你的主意？”

言下之意是有谁的财力能雄厚过唐家呢？

呵！一个出身贫寒的女子，她的爱情最好也给同样贫寒的男子，这样别人就无话可说，一旦给了富家公子，那么她的爱就大打折扣，且不论她是否真爱那个富家子，总有那么一些人自以为是地认定她别有所图。

当然，风萍并不是一个出身贫寒的女子，她也没有深爱唐迦南。所以，她只是若无其事地笑了笑，取过衣架上的衣帽穿戴整齐，跟易尔阳挥手作别。

再过半个钟头，这座城的交通将会不堪忍受。数以万计的人瞬间会从各个角落里钻出来，来来往往地堵塞城市，想打一辆出租车都会非常困难。

风萍出了办公大厦，在路口等了一会儿，不见空车经过，便步行去街对面的拐角站台。如果有手机自然可以打电话叫司机来接，但自从她三年前扔掉手机，离开安悦生之后就再也没用过那玩意。

离开安悦生之后，她进行了一场寂寞的旅行。

她去了很多地方，经历过很多事，却始终无法获得内心的平静。她曾以为她谦卑地去爱、去给予，安悦生就一定是她的，然而事实告诉她，爱情跟品质、态度完全没有关系。

他不是一个坏人，她也不是。可是两个好人又能怎么样呢？他们未必能够在一起，爱情不会因为你年轻貌美，富可敌国就格外垂青你。

没错，安悦生确实更爱金钱和他自己，但那也没什么可指责的。这世上的绝大多数人不都是在追求财富嘛！这也是人之常情，无可厚非。要怪就只能怪她自己，她本不应该隐瞒身份和他交往的。

其实，因为金钱而产生的爱未必就不是真爱。她缺的是爱，又不是钱。尽管她也曾经试着对他表明身份，但不晓得是方式不对，还是时机不对，抑或是其他什么缘故？结果总是弄巧成拙，往往话题还没展开，他就已经很不耐烦了。后来她渐渐明白，他们已经走入了一条死胡同，前面没有路了。如果她表明身份，就等于是给他一记响亮的耳光，单单从他的男性自尊看，他们之间也绝无可能了。

她知道安悦生不够好，可是她爱他。那是她第一次爱一个人，情感过分饱满，爱得过于用力，不注重方式和手段，自然难有圆满。她那时还太年轻，还不晓得爱的表达方式有时比爱本身更为重要。如果有机会重新来过，她肯定会做得更好，但人生没有彩排。

她在路口等红绿灯，思潮翻滚。

对面的绿灯亮了上十秒，她才猛地反应过来，连忙快步飞奔过去，尚不及站定，旁边忽然“嗖”地驶过来一辆车，吓得她连退两步，着实吃了一惊。

谁知那车竟在她面前停了下来，深色的玻璃窗落下来，露出一张略显沧桑但不失英俊的脸庞，看着她微笑道：“我送你一程。”

风萍无论如何也料不到竟会遇见唐湛，一时不禁怔住。

他打开车门，含笑提醒她：“这里不方便停车。”

风萍脑子还没反应过来，两条腿已经率先做出决定。唐湛起身让到里面一个座位上，她便坐在他刚坐过的地方。司机迅速将车驶出去。

虽然说送她一程，但并没有询问她去哪里，淡淡地问道：“怎么不开车出来？”

他的姿态相当随意，修长的手指交叠在胸前，眉梢眼角都是温和的笑意。

风萍也不知到底出于什么缘故，每次遇到他都仿佛局促不安。为了避免把话题扯得太远，她决定说谎，浅浅笑道：“我不会开车。”

唐湛确实没料到这个答案，微怔道：“你若是会开车，大概就不会坐在这里了。”说着又笑起来，一派若无其事，神色坦荡的样子。

风萍听了只觉得奇窘，两颊一下子就烫起来。

尽管如此，她还是忍不住侧头看了他一眼。他也正看她，脸上带着微微的笑意，眼角刻着几道细碎皱纹，但丝毫不妨碍他的魅力。

他的眼睛像一口深井，要把人吸进去似的。

风萍看了一眼，立刻转过头直视前方，一颗心突突直跳。车内极为安静，她怀疑他听得到自己的心跳声，不禁又羞又恼。

“如果你没什么急事的话，一起吃顿晚餐好吗？我正好有事想和你谈谈。”

虽然是问句，但他的语气笃定。

风萍暗自吸了一口气，故作镇定道：“抱歉唐先生，我还有事。”

唐湛脸色微变。

近二十年来，他从未被人拒绝过，无论是男人还是女人。

他迅速笑了一下，缓声道：“那么能给我你的手机号码吗？我们再约时间。”

风萍闻言不由得一阵尴尬，但也只好实话实说：“我没有手机。”

说完都不敢看他，不仅替他窘，更替自己窘，连声音都不自觉地低下去了，仿佛犯了什么错误似的，尤其是联想到刚才和易尔阳说过的那番话，真是奇窘。

她不看唐湛，也不知道他此刻的表情，听到一阵窸窣之声，随即一张便笺纸递到她面前。唐湛的声音格外温和，依旧含着笑意。

“这是我的号码，如果你方便的话，可以打给我。”

风萍不得不暗赞他的风度，伸手将那张纸接过来收好。

手机作为现代人必不可少的通信工具，可风萍却说自己没有，委实叫人难以相信。她以前告诉别人，没有一个人相信的，偶尔碰到那些死缠烂打的不识趣之徒，甚至要送她一个。唐湛倒是一句多余的话也没有。

他将笔纸放回去，问道：“你到哪儿？”

风萍忙道：“就在前面下车吧。”随手指了右前方一座较高的建筑物。

唐湛沉默顷刻，唇边不由得荡开浅浅笑纹，当一个人到了五十岁，仍然具有令年轻女子脸红心跳的魅力，确实是一件值得自豪的事情。

他抬眸看一眼，微笑道：“博知科技园吗？”

风萍一愣：咦，居然到了这里？但面上不露声色，将错就错地点点头。

稍后，车子靠边停妥，她道了声谢，立刻手脚麻利地跳下车，目送他的座驾绝尘而去，方才呼出一口白雾。

隆冬腊月，雪后的天气有一股阴湿湿的冷，她被风一吹，整个人就冷静多了，自觉刚刚有点儿失礼。无论如何，他也是唐迦南的父亲，跟他吃顿饭又不会死，顶多消化不良。

他要跟她谈什么呢？

她已经好奇起来。

这会儿正是下班时间，科技园里的上班族蜂拥而出，打车更加困难，她便随意在附近走了走。

科技园前后三幢楼，呈品字形，外观上看是老旧了一些，被笼在冬日傍晚灰蒙蒙的薄雾里，仿佛添了几分沧桑。她人生的第一份工作就是在这里得到的，那时的她笨拙地编写简历，四处投递，两个月后终于得到一个面试机会，对于当时已经被打击得奄奄一息的她，不啻是一帖兴奋剂。

她认真地做足准备，临场仍是答非所问，颠三倒四，居然也被录用了。后来才知道成功的关键在于她出众的相貌，着实让她郁闷了好一阵子。现今，她当然是可以平心静气地检视自己，当一个笑话来调侃了。

生活日渐磨去了她性格里的尖锐成分，慢慢地把她变得宽容沉着，能够原谅别人，也可以宽宥自己。她和过去的岁月握手言和，从容前行。

她随着人潮走了好一段路，顺便在街边的饭馆吃了晚饭。隔壁的广场上有商家冒着寒冷在搞活动，请了一支乐队唱怀旧老歌，唱得很不错，却因为天气原因，观者寥寥。

她站在旁边听了老半天，搞得那个乐队主唱频频看向她，她才依依不舍地离开。

回到家时，时间已经过了十点。

唐迦南西装革履地站在客厅里，脸色很差。

陆管家站在他身后，严肃的神情下难掩一丝幸灾乐祸。

风萍立刻觉出气氛不对，他从没有在家还穿得这样整齐的习惯。

“你到哪里去了？”唐迦南神色颇焦虑，语气十分不善，“尔阳说你四点多就走了，这么晚才回来？”

“我在街上逛了逛。”

“什么都没买也能逛五六个小时？你不要让别人担心你……”

“我已年满十八岁，可以照顾自己。”风萍打断他，不以为然地笑道，“而且法律也没有规定，逛街就一定要买东西啊。”

“你至少应该打个电话回来。”

“你知道我一向都记不住电话号码的。”

唐迦南最反感她这副理所当然的口吻，听了很是刺耳，心头那一小簇原本弱下去的火苗陡然升高数丈，不禁冷笑道：“可你倒是记得住信用卡的密码。”

风萍闻言不由得愣了一下，感觉事情有点儿严重，便轻轻一笑道：“不过是逛逛街，你何必这样小题大做嘛！”

他冷着脸，语气严厉道：“我没有小题大做，你最近没事最好不要出门！”

这种语气风萍听了也不禁皱眉，奈何陆管家站在一旁，便隐忍不发，抬脚上楼，却不料此举更令唐迦南勃然大怒，大步将她拦截在楼梯口，怒道：“我在跟你说话，你这是什么态度？”

风萍沉默顷刻，忽然微微一笑道：“我的态度就是：我喜欢逛街，我明天还要出去逛街。”

唐迦南何曾被人这样公然顶撞过，一时竟气得说不出话来。

风萍又道：“我要休息了，请你让开！”

唐迦南冷冷地提醒她：“你现在站的是唐家的地方。”

风萍不说话了。

周围安静得有些诡异，陆管家悄无声息地退出了客厅。

静默半晌，风萍道：“那好吧，我不住你们唐家。”

她言出必行，提着包包转身就往外走。

唐迦南一时生气，口不择言，话一出口心里就后悔了。

他原是一片好意，担心她晚上出事，不过是情急了点儿，一言不慎就闹成这样。眼见她果真走了，他一时也没台阶可下，独自在客厅里生了半天的闷气，转念想到深更半夜的不太安全，连忙把阿九叫来，含糊其辞地让他开车去，至于是去接回来，还是去送一程，阿九也不清楚！

阿九跟了他多年，深知这个意思只能靠自己揣摩，如果问得太白，老板就会恼羞成怒。他一边开车寻找人影，一边揣摩“圣意”，觉得应该是接回来。老板往日的那些女朋友，走了便是走了，绝没有这么多麻烦事，这个是未婚妻，自然是不同的。

他这里刚刚揣摩明白，一抬头就到了前面岔路口，看见风萍上了一辆出租车飞驰而去。他犹豫一下，仍是决定开车跟着，否则今晚的任务便完成不了。二十分钟后，出租车在时光酒店前停下，风萍下车，跨入了那扇豪华气派的旋转门，失去踪迹。

得，回去交差吧，好歹知道了风小姐的去处。

第七章

○ ● ○

人类天生擅长制造格言，
却短于听从它。

DEEP DIVING INTO THE PINK OCEAN

翌日上午，风萍在时光酒店顶层的专属套房里醒来，床头已经备好了丰富的早餐和两份晨报。她洗漱完毕，端起热牛奶喝了一口，一边拿起报纸浏览。

报上头条竟是一则绑架撕票的消息。被绑架者乃是隔壁桃源市的船王之子，对方因恨其家人报警，故而撕票。

风萍看后大吃一惊，晨褛也来不及更换，便到方伯韬的办公室询问详情。

方伯韬对于她的神出鬼没早已习以为常，一看到她手里的报纸，就知道她的来意，不等她发问就道：“这件事昨晚已经在圈内传开了，弄得人心惶惶。”

风萍皱眉道：“太恶劣了，什么人干的？”

方伯韬摇头，道：“暂时还不知道。周边城市的名流都感到不安，我已经从泰国请了两名保镖，明天就到。”

风萍闻言微惊。

“君怡回英国了吗？”

“没有，和Richard旅游去了。我昨晚已经勒令她回来。”

“你是不是太紧张了点儿？”

方伯韬叹息：“那是因为你还没有为人父母。”

风萍撇撇嘴没说话，这时隐约明白唐迦南昨晚的意思，大概也是担心自己。可他为啥尽说些气人的话呢？真要命。

两人就这件命案谈论了一番。因方伯韬十点钟有个会议，风萍便起身回房，两人一起等电梯。那天恰好有位巨星下榻时光酒店的总统套房，贵宾部的记者特别多，不知怎的，竟被人拍到他们的照片，发到网上。

网友们联想到前一阵子曾有人爆料说：风萍与一位经营酒店的富翁过往甚密。如今看来是空穴来风，未必无因。尤其是照片上的风萍身着晨褛，不免让人浮想联翩。

好事者一直致力于捕捉唐迦南的花边新闻，没想到先出状况的竟是风萍，少不得要对唐迦南进行一番真伪难辨的同情。那文章想象大胆、推测合理、议论精辟，写得活色生香，端的是一篇妙文。

周新竹看到这则八卦的时候，真是兴奋得不得了。风萍的奸情终于暴露了，唐迦南但凡是个男人，就应该立刻将她扫地出门。即便他能忍，唐家也决不能忍。

她第一时间便去跟唐铭瑄套近乎，拐弯抹角地将这则八卦抖了出来。唐铭瑄果然大吃一惊，到底是年轻姑娘，沉不住气，立刻就给唐迦南打电话。如此，周新竹才算松了一口气，像卸下千斤重担似的。

随后，两人聊起了时尚界的事。却是本市即将举行的一场模特大赛，还邀请到国际著名设计师Jennifer担任评委，一方面也是为其在亚洲的春夏服装秀做宣传。唐铭瑄知道周新竹的两个堂妹都参加了这次大赛，含笑道：“静荷和雅柏肯定都能进入决赛吧？”

周新竹表现得很谦虚，评价仿佛也很中肯客观：“进前十应该没问题，静荷的条件比雅柏要好，她应该比较有希望……”

这两个妹妹乃是由她这个高明的姐姐亲手调教指点的，岂能轻易就被淘汰？

唐铭瑄照例赞美祝福她们几句，虽然与她们未曾见过。她心里急于回家探听众人对那则八卦的态度，故而坐了片刻，便找个借口告辞了。

她匆匆赶回唐家老宅一看，唐老太太和她娘家那头的几个表姑表兄妹都在，大家正谈得热火朝天，格外激动，主题当然是眼下最轰动的船王命案。逢到这种事情，最担惊受怕的都是有钱人。唐铭瑄在他们中间坐下来，听他们不断地批评政治和治安，不由得踌躇起来，这时提到风月八卦似乎不太应景，不说吧，又憋得难受。

唐老太太对外孙女是很关心的，一双锐利的眼睛注视着她的时候也仿佛多了几分柔和，语速很慢但很威严地说：“铭瑄，你最近也安分一点儿，不要到处乱跑。”

唐铭瑄微微笑了一下，道：“我一直都很安分，不安分的是二哥……”讲到最后两个字时声音不觉有些低。

闻言，众人顿时安静了下来，齐刷刷地看向她，但是眼角的余光却不着痕迹地瞟着唐老太太。自从唐迦南擅自订婚之后，他的名字甚少有人敢在唐老太太面前提及，一是怕刺激到她，二来是没人想主动找不痛快。唐铭瑄因为平日是最被厚爱的，不免恃宠而骄了。

此刻，唐老太太的脸上没什么表情。

她沉默片刻才问：“阿南，他怎么不安分了？”

这样轻描淡写的语气令唐铭瑄也摸不着底，但她还是硬着头皮把八卦说了出来，毕竟知情不报也是罪过，外祖母万一真追究起来她也是要连坐的。唐老太太丈夫早逝，儿子唐湛过分出色，使得她的天地只限于家庭内部，这一点权力是她的全部乐趣所在，绝不肯放着不用的。

她尽管面上不露一丝声色，但心里却是高兴的。有机会去证明别人的错误和自己的英明，当然是一件令人愉快的事。这件事无疑证明了唐老太太的先见之明，经验告诉她：一个平凡女人跻身上层社会的途径决不会太清白，唯有让一个上层社会的男人娶了她，然后才能名正言顺。唐家的孙子绝不能当这个冤大头。

唐老太太微微低垂着眼睛，心里却已经有了主意，但她的权威性令她暂时保持了沉默。

这则在唐家引起骚动的绯闻，对风萍没有造成任何困扰，倒是把另一当事人方伯韬气得够呛。他执意要找媒体澄清此事，风萍表示这种事向来都是越描越黑，不必多此一举。

方伯韬委实怒气难平，连声道："不行不行，太不像话了。"

风萍笑嘻嘻地进一步劝道："方伯，如果你想让人们在这世上把你的名字传扬，那么一定不要对他们做任何解释，就让他们尽情发挥无穷的想象吧。人类之所以是灵长类动物，因为他们有一个善于想象的大脑，不充分利用是很可惜的。"

方伯韬觉得自己的一腔热忱被人辜负了，圆圆的眼睛瞪着她："我是在担心唐迦南会误会你……"

风萍哈哈一笑，截断他的话："你多虑了方伯，我毫不担心。"

"哦？"

"他的绯闻那么多，我不过才一件，除非……"她一边说，一边去穿自己那件绿色羊绒大衣，"除非哪天我成为绯闻天后，否则他绝没有立场指责我。我约了易尔阳看衣服，不跟你说了。对了，把你的司机借我用一下。"

方伯韬被吓到："用我的车，你是唯恐天下不乱吗？"

风萍提着包打开门，临走前对他笑道："反正不论媒体怎么写，别人怎么说，都改变不了我们的关系，就当它是一阵风好了。"

方伯韬不住地摇头，没好气地对着门板叮嘱道："注意安全。"

风萍搭乘电梯直接到地下层，西装笔挺的司机已经在车里恭候大驾了。车子一路开到易尔阳的工作室楼下，司机下车要送她上楼，她连忙谢绝："不用，这里我很熟。"

司机仍坚持把她送进工作室的大门。

易尔阳这次见到她的态度略有不同，几次欲言又止的样子，仿佛有什么事难以启齿。风萍很明白他的难处，主动解释道："报纸都是乱写，没有的事。"

易尔阳正不知道如何启齿，她主动提起是再好不过了，索性八婆做到底，问道："你和阿南是怎么回事？他前晚开车来找你，结果你第二天就和方伯韬传绯闻，你们到底在搞什么？"

风萍撇撇嘴，道："真没什么，他关心我，但用错了方法，我们吵了两句。方伯韬的事完全是媒体乱写，信不信由你。"

易尔阳难得正经起来："我信不信不重要，重要的是阿南，他是什么态度？"

"不知道。"

"不知道？"

"是啊。他没什么反应。"

"没有反应就是大反应。"易尔阳的表情特别夸张，"事情大条了！"

"是吗？那就让它大条好了。"风萍一脸无所谓，"让我看看衣服吧。"

"衣服？"易尔阳对于她的迟钝痛心疾首，忍不住出言点醒她，"我的大小姐啊，如果阿南一怒之下把你休了，你岂不是……"

"他不会的！"风萍果断地打断他，含笑道，"所以，你不用担心在我身上花费的每一寸布料。"

易尔阳气结，瞪着眼睛几乎要咆哮起来："真是狗咬吕洞宾，算了算了，我懒得过问你们的破事。"说着仰起头气呼呼地走了，一边高声吩咐助理道，“取消今天下午的所有预约，我谁也不见。”语气铿锵有力，掷在地上怕要冒火星子。

风萍“扑哧”一声笑起来。

她倒差点儿忘记了，易尔阳也是国内数得出来的服装设计师，是大牌了。

通常来说，搞艺术的人，他们的艺术成就和他们的脾气是成正比的，但易尔阳不是，至少在风萍面前不是。故而他怒气冲天地下了逐客令，风萍便也很识趣地闪人了。

当日的天气很好，晴空碧蓝，艳阳高照。

她出了易尔阳的工作室，不急着回去，就到三楼百货商场逛了逛。这是本城著名的双子大厦中的B座，与A座相邻，中间只隔一个喷泉花园。她漫无目的地逛了一圈，在哈根达斯临窗的位置稍事休息，要了份甜点充作下午茶。

原计划忽然取消，她凭空得了半日清闲，一时没什么事情可干，干脆躲在这里晒晒太阳。她整个人都沐浴在阳光里，碎金般的光线刺得她微微眯起眼。

要不要给唐湛打电话呢？今天的时间倒是很充足。

她坐在阳光里踌躇，心里很好奇，不知道唐湛究竟要跟她谈什么。

沉吟半天，终于还是把手伸进大衣口袋去摸那张纸，那上面有唐湛的电话号码。但随即想起来衣服昨天刚清理过的，那张纸十有八九被留在酒店里了。伸手摸了两下，果然，口袋空空。

她不由得轻叹一声，心里也有种如释重负的感觉。转头看向玻璃窗外，目光没有焦距地随意一瞥，视线已经移开了，又忍不住转回去看。

没错，对面大楼里，约是七八楼的位置，透明玻璃窗前站着两个人在谈话，双方都使用了一定的肢体语言。其中一个人的身影，包括他说话的手势，她一度非常熟悉，绝不会认错。

原来他的公司搬到这里了，看来真是业绩很好。

他面朝着她的方向，身体和脸庞都只能看到一个大概的轮廓。他们两人之间隔着玻璃窗，隔着冬日午后的光影，隔着苍茫时光和回忆的网，那感觉很像电影手法，仿佛从记忆深处走出来，感觉朦朦胧胧的。

他们在一起的时候，她千方百计地去讨好他，那么卑微，有时想一想，都把自己感动了。比如大清早起床做早餐，比如给他洗内衣、袜子，比如清洁马桶之类……所有这些，再寻常不过的事情，几乎是每一个女人都会为男朋友做的事情，而对她这个一向都是被人服务的主儿，自觉意义非同寻常。尽管她做这些，心里很乐意也很满足，可还是渴望得到一些夸奖和鼓励。奈何他总是不太满意，说她做的饭菜不可口，衣服洗不干净，做家务笨手笨脚，连拖把也用得磕磕碰碰……

她从来不知道自己竟一无是处的。独自一人的时候，想起来不免觉得委屈，她原本不必这样辛苦的，因为他也没有强迫她。然而不论多么伟大的爱情里面总不免掺杂一星半点儿的自私。因为这点儿委屈，她也是有脾气的。她发脾气的方式就是沉默。

沉默往往意味着拒绝沟通，男人和女人的心思有时简直是南辕北辙。她越发觉得不了解他，而安悦生则恰恰相反。他认为自己非常了解她，尤其是在那次为薪水吵架之后。他不晓得她在乎的不是钱，而是自己的付出。她每天六点起床，挤公车穿越大半个城市去上班，坐足八小时，打印文件、接电话一样也没落下，最后公司一句话就把她打发了，她不服气。但他不这样认为。他觉得为几百块钱吵架很丢脸，他爱自己的面子，胜过爱她。她为此感到难过，心里便渐渐生出悲凉的感觉。

有好几次，她动过离开的念头，却一直没有付诸行动。那天早晨的小小口角，不过是压死骆驼的最后一根稻草。他事后如果表现得温柔一点儿，她没准又要动摇了，但他什么也没做，她实在找不出继续下去的理由，于是她走了。

她的离开正中他的下怀，她高估了自己在他心中的分量。

自作多情是这世上最大的愚蠢。生活真的可以教会我们很多东西，跟教科书是完全不同的两码事。所谓知易行难，每个人都知道怎样做才最正确，却未必人人都不犯错。人类天生擅长制造格言，却短于听从它。

风萍抬起头，眯着眼睛再看过去的时候，对面的两个人已经不见踪影了。

她惆怅了一会儿，然后起身离开。步出大厦，没有一丝风，这是入冬以来甚为罕见的晴好天气，简直好得有些诡异。

司机已经被她遣回去了，她毫不担心所谓的绑架勒索。

晚上君怡和Richard回来，方伯邀她共进晚餐。和君怡好久未见，她想着得准备个礼物才好。

风萍收拾一下心情，努力回想自己十七八岁时的喜好，一边神游天外，一边在沿街的商铺闲逛。走了没几分钟，就敏感地觉出有点儿不对劲。经过一家帽子店的时候，借着在试装镜前试帽子的机会，仔细搜索一下身后，并无异常。但她对自己的直觉极其自信，于是思索片刻，放下帽子出门，紧走几步便是一个小岔道，右手边是一条卖饰品的巷子，不是很深，但足够了。

风萍快步转过去，迅速选择一家店钻了进去。

约有三分钟，果然有一个穿黑色皮衣的男子出现了。个子不高，手里拿着一副墨镜，眼光四处扫射，显然是在找人。

风萍看到他，感觉非常诧异。

“你是在找我吗？”她拉开门走出来。

那男子立刻转过身来，古铜色的面容顿时涨得通红，说不出话来。

这男子正是唐迦南的司机兼保镖阿九。

风萍感到奇怪，道：“你跟踪我干什么？”

他微微尴尬，沉默一下才道：“唐总叫我来的。”

“他叫你来干什么？”

“嗯……唐总不让说。”

“没关系，我不告诉他。”

“他叫我……”他迟疑两秒，“他叫我来保护您。”

风萍怔了一下，然后微笑起来：“是吗？那请你代我谢谢他。”

“他让我来请您今晚回去……”

“他自己怎么不来？”风萍不动声色。

“他在工作。”

“哦？”风萍点点头，话锋一转道，“不过今晚我有约会。”

“这个……”阿九的脸色显得十分为难，“唐总让您今晚务必回去……”说到最后声音已经略低下去，忽然瞥到风萍的眉毛微微皱起来，他连忙又道，“您要是不回去，岂不是辜负了唐总的一番心意？他该多伤心啊……”

风萍虽然觉得“辜负”和“伤心”这两个词用得有些重，但并没有提出疑问。她想了想，道：“这样吧，你叫他今晚八点到时光酒店来找我，我们一起吃晚饭……”

阿九听到时光酒店，脸色顿时就变得很难看，一时间欲言又止。

风萍笑着问道：“怎么？他晚上有别的应酬？”

阿九正要说没有，可转念一想，万一唐迦南不愿意去呢？连忙改口道：“我不清楚唐总的安排……”

风萍不由得笑起来。

这个阿九，初次见面的时候感觉冷酷得不得了，绝不多说半句话，今天怎么吞吞吐吐，拖泥带水起来了。

“那你告诉他，没有应酬就到时光酒店来找我。”她说完就要走。

“那要是有应酬呢？”阿九连忙追问了一句，私心里总觉得唐总是不可能去的。

风萍被他问得怔住了，愣一下才道：“那自然是去应酬……”

阿九暗自松了一口气。

却听风萍续道：“结束之后，再来找我。”

阿九的一口气又吸了回来，表情茫然地点点头，忍不住在心里哀号：唐总，我算是为你尽力了，能不能找到适合的借口就看你自己了。

他目送风萍挺拔的背影消失在街角，然后才拿出手机给唐迦南打电话。

电话刚一接通，就听唐迦南问道：“怎么样？事情办妥了吗？”

“唐总……”阿九的语气非常弱。

“没办成？”唐迦南语气微变。

“是这样的，风小姐她刚刚……”阿九决定避重就轻，“嗯，她让我代她向您表示感谢……”

“感谢？”

唐迦南忍不住皱眉，心想：我叫人去把她绑回来，她没生气，还感谢我？

阿九直擦冷汗，在他进一步发问之前抢先问道：“唐总，您今晚有没有什么应酬啊？”

“应酬？”唐迦南更不解了。

他从沙发椅里站了起来，喝道：“阿九，你到底在搞什么鬼？风萍现在在哪里？”

阿九大惊之下，忙迭声道：“风小姐请您今晚八点到时光酒店用餐，如果您有应酬就应酬完了再去，反正听她的意思您今晚一定得去，您自己看着办吧！我的手机就快没电了，再见啊唐总。”

他一口气说完就非常果断地关掉手机，心想迟早是要挨骂的，能躲一时是一时吧。他绝望地握住手机，虔诚地祈祷，就差流下两行眼泪了。

唐迦南瞪着手机，不相信阿九敢挂自己电话，再拨过去便是关机，真是气死了。他在办公室里踱了两圈，又躺回沙发上，仔细一想阿九的话，那意思似乎是风萍要感谢他，所以请他到时光酒店用餐？

她又想玩什么花招呢？

呵呵，这一次，他可不会再上当了！

他躺在沙发上，将两条修长的腿搁在办公桌上，一副吊儿郎当的样子，脑子里却在盘算阴谋诡计。他那双眼睛在思考的时候尤其显得灵动。他有漂亮浓密的睫毛，和黝黑透亮的瞳孔。幼年的时候，这双眼睛曾经打动过很多母爱泛滥的妇人，成年后又挑逗了无数少女萌动的春心。所以他的身边从不缺乏女性，周围似乎总有那么一张无形的柔情之网，随时等待猎捕他。他在陷阱边缘游走多年，已经变得十分狡猾，如今也想挑战一下捕猎者的身份。

他主意一定，立刻坐直身体，端正姿态，迅速处理起手头的工作来，以便准时赶到时光酒店，赴今晚的八点之约。

北辰大楼和时光酒店相距不远，只隔了三条半街。这三条半的街道是全市的黄金地带，许多举足轻重的公司都在这三条街上，交通堵塞是常事。

唐迦南今晚的运气不错，断断续续只堵了十来分钟。他到达时光酒店大堂的时候，抬头看了看墙壁上的时钟，八点一刻。

时光酒店的餐厅设在顶楼，视野绝佳，契合了某些成功人士一览众山小的优越心理。厨师更不必说，当然是一流的。

唐迦南和服务人员彼此都很熟，刚一进入电梯，便有人通知顶楼，大堂经理亲自在电梯口迎接。当然，这种服务并不因为他是唐迦南，任何客人都一视同仁。

他在服务人员的引领下步入餐厅，目光四下一扫，便见风萍坐在顶头靠窗的位置上，和一个年轻女孩说话。她穿了一件黑色羊绒衫，依旧是齐眉刘海，嘴边带着微笑，看起来格外高贵，和与他在一起时的率性大笑截然不同。

呵！她倒挺会演戏。

唐迦南看着她，心里恍惚涌起一股“一日不见，如隔三秋”的滋味，但心里又立马否认：怎么可能呢？纯属无稽之谈。他立刻移开视线去看同座的两名男子，一看，脸色就变了。

Richard，他同父异母的弟弟。尽管还没有得到唐家的正式承认，但唐家对他并不陌生。不但不陌生，还很关注，有人定期将他的信息反馈到唐家。

他是唐家人的一块心病，只是各人的病状略有不同。

他和方君怡的恋爱关系大家都已经知道了，只是没想到风萍是和他们一起用餐……不过，这也更加坐实了他的推测。

极短的时间里，唐迦南的心思已经转了一大圈，眼见风萍抬手和他打招呼，当即回以一个微笑，但心里很纳闷：看来她是真的没有生气。否则，以他对女人的了解……尤其是把一个女人赶出家门，无论是什么场合遇见了，她绝不可能有好脸色。

随着风萍的一个招呼，桌上的其他三个人同时转过头来看向他。

方伯韬因为那则八卦绯闻的原因，对唐迦南心怀歉意，当下站起身来迎接他，主动表示友好，伸出右手要与他相握。

唐迦南自然是积极响应，快走两步上前，握住他的手，笑得分外灿烂。方伯韬对他的热情也有点儿意外，但没有多想，于是两人足足握了有一分钟时间。

方君怡半开玩笑半揶揄地说：“爸爸，酒都要变味了。”

这话一出，大家都笑起来。

唐迦南这才看清楚方君怡，雪肤明眸，确实是位美人。他装作不经意地瞥过Richard，然后在风萍和方伯韬中间的位置上翩然落座。风萍为他简单介绍几人，他也只当从不认识Richard，表现得彬彬有礼。唐家的孩子在外交方面一向都很有天赋，风萍不由得暗自佩服。

不过她更佩服的是Richard，他不知道是完全不清楚自己和唐家的关系，还是真的不明白唐迦南是谁，神态面容完全没有任何异样，和刚才一样谈笑风生。风萍再一次感叹，到底是唐家的孩子，小小年纪就有这份定力，将来的成就难以想象。

唐迦南怎么也没有料到席间还有Richard，对已经定好的那个计划有些踌躇。要是被唐家人看到他和Richard用餐，那后果……真不能想象，大哥一定会第一个跳脚。其实，他们在上次的慈善晚会上已经一起露过面，只是他忙着应付众女友的纠缠，一方面记挂着风萍，才没有注意到Richard，还是事后经唐皓云的提醒才想起依稀有这么个人。

他的犹豫放在心里，嘴上应对着方伯韬的殷切询问。两人互相恭维，假意谦虚地胡扯一通。他一边含糊其辞，一边假装随意地打量四周。

风萍眼见他神色有异，也不禁暗自感到奇怪，脸上依旧挂着矜持的笑意，眸光顺着他的视线转了一圈，发现左侧有个男子正朝这边看过来，对上她的视线后立刻低下头去摆弄手机。她打量了一下那人，西装革履，打扮十分整齐，整齐得有些僵硬，活像一名模特儿。

方君怡是最讨厌饭桌上讲客套的，就把话题引到近期如火如荼的模特大赛上去。她笑着向风萍问道："风姐姐，你怎么不去参加这届的模特大赛呢？你的身高够了，年龄也在要求范围内，完全符合标准啊！"

风萍忍不住笑起来，唐迦南也看着她微笑，就是笑得有点儿假。做唐迦南的未婚妻，规矩是非常多的，她暂时还不想出风头。

"我不喜欢站在台上被人评头论足……"

方君怡没料到她还这么保守，不以为然道："你不觉得拥有一个模特冠军的头衔很令人羡慕吗？美丽应该让大家都看见，我要是再高个三厘米，就去报名了……"言下之意不胜遗憾。

"这世上到底还有什么是你不想尝试的？"Richard带点儿调侃的口吻，一口普通话字正腔圆，十足地道，看着她们摇头叹道，"你们不知道，她在山上玩蹦极，吓死我了。"

方伯韬闻言，不由得变了脸色，却又不便发作，只一双圆圆的眼睛瞪着方君怡。君怡心虚，被盯得低下头去，一边拿瞟Richard，随即便见他嘴角抽搐，显然是她在桌子下面搞鬼。

风萍的眼里不觉浮起一丝笑意，唐迦南却目冷如霜。他就坐在Richard的对面，目光却像是穿透了他这个人，脸上一点儿表情也没有。

“其实年轻的时候多尝试一些东西也是好的……”风萍出言试图打圆场。

“你最好不要去尝试。”方伯韬立刻对她冷笑。

方君怡眼见牵连无辜，连忙道：“是是是，小的们谨遵父训，再不敢了。”

闻言，风萍和Richard一起笑出来。方伯韬紧绷的脸也略有放松，唐迦南的心里一点儿笑意也没有，脸上却笑得比谁都欢乐。

当时的整个场面看起来其乐融融，欢畅无比。

第二天，风萍就在网上看到了这张照片。

撰文者声称自己从事媒体行业二十余年，对近百年来的国内外八卦都有过深入的研究。然而，像这张照片上的诡异情形却是生平罕见，实属首例。

如果当晚一起用餐的仅仅是风萍、唐迦南、方伯韬这三个人的话，那么，我们还可以把这件事看作是一场谈判，尤其是这件事出现在风萍和方伯韬的绯闻之后。可是当晚一起用餐的是五个人，不但有方伯韬的女儿，甚至还有唐迦南同父异母的弟弟，他那自命发达的大脑实在无法想象，这几个人究竟是怎么搞到一起去的，还能相谈甚欢？风、方二人的绯闻似乎完全没有影响到唐迦南，他和方伯韬都表现得非常友好。更令人纳闷的是——当晚用餐完毕，方伯韬不但亲自将风萍和唐迦南送至楼下，还抢先为风萍打开车门，看上去分外殷勤。无论如何，以方伯韬的身份地位，绝不需要这样巴结唐家的，真是叫人百思不得其解啊。

风萍看完报道，抬头看向对面用餐的唐迦南：“奇怪，我们在时光酒店吃饭，记者怎么就知道了？”

唐迦南头也不抬，若无其事道：“记者都是无孔不入的。”

“我觉得这事有蹊跷。”

“能有什么蹊跷呢？”

唐迦南放下杯子，抬头对她微笑，漂亮的唇边一道乳白的牛奶痕迹，看起来孩子气十足。

风萍心里微微一动，略顿一下才道：“就是觉得有点儿奇怪，可能是我太敏感了。不过，这个报道写得可真是……呵！”

“怎样？”

“唔……”风萍沉吟一下，想到四个字，“细致入微。”

“是吗？我还没看呢。”唐迦南用餐巾擦了擦嘴，从容说谎。

这时，手机忽然响了，他一看来电，不禁暗自苦笑，伸手按掉了电话。

风萍略显诧异地扫了一眼，但没有说话。

唐迦南起身，一边叮嘱她：“最近外面不太平，你有什么事情就交代别人去办，如果一定要外出，记得叫阿九跟着……”

风萍骤然听到这种关切的话，非但有些不习惯，还有点儿不好意思。她借着喝牛奶来掩饰，微微点头：“我知道了，你昨天派阿九来保护我，谢谢你想得这么周到。”

唐迦南闻言不由得干咳一声：“他是这样说的？”

“难道不是？”风萍微微蹙眉。

“当然不是……哦不，是，是这样的。”唐迦南的大脑飞速运转，“只是，我明明叫他，叫他……”这话决不能实说的，他只好停下来望着她干笑。

风萍想起阿九的那一句“唐总不让说”，于是把他的心虚误当成害羞，当下心领神会地一笑，道：“我知道了，你自己也当心点儿。”

唐迦南还要说什么，陆妈已经拿了他的外套下楼来，他便收住话题，默默穿上外套，提上公文包出门。风萍起身送他，忽然看到院门左侧的垃圾桶里有一束花，已经枯萎了，是她很喜欢的郁金香。

她以为是唐迦南的风月债，不由得笑问道："这是怎么回事？"

唐迦南顺着她的目光一看，道："哦，这是安悦生送来的……"

风萍一愣，随即微微皱眉。

"他留了张便条，在陆妈那里，你问她要，我走了。"

唐迦南说完就上车走了。

风萍不明白安悦生为何送花给自己，送走了唐迦南之后，回屋问陆妈拿到了那张短笺，浏览过后觉得他是多此一举，毕竟那只明朝瓷瓶又不是她免费赠送给他的，除非他醉翁之意不在酒？

她想了想，拿起话筒，按照纸上的号码拨了过去，可再转念一想，还是挂断了。这束花已经送过来好几天了，她前几天既然没打电话过去，现在当然更没必要了，否则别人还当她心潮澎湃，需要酝酿好几天才拿起话筒呢。

于是，她随手把那张纸条扔进了垃圾桶，起身上楼去了。

她不知道自己刚刚的表情、神态都被陆管家看在眼里，引起了她作为一名女性天生的敏感和猜疑。她把垃圾桶里的纸条捡了回来，并且在未来的某一天，借着外出购物的机会，用公共电话打了一下那上面的号码，简单聊了几句后，她表示自己打错了，非常镇定地挂断电话。这是后话。

阿九昨天办砸了差事，心里虽然做好了挨训的准备，眼神仍不免忐忑，一边开车一边自后视镜里观察老板的脸色，却见唐迦南嘴边始终含着一丝若有若无的笑意，一副神游太空的样子，不知道在想什么。

约有两三分钟，他忽然又一副如梦初醒的样子，没头没脑对他说了一句："阿九，昨天的事你做得很好，我要奖赏你。呃……可是要奖赏你什么呢？"

他摸着下巴思考起来。

阿九心里"咯噔"一声，心想该来的总是要来的，伸头一刀，缩头也是一刀，索性豁出去了。

“老板，昨天的事情很抱歉，我实在是……”

“没关系！”唐迦南微笑着打断他，“手机没电是常有的事。啊，不如我就送你一部手机好了。”

阿九抿唇不语，眼睛里满满的绝望。

唐迦南已经掏出了信用卡，趁着等红灯的机会递给他，道：“你下午去选吧，顺便帮风小姐也买一部。”

阿九接过信用卡，觉得很不可思议，不但没罚，反而要打赏，太不正常了！

唐迦南看着前方的红灯数字神游天外，车载电话忽然响了起来，把他吓了一跳。这个电话几乎没有使用过，像个摆设，没想到居然也有响的一天。

唐迦南自然知道打这个电话的人是谁，也知道他打电话来的目的，于是他无可奈何地接通了电话，说道：“我马上到公司，咱们公司再谈。”说完就毫不犹豫地切断了电话，身手比阿九有过之而无不及。

稍后，车子驶入北辰大楼。

唐迦南一下车，就把阿九遣了回去，让他到风萍跟前随时待命，然后才搭乘电梯上楼。他刚一推开办公室的门，就看到唐皓云站在办公桌前，脸色冷冷地看着他，不等他关上门就问道：“你怎么会和那个小子一起吃饭？”

唐迦南知道他指的是Richard，但Richard原本并不在他的计划之内，忍不住叹了口气，顺手关上了办公室的门：“昨晚我是和风萍吃饭，根本不知道他也在……”

唐皓云不满地打断他：“那你也应该马上离开！！你和他吃饭，还闹出这么大的动静，外界会怎么想？你又不是不知道奶奶的心思……”

唐迦南笑着想糊弄过去：“不过是吃了顿饭，你想多了大哥……”

唐皓云见他不当一回事，更加生气：“迦南，我劝你认真一点，爸爸的脾气你是最清楚的，你这样作天作地的胡闹，都多少年了，他正眼看过你吗？”

唐迦南顿时变了脸色。

唐皓云继续说道：“你再这样下去，只会让爸爸更生气，到时候——”

唐迦南被他刺痛，不禁也生了气，冷笑道：“到时候怎样？无非就是剥夺我的继承权，好像我很稀罕似的，这是他的家产，他又有那么多儿子，爱给谁给谁！”

唐皓云听他说出这种自暴自弃的话，简直气得发抖：“你要把这份家业让给外人，妈要是还活着，听到你说出这种话，会是什么心情？”

唐迦南不说话了。

当年唐湛能够在公司、在商场立于不败之地，妻子宋氏功不可没，且她生性要强，倘若真要将唐家的产业送于那三个私生子，恐怕她会从棺材里跳出来。唐迦南之所以跟父亲隔阂至深，也是源于对母亲的爱，听了哥哥这番话自然无言以对。

唐皓云见他沉默不语，考虑到自家兄弟本该结盟共退外敌，便也放缓了语气：“阿南，这件事不是我想得太多，也不是我心胸狭隘，实在是这口气咽不下去。”

唐迦南暗自苦笑，自己何尝不是呢。

“我稍后还有个会议，先走了，那个小子突然回来，只怕不简单，你好好想一想吧。”

唐皓云说完离开了他的办公室。

唐迦南独自沉默片刻，越发郁闷，拿出手机拨打了一个号码。

电话响了老半天才有人接起来，一个沙哑的嗓音传来，听起来格外性感：“嗨，亲爱的唐总，今天的热搜看了吗？”

“看了。”唐迦南几乎是从牙缝里挤出这两个字。

“您还满意吧？”对方低声笑起来。

“满意个屁！”唐迦南怒气冲冲，“谁让你把Richard的照片也放出来的？”

“亲爱的，你也没说他的照片不能用啊，毕竟您都跟人家吃饭了。”

对方嬉皮笑脸，对他的怒气有恃无恐。

唐迦南冷笑道：“我是要澄清风萍和方伯韬的关系，你看那篇文章写的都是些什么乱七八糟的？一堆漫无边际的猜测、自以为是的想象！！”

“事情一旦和你扯上关系，媒体就像脱缰的野马，要怪只能怪你自己太红了……”

“你这个蠢货，这么一点儿事情你都办不好。你说，我要你能干什么？”

对方大惊失色：“不要啊！阿南，求你不要抛弃我啊！”

唐迦南冷笑：“亏你还有脸自命和媒体很熟？我现在严重怀疑，想整我的人根本就是你，易尔阳。”

易尔阳在电话那头几欲泪下：“您言重了，唐总，言重了，就是再给我十万个胆子，我也不敢整您啊，我……”

唐迦南懒得再搭理他，“啪”的一声挂上了电话。

事已至此，他也只好发泄一通作罢了，极度无奈地闭上眼，伸手揉了揉隐隐作痛的太阳穴，可以预见，这张照片将在唐家造成什么样的轰动。

第八章

○ ● ○

我想给你一个重新选择的机会。

唐老太太习惯了早起，数十年如一日，皇帝临朝般地坐在豪华客厅的奢华沙发上。

众妇人围绕在她身边，大部分是她娘家那头的贵妇们，谈论内容哪怕仅限美容养生购物，都能严肃正经得仿若谈论朝政要事。

此刻时间还早，客厅里只有她和唐铭瑄两个人。

唐老太太年轻守寡，对一双儿女颇为严厉，年轻的时候，极力想把女儿培养成一位出色的淑女。结果物极必反，唐小姐走上了另一条截然不同的道路，落得半生痛苦，远居海外。她的这些爱意没有在女儿身上得到回报，便转到外孙女身上，爱恨掺杂，悔痛俱有，但总的来说爱大于恨，故而唐铭瑄可以说一些别人不敢说的话。

“我觉得这个风萍不简单。”

“哦？”唐老太太沉默老半天才应一句，唐铭瑄早已经习惯成自然了。

“以前我从来没有在圈子里听说过有她这么一个人，红日会馆的慈善晚会，是她第一次露面。当时，她作为方伯韬的女伴，却在凌晨住进了二哥的别墅。陆妈也说了，从来没见过她……然后，二哥就像中了邪似的，非要和这个女人订婚，完全不顾大家的反对……”

她说到这里，悄悄瞥了一眼外祖母的脸色，没发现异常才继续往下说：“她和方伯韬的关系肯定非同寻常，可是二哥非但不介意，还跟他们一起吃晚饭。这绝不是二哥一贯的作风，不晓得风萍到底给他灌了什么迷魂汤。还有，那个Richard，他和方君怡是恋爱关系，风萍也是方伯韬引进圈子的，我怕这其中有……”她忽然不说了。

“有什么？”

“我担心风萍来路不正，二哥简直像被迷住了。”唐铭瑄说得格外含蓄。

“你以为她是受谁指派，前来迷惑你二哥的？”唐老太太终于睁开了眼睛，眼神像刀子一样地看了她一眼，冷笑一声，“你倒是挺有想象力的！还能把她和Richard扯到一起，你以为我不喜欢那个女的，就会放弃自己的孙子？我告诉你，不可能！我知道你们整天都在想些什么，都担心有人分了你们的财产……”

唐铭瑄听到这话，顿时涨红了脸，又委屈又难堪，一时竟说不出话来，好半天才带了哭腔道：“奶奶，你怎么能这样说呢？我可从来没有这样想过……”

唐老太太看她的样子，也意识到自己不该把一腔怒气撒到她的身上，当下放柔声音说道：“好了，奶奶知道你没有这么想，我说的是你那两个哥哥……”她静默一会儿，忽然叹了口气道，“不过，你的担心也不无道理。这姓风的丫头是要好好调查一下，看看到底是什么来路。”

唐铭瑄依然觉得很委屈，噘着嘴巴不答话。

唐老太太便温言抚慰她一番，把唐铭瑄慢慢哄转了回来，心甘情愿地办事去了。

目前，城里最热闹的一件事就是模特大赛了，宣传片已经在各大媒体投播多时，还特意制作了主题歌曲，由华语歌坛的巨星韩弈演唱。周新竹既是曾经的模特冠军，又是韩弈的女友，两个堂妹也都参加了本次大赛，故而她近期的出境率高得出奇。

风萍在电视上看过宣传片，没怎么关心，知道Jennifer会来，却不知道易尔阳也在大赛邀请的评委之列。不但如此，电视台还从他的工作室借了两名员工去做模特们的服装指导。这样一来，他又想请免费劳工风萍小姐前去帮忙，不料遭其一口拒绝。

“你这个死没良心的，嫁入豪门就不管好朋友的死活了……”易尔阳在电话里哭诉。

风萍笑着纠正：“第一，我还没有嫁入豪门；第二，我最近没有时间。”

易尔阳的语气十分哀怨：“你能有什么事呢？还不就是在家做清闲的少奶奶。”

风萍懒得再去纠正他的用词，认真地回复他：“我真的没时间。”

易尔阳没办法，只得挂了电话。

风萍回到房间，继续刚刚被易尔阳打断的电话会议。她的顾问团正在向她汇报工作，炳辰和矮人大叔远程旁听。这通电话持续了将近四个小时，仍有许多问题得不到解决，最后约定本月十五日在伦敦碰面详谈。

风萍在椅子上伸了个懒腰，想按铃叫人送杯茶上来，忽又想起陆妈一贯的态度，忍不住叹了口气，还是自己下楼去拿吧。

她刚一打开房门，就见门口站着一个人，正是陆管家。

她尽量控制住火气，道：“陆妈，你可不可以不要每次都这样？我又不是贼，你为什么总要这样偷偷摸摸的……”

“您误会了，风小姐。”陆管家的一把年纪当然不是白活的，说谎不带脸红，一副坦诚的口吻道，“我只是看您整个下午都独自在房里没出来，特意上来问问您需不需要什么点心。您需要什么吗？”

风萍拿她没辙，沉默半晌才道：“红茶，谢谢！”

“请您稍等！”陆管家非常服务性地微笑一下，转身下楼去了。

风萍眼看她走到拐弯处，忽然开口叫住了她，然后走到楼梯口，居高临下地看着她，慢慢问道：“陆管家，你觉得，唐迦南会娶我吗？”

陆管家一时不知道这话的用意，但她是个谈话的高手，面上依旧带着服务性的笑意，道：“他不是已经和您订婚了吗？”

风萍看着她，微微扬起嘴角，十分坦率地告诉她：“陆管家，如果有一天，我成为这幢房子的女主人，我第一个要辞退的，就是你。”

陆管家闻言先是一愣，然后也不由得笑了一笑，毫不畏惧地回敬她：“等您成为这幢房子的女主人之后，再说这句话也不迟。”

风萍点点头，微笑：“好，我们走着瞧。现在，请把红茶端上来。”

陆管家的茶刚刚端出来，阿九忽然从外面回来了，手里提着一款手机，说是唐总送风小姐的。

陆管家的脸色顿时就不太好看了。风萍本来不稀罕手机，但此时此刻，这个手机来得实在太是时候了。所以她十分高兴地拿出来，故意向陆管家征求意见：“你觉得好看吗？”

陆管家迅速恢复镇定，笑一笑，道：“还行，只是比迦南上次送给夏瑶小姐的那个要差一点儿。”

这一下，轮到阿九变了脸色。

“陆妈，你在胡说什么啊？唐总什么时候送过手机给夏瑶？”

陆管家不慌不忙，道：“没有吗？哦，那可能是我记错了。你也知道的，迦南总喜欢送女孩子东西，我都记不清了……”

阿九惊呆了。

他不敢相信陆管家居然在风萍面前说这种话。他忍不住看了看风萍，却见她面不改色，唇边含笑，一点儿也没有生气的样子，只是一个劲地摆弄手里的手机，不知道她按了什么键，里面忽然传出一个阴阳怪气的声音："你也知道的，迦南总喜欢送女孩子东西，我都记不清了……"

客厅有短暂的静默。

风萍笑道："原来这个还有录音功能呢。"

陆管家面无表情，把红茶放到沙发旁的矮几上，道："您的茶！"

阿九再迟钝也觉得她们俩之间不对劲，但他是没有立场过问的，只好在心里暗自纳闷。

这个小插曲的当事人在随后的几天里都表现得若无其事。

唐迦南近来有无数会议要开，风萍相对来说还比较清闲，虽然也有不少文件要看。难得她今年人在国内，方伯韬很多事情就直接和她沟通，这样两人自然是要经常碰面的。

她毫不知道，这时候有人正在她背后捣鬼，并且监视她的一举一动，甚至连安悦生也被牵连了进来。这条重大线索的提供者正是陆管家。

然后，由出色的侦察人员"出色"地完成了任务。

唐老太太在收到报告之后，认为自己已经得到了答案，不需要再继续查下去了。她让唐铭瑄打电话给唐迦南，要他明天晚上务必回来一下。

唐迦南自打上次一意孤行地订婚以来，便与祖母的垂青无缘，此刻忽然得到她的意外召见，理应即刻赶赴她的膝下请安，怎奈明天是情人节……

"不行啊铭瑄，我明晚有事，后天吧。"

"什么事啊？"

"明晚的模特大赛，公司赞助了一笔钱，我得去露个脸，然后我约了风萍吃晚餐，明天可是情人节。"

“哦？”唐铭瑄想了想，自作主张地给出建议，“不如，你带她回来吃晚饭？”

“回家？”唐迦南哈哈一笑，“这种日子我是不会让人打扰我们的。”

唐铭瑄挂上电话，非常无奈地看向外祖母。

唐老太太沉默顷刻，缓缓站起身来，一脸平静地说道：“既然如此，那就让我亲自为他解决这件事吧，他还是个孩子。”

于是，第二天晚上，当风萍精心打扮妥当，准备去和唐迦南碰头，却在门口被人拦了下来，并且被邀上了另一辆豪华轿车。

轿车开向一个完全相反的方向。

她坐在车子里，十指交叉放在胸前，手指微微一用力，将指关节按得咯咯直响，一双眼睛不动声色地注视着前面。

车子在本市有名的一座女子会馆前停下。

她跟着司机上了八楼，进了一个看起来豪华又安静的房间。透明的落地玻璃窗前，站着一位身材瘦小，身着黑衣的妇人，面对着城市的万家灯火和光影霓虹。

她知道风萍已经到了，却并没有回头，而是静静地凝望窗外。

风萍等了片刻，忍不住道：“夫人，我赶时间，请您有话直说。”

唐老太太的脸色微变，对于她的这种态度非常不满，并且理所当然地认为这是一种缺乏教养的表现，丝毫不觉得是自己太傲慢了。

即便如此，她还是沉默了几秒钟，然后才道：“既然如此，那么我就长话短说了……”说到这里，她终于转过身来。

风萍看着她，她老了，但保养得很好，依稀能窥见年轻时的风韵。

“请坐，风小姐。”

她的声音很沧桑，语速缓慢：“对于你，我已经知道得差不多了。只是，你真的爱阿南吗？”

“假以时日的话，也许。”

唐老太太锐利的目光从眼镜片后面透出来，冷冷地盯着她，道：“既然你还没有爱上他，那么，我想给你一个重新选择的机会。”

她说着将一张早就准备好的空白支票，缓缓地推到她的面前，语调沉着地说：“我认为你更需要这个。”

风萍看了一眼，道：“夫人，请把您的支票收起来，它令我觉得羞愧。”

“相信我，风小姐。”唐老太太非常镇定地看着她，嘴角的笑容格外自信，“我活了七十年，还没遇到过金钱打发不了的事。”

风萍不说话了。

她静静看着那张支票，忽然兴起一丝恶作剧的念头，于是拿笔在空白处随手写下数额，五千亿，然后再从容地把它重新推回到唐老太太的面前。

唐老太太的脸色顿时变得无比难看。

风萍不再看她，握着手里的精巧皮包，起身道：“抱歉，您的孙子还在等我。”

她走到门口，忽然又转过身来，道：“对了，夫人，您对我知道得还是太少了。或许您没听说过，但我还是想告诉您，我来自翠明湖。”

说完，她就走了。

唐老太太独自坐在宽敞奢华的房间里，冬夜的月光和城市的灯火一起映照在她那张保养良好的脸上。她微微仰起头，眼睛里露出一丝迷茫的神色。她想起很多年前，她丈夫还活着的时候，有一天他们有幸获邀去赴一位贵人的晚宴，席间听主人说起过翠明湖。

他说，那是他们家数代人的梦想之地。

第九章

○ ● ○

如果我要爱你，
不管你是女王还是乞丐我都会爱你。

DEEP DIVING INTO THE PINK OCEAN

唐迦南到了会场少不得一番应酬，主办方的热情自不必说，到场的贵宾和评委里面也有不少熟人，昔日的几位红颜知己也都陆续到齐了，风萍却一直不见人影。

他担心路上堵车，特意让阿九早点儿去接她，怎么还没到呢？他想出去打个电话，奈何身旁的周天佑谈兴高昂，良好的教养使他选择继续忍受。偏偏周新竹还跑过来插一脚，拐弯抹角地提及前些天的八卦，然后阴阳怪气地赞美他豁达的心胸和完美的男士风度，眼见他没什么反应，才怏怏不乐地走了。

时间是八点差五分。

唐迦南第四次不着痕迹地看表，然后抬眸看向入口处，风萍仍不见踪影，但风流倜傥的易尔阳却出现了。他身材清瘦，身着白色纯棉上衣，看起来分外清秀。唐迦南深知掩盖在那副美好皮囊下的灵魂是何等的邪恶，但他此刻出现真是再好不过了。

“尔阳，你陪周董坐一会儿，我去打个电话。”唐迦南说着就往外走。

“喂，就快开始了，他们安排你致辞……”周天佑急忙提醒他。

唐迦南头也不回，只是做个手势，表示知道了。

他快步来到外面的僻静走道，拿出手机刚刚按出两个数字，手机忽然震动起来，正是风萍的来电。

唐迦南连忙按下接听键：“你到哪儿了？”

“我现在的位置……嗯，承德南路……”

承德南路比较偏离市区，却也不是真正的郊区，用地产公司的宣传文案就是：闹中取静，左手繁华，右手宁静。但它距离电视台实在有点儿远，方向根本就是南辕北辙。唐迦南不能理解她为什么会在那里。

“你去那儿干什么？”

“一言难尽。”

“稍后你确实得给我好好解释一下。”唐迦南再次看了一下手表，“时间已经来不及了，你让阿九直接……”

“我没有和阿九在一起。”

“什么？”唐迦南忍不住提高声音，“难道他没去接你？”

“我稍后会给你解释的。现在，”风萍的声音里夹杂着一丝隐约的风声，“我有一个问题要问你……”

“什么？”

“报上登我和方伯韬的绯闻，你却一直保持沉默，什么也没问我，是因为你信任我，还是因为你根本不在乎我？”她略微停顿一下，又道，“请说实话。”

唐迦南不知道她为什么忽然在这个时候问起这件无关紧要的事，但他还是耐着性子回答：“我知道你和方家关系匪浅。”

风萍吃了一惊：“你知道？”

“当然。”

“你是怎么知道的？”

“我有基本的常识和推理能力，你为什么要问这个？”

“你是怎么知道的？”

唐迦南实在不知道她何以纠缠这个，无奈只得告诉她实情：“上次的慈善晚宴上，我无意中听到了方君浩的话，说你们是青梅竹马的关系。”

电话里，风萍一阵沉默。

唐迦南又说：“风萍，你是谁对我而言不重要，如果我要爱你，不管你是女王还是乞丐我都会爱你。”

他说完这句话，风萍那头却还是一点儿反应也没有，听筒里传来呼呼的风声和汽车呼啸而过的声音。

唐迦南意识到自己刚刚说了什么，不禁大为尴尬，一时倒也把自己怔住了。主持人正用麦克风叫他的名字，请他上台致辞，室内掌声雷动。

“我得挂电话了。”他轻声说。

“好的。”风萍终于答应了一声。

“你直接去餐厅等我好吗？我尽快赶去见你。”

唐迦南挂断手机，大步走进宴会厅，准备上台致辞。

街上，风萍转过身来，有个露台酒吧的门口挂着一台电视机，画面上唐迦南正在主席台上致辞。他气度沉静，从容自若，语气沉稳却不失激情，即便是她，也觉得无可挑剔。

致辞约有两分钟的时间，她微笑着听完，然后拦住一辆的士离开。

下一个发言人便是大名鼎鼎的Jennifer。

她是一个四十来岁的中年妇人，和一切富贵优雅的女士一样，你无法仅凭相貌推断出她的年纪。她的装扮看起来也极为普通，但因为她如日中天的声誉和无可动摇的大师地位，不论她穿什么，都不会引来质疑，甚至可能引起服装界新一轮的潮流。

她在发言之后习惯性地扫视一下全场，面带着她那特有的高贵的微笑，台下立刻报以热烈的掌声，尤以名媛和女明星的反应最为热情。Jennifer是她们信奉的女神。

主持人用一种十分荣幸的口吻请她谈一谈即将举行的春夏服装秀。她简单谈论几句，忽然停住了。众人全都愣住了，只见她皱起了眉头，一双眼睛直勾勾地盯着台下，脸上的表情仿佛是看见了什么绝对不可能发生的怪事。

主持人一愣，顺着她的目光看过去，并没有什么异常。

台下坐着的有特别邀请来的名媛贵宾、演艺界人士、时尚界知名人士、各大媒体朋友等，阵容强大得可以媲美一年一度的影视颁奖盛典。那么，Jennifer那副“活见鬼”的表情是怎么回事?

在场的每一个人都发现了她的异常。主持人实在诧异，用流利的英文礼貌地询问：“发生什么事了？”

Jennifer指向台下：“那边，第三排，穿白衣服的那位小姐……”

主持人见多识广，看了一下，马上就认出来了，为其介绍道：“哦，那位是周雅柏小姐，她是……”

Jennifer打断她：“我想问她几句话。”

主持人真的好奇极了，当即转向台下：“周小姐，你……”

周雅柏也觉得奇怪，但还是微笑着站了起来。工作人员非常迅速地将话筒送到她的手上。

Jennifer却没有立刻发问，而是再次打量她，准确地说，是在打量她身上的那件白色外套：“你身上的这件衣服……”

众人屏息静气，均对这件突发事件感到好奇，只有一个人感到无比的愤怒和绝望。

这个人就是周新竹。

她不敢相信，堂妹居然把这件衣服穿了出来。她身为超级名模，姐妹们都愿意从她那里得到一些着装方面的意见，尤其是报名参加本次模特大赛的周雅柏。她在参观堂姐衣帽间的时候，发现了这件近乎完美的白色大衣，误以为是姐姐的私家珍藏，便偷偷地穿了出来，准备出出风头。果然，竟把Jennifer都给镇住了。她心里暗自高兴。

“请问你身上的这件衣服是你自己的吗？”Jennifer问道。

“嗯……”

周雅柏完全没料到她会问这么一个问题，一时不知该如何回答。要说不是她的，会让人笑掉大牙的。一个名门闺秀，穿的衣服居然不是自己的，尤其是今天各大媒体都在场。要说是她的吧，她很心虚，说不出口，更主要的是，她不知道Jennifer为什么要这么问，好像知道不是她的。

全场鸦雀无声，人们都在等待她的回答。

她涨红了脸，支吾半天，却说不出一句话来，忍不住看了周新竹一眼。

周新竹的脸色比她难看百倍。

“这衣服是你的吗？”Jennifer又问了一遍，但不确定对方是否听懂英文，请求主持人道，“你能给她翻译一下吗？”

周雅柏不能再沉默了，否则会被大家认为连这么简单的英文都听不懂，实在太丢脸了。于是她用英文说：“不是我的，是我姐姐的。”

Jennifer的眉头皱得更紧了：“你姐姐？她姓什么？”

这话一出，台下有了一丝轻微的笑声。

周雅柏一本正经地回答道：“她叫周新竹。您或许听说过她，她是亚洲知名模特。”

“抱歉！我从没听说过她。” Jennifer毫不客气地说，用一副冷漠的倨傲的口吻说道，“我只关心这件衣服，因为它是我的作品，一年前在威尼斯，我把它送给了一位极其尊贵的朋友作为她的生日贺礼。我非常肯定，她不姓周，更不可能是你的姐姐。”

此言一出，周新竹恨不能有一件隐形衣可穿。

周雅柏则是震惊大过羞愧，完全呆住了：这件衣服居然不是周新竹的。

这时候，媒体的朋友们如梦初醒，纷纷拿起相机对着周雅柏身上的那件衣服狂拍一通，当然也不会忘记拍一拍周新竹。

周氏姐妹再也坐不住，先后起身离开。

媒体朋友捕捉新闻那是随时随地的，此刻也顾不得许多，立刻就围着她们采访起来。哥哥周天佑也不得不抛下身份，上前帮两个妹妹解围。

唐迦南坐着没动，周围都是闪光灯。他的大脑里也仿若闪过一丝半缕的片段和火花，感觉有什么东西要呼之欲出。

易尔阳就坐在他的旁边，咬着手指道：“这都叫什么事啊？我真不敢相信，周新竹居然……啊……”他一句话没有说完，忽然惊叫起来，一脸惊恐地瞪着唐迦南，好在众人的焦点都集中在周氏姐妹，没有人注意到他这一声惊叫。

他凑到唐迦南面前，低声道：“那天晚上，你和风萍没穿衣服……”

唐迦南瞪他：“谁没穿衣服？”

易尔阳继续道：“她说，周新竹拿走她的大衣，难道就是这一件？”

唐迦南内心也很震动，但声音沉稳：“我想是的。”

易尔阳做出一个夸张的惊叹表情：“不是吧？难道风萍就是Jennifer口中的那位‘极其尊贵’的朋友？”

唐迦南耸耸肩：“我想是的。”

易尔阳和唐迦南互看，两人同时想起一件事。

那天在飞机上，风萍曾口出狂言：“这条裙子不过是Jennifer的三流作品，算不上什么有价值的信息。”

“不过，请恕我直言，夏瑶小姐目前还不具备一个国际巨星的风范，配这条裙子倒是刚刚好。”

……

“周新竹拿走了我的大衣，送一张会员卡就算了结了吗？哼！就算将整座会所送给我，我也不稀罕。”

……

就在他俩出神的工夫，现场的情况已经非常混乱，简直有些失控了。周氏姐妹遭记者围追堵截，她们在业界的部分好友纷纷上前劝阻，真是七嘴八舌，像一个房间里同时开了七八个收音机。

另有不少记者挤到台前，请求Jennifer详细谈谈这件事，Jennifer

自然表示无话可说。她确实一头雾水，不知那件衣服何以穿在别人身上，因为以她们的身份理应接触不到她的那位朋友才对。

唐迦南趁乱到外面去，他很需要一个清静的空间。过去的片断纷至沓来，画面和对白在他的脑海里迅速回放。

……

“浪费天赋是不道德的。”

“对于我来说，不浪费才是不道德的。”

……

“我属于不需要幻想的那一种人，基本上我想得到的东西差不多都能得到，除了爱情。”

……

原来她的自信是很有底气的。

如果说，他一开始觉得她的价值观可能异于常人，当他们住到一起之后，他就渐渐改变了这个看法。一个人的教养素质，是可以通过日常细节表现出来的。尽管她对某些事情并不排斥自己动手，然而，对于别人的服务却也可以泰然受之，没有丝毫的不安，这说明她习惯于被服务。她对一场精心准备的晚餐或宴会无动于衷、习以为常，几乎不曾见她赞美过什么，这说明她视一切完美为理所当然。他虽然还不知道她的来历背景，但有一点可以肯定——她并非是网友们认为的灰姑娘。然而，由于他们的订婚方式过于戏剧化，使得他不方便过多询问，否则倒显得他单方面动了真情似的，亦有不尊重对方隐私的嫌疑。当然，从另一方面来说，他工作繁忙，不可能终日琢磨一个女人的身份……

不管怎么样，就目前来说，她还是他唐迦南的未婚妻，这就够了。

不过……唉，反正四下无人，就承认了吧，她突如其来的华丽变身还是震撼到他了。Jennifer所谓的尊贵朋友，究竟有多尊贵？她是武鸣市人，怎么跟Jennifer扯上关系？她和方君浩青梅竹马，可是方君浩好像是在国外长大的？

他不太清楚。

他可以直接去问她，但缺乏合适的开场白，是用警察叔叔的口吻故作镇定地来一句“坦白从宽、抗拒从严”？或是像个遭到欺骗的爱人，怒气冲冲地兴师问罪？又或者他应该表现得欣喜若狂、手舞足蹈？因为彼此还缺乏深厚的情感基础，哪一种都显得太滑稽了。

唐迦南嘴角抽搐，忍不住自嘲地笑了起来。

他掏出手机，翻到她的号码，迟迟没有按下拨号键。

唉，还是算了，等见面再说吧。

室内的嘈杂声似乎被控制住了，唐迦南转身打算回到大厅，在门口差点儿撞上迎面过来的人。对方也吃了一惊。

等他们看清楚彼此，不由得都怔住了。

“最近好吗？”沉默几秒后，唐迦南先说话了。

他虽不曾对她有过任何承诺，但看见她，不免觉得有些愧疚。大抵每个男人的骨子里都潜藏着多情的因子。

夏瑶近乎哀怨地笑了笑：“很好。”

不知是演技太过出神入化，还是真情流露，她那坚强的表情里总有一丝叫人无法忽视的软弱。也许是职业的关系，她的举手投足，都能给人扑朔迷离的感觉。那种略有点儿做作，却又令人觉得相当挑逗的做派已经深入她的骨髓，在平日的言谈举止中不自觉地都会带出一些。这形成了她独特的女性魅力，男人固然觉得很挑逗，女人也愿意拿她做榜样……即便是那些自命正经的女人，亦难免会在灵魂深处羡慕不正经的女人，何况夏瑶绝不是不正经，她只是性感得无辜了一点儿。

唐迦南对于她的风情已经免疫，但还是没话找话地说了一句：“嗯，你的脸色不太好，多注意休息。”

夏瑶凄美地一笑：“做我们这一行的，也就是表面看着风光，实际上做牛做马累得半死，这种三九寒天，导演一句话，就是冰河你也得往下跳，哪里谈得上什么休息？别人不知道你的辛苦，都羡慕你住豪宅，开名车，穿名牌，交往富家子弟，其实……”

唐迦南急于离开，料不到她忽然诉起苦来，而且越说越不对劲，有含沙射影之嫌，连忙道：“不好意思，我约了未婚妻吃晚饭，下次再聊吧。”

他说完也不看夏瑶的脸色，急匆匆就走了，甚至都没有跟主办方打声招呼。唐迦南一路驱车至唐朝餐厅。这是家位于雁荡山顶，以格调高雅，气氛浪漫而闻名的高级餐厅。他跟随服务生穿行于散发着天然玫瑰花香的餐厅，来到预订好的座位跟前，一看，没人。

他连忙看向服务生，“风小姐没来？”

服务生摇头，“没有。”

唐迦南立刻掏出手机打电话。一个完美的女声告诉他对方已关机，但给他留了一条语音信息。

里面除了风萍的声音，还有强大的风声：“对不起，迦南，我本该在晚餐后和你说这件事，但最新的气象预报说，下半夜会有一股冷空气入境，飞机必须提前起飞，我会解释这件事的。当然，你也可以在明天这个时候给我电话。嗯，还有，你今晚的发言很棒！”

唐迦南哭笑不得地看着手机，感到不解、无奈，一时摸不着头脑，又感觉到周围有人在看他。作为名人，他已经习惯了人们遮遮掩掩的注视，只是今天这种情况实在有些尴尬。

周围每一桌都是成双成对，浅笑低语，唯有他形只影单。真要命！居然有人敢放他的鸽子？还是在情人节这一天，而且是被自己的未婚妻放鸽子，幸亏这儿没有记者，否则他们又该借题发挥，浮想联翩了。

虽然餐厅的氛围很好，非常浪漫，唐迦南的胃口也很不错，但他实在没有勇气独自一人坐下来用餐，于是非常郁闷地回去了。

回家途中上网一看，果然，社交媒体已经炸开了锅。

除了周氏姐妹的当众出糗，讨论热点全都集中在Jennifer的那位朋友和那件大衣上。众人的猜测之离奇，推理之夸张，笑得他差点儿背过气，先前的郁闷心情一扫而空。

不过，当他回到家就冷静下来了，翻来覆去地睡不着，最后干脆无耻地跑到风萍房间去检查一番。

没有任何异常。

将近二十平方米的衣帽间，衣服是不多，黑白系最多，浅绿、淡蓝次之。鞋子倒是不少，几乎摆满了四层鞋架，根据目测，足有百来双吧，另有三十余款眼镜，各式箱包若干，十来个精美的首饰盒并排躺着，其中一个大大方方地敞开着，里面是一对钻石耳钉，宝蓝色，状如泪滴，价值不菲。

唐迦南看着这些，不知怎么的，忽然想起小时候，有一回曾私入母亲的更衣室，那地方对年幼的他来说是非常神秘的，充满了诱惑力。成年后，他等过女人换装，但从来没有到过她们的私人领地，对比自己的衣橱，这场面已经够令他惊叹了。

他回到风萍的卧室，在床上坐下来，忍不住又把那则留言调出来听了一遍，然后意识到她是乘坐私人飞机走了，而且飞行时间不会太短。那她的目的地会是哪里呢？他想不出来，长叹一声，往后倒在床上，两眼瞪着天花板发呆。

柔软的被褥散发着淡淡的香气，唐迦南躺了一会儿，很惊奇地发现，风萍的床似乎比他的要柔软舒适，为了确定这个感觉，他变换了好几个睡姿，从床尾试到床头，最后得出结论，确实比自己的床舒服。

没道理啊，怎么可能客房的床铺比主卧室还要舒服？他想起风萍刚刚住进来的第二天，嗯，也就是他们达成订婚协议的第二天早晨。

他在餐桌上问她："昨晚睡得还好吗？"

她皱着眉毛摇头，用感冒后有的浓浓鼻音回答他："很糟糕。"

他当时就怔住了，为她出乎意料的直接。

她觉察到他的窘，眨一眨眼睛，笑道："放心，我不会告诉别人你家的枕头硬得像块石头的。"

他也只好笑："你感冒了，我叫人拿药给你……"

她连忙阻止："不用，我有自我修复功能。"

这话听得他又窘起来，忍不住要笑。

她若无其事地撕了一块面包，看了他一眼，然后一边慢条斯理地抹黄油，一边道："我知道，能够和我订婚是很多男人梦寐以求的事，但你实在不必表现得如此兴奋……"

他终于控制不住，一口热牛奶呛在喉咙里，咳得脸色通红。

当时，他以为是她的幽默，觉得很可爱，是带娱乐性的。现在回想起来，才知道人家根本是实话实说，没有搞幽默娱乐的意思。

唐迦南的心里那叫一个五味杂陈，忍不住又把他们的事情从头到尾回忆了个遍。呃，她虽然没有直接说自己是谁，但有几次谈话等于是间接表明身份了，奈何他自己先入为主。

啊！

唐迦南抓狂了，索性用被子把自己裹起来，不去想这些乱七八糟的事了。

这一下还真睡着了。

第二天醒来，迷迷糊糊地睁开眼，觉得不对劲，心知是睡错房间了，奈何床铺实在太舒服了，伸了两个懒腰仍旧不想起来，呼吸间忽觉枕侧幽香袭人，睁眼一看，抱枕下露出粉色睡衣的一角。他伸手抽出来，忽又带出一样东西，粉色文胸。这一下，他彻底醒了，眼睛格外明亮，但意念里希望自己还没醒，深深感到一种好梦惊醒时的懊丧。

他收拾完毕，下楼用餐，一边看手机新闻。

毫无悬念，周氏姐妹在网上大放异彩，光芒丝毫不让Jennifer。但是，对于那件大衣的主人仍停留在推测阶段，没有任何有价值的信息。

唐迦南也觉得很滑稽：自己的未婚妻是谁，自己都搞不清楚，居然还期望网民能给点儿信息，传出去怕得让人笑掉大牙。

人还没到公司，手机忽然响了，

他一看来电显示，周天佑。刚一接起来，就听到他略显沙哑的声音，想必是苦恼得整夜没睡。

“阿南，这么早打扰你，实在是不好意思啊！”

“没关系。”

“阿南，我是来赔罪的。”周天佑开门见山道，“昨晚的事你都看到了，我实在是无地自容。事情的原委，新竹已经全都告诉我了，我真不知道她居然会做出这种事情，实在对不住风小姐，如果你不介意的话，我想请你和风小姐今晚一起吃顿饭……”

“这个恐怕不行……”

“阿南，请念在我们两家……”

“你误会了，”唐迦南打断他，“风萍她目前不在国内。”

“这样啊……”周天佑略作沉吟。

唐迦南已经充分明白他的意思了。那件衣服不算什么，Jennifer也不算什么，但周家丢不起这个脸面，无论如何得把这件事遮掩过去。只是周天佑找错人了，他也不知道风萍将会是什么样的态度，他做不了她的主，只得先含糊其辞：“我稍后联系上她，再给你消息？”

“拜托你了！”周天佑连忙道谢。

他挂断电话，再看向沙发上的那两个狼狈不堪的妹妹，真是气不打一处来。可是该骂的已经骂过了，该训的也已经训过了，两姐妹要吵的也吵过了，多说无益。大家一夜没睡，现在看了报道，反而都安静下来了。

周雅柏已经不住地打哈欠，早就想去睡了，只因姐姐的脸色太难看，所以一直强忍着困意。

周新竹若有所思地坐在沙发上，很仔细地搜索大脑里有关风萍的记忆，实在没能发现她的特别之处。她想不通，一个靠男人上位的女人，怎么就突然成了Jennifer口中的尊贵朋友？这里面肯定有问题，这个论证过程也太不严密了。她倒是另有论点，怎奈找不到足够强大的论据来做支撑。

实在是不甘心啊！

自幼到大，她一向是无往不利，此刻忽然遭到生平的第一次失败，对手还是她压根就看不上眼的人，这口气实在难以咽下。不服气啊很不服气！

第十章

○ ● ○

她爱钱，胜过爱你。

DEEP DIVING INTO THE PINK OCEAN

唐迦南等不及到晚上，下午就开始拨打风萍的手机。

风萍显然是在熟睡中被他吵醒，声音听起来睡意浓浓：“迦南？”

“是我，你还在睡觉？”唐迦南迟疑一下，道，“要不……我等一下再打给你？”

“好的。”风萍答应得非常干脆，立刻就切断了通话。

唐迦南难以置信，侧头瞪着手里的手机无语，懊丧得想咬掉自己的舌头。他怎么就忘了，她这个人是从来不懂得委婉客套的，和她讲话一定要开宗明义，切忌含蓄，隐于不言。

没办法，还是继续工作吧。随手拿起一份资产负债表，可是纸上的阿拉伯数字全都不听话，魔幻一般在他的眼前跳小人舞，他是一个也没看进去。

他就像得了多动症一样，焦躁地在办公室里磨蹭了半个钟头，终于想起来，还有一件重要的事没有做，就是回家看望他的奶奶。他承蒙她老人家召见，昨晚没能到跟前请安，现在可以去了，正好分散一下注意力。于是唐迦南翘班，开车回唐家老宅去了。

却不料唐老太太竟然拒绝见他。

这个实在太奇怪了。

他找唐铭瑄打听情况，她也表示不清楚："昨晚回来还好好的，今天没吃早饭，还以为是胃口不好，表姨她们过来，全被她赶回去了，说谁也不想见……"

唐迦南略一沉默，忽然抬头问道："对了，昨天找我什么事？"

唐铭瑄听了这话，有些不自在了。她很清楚二哥的脾气，最讨厌别人干涉他的私事，脾气更是莫测，一向我行我素惯了。照理说大家都成年了，可以独立自由了，可是全家只有他敢搬出去住，没人管得了他，就连唐老太太有很多事情也得哄着他。今天这种情况，还是稍微保留一点儿的好……

于是她干笑一声，道："是奶奶找你，我也不清楚……"

唐迦南皱眉，换了一副语气道："铭瑄！"

唐铭瑄连忙赔笑："我真不知道。"

"不知道才怪！"唐迦南哼一声，一屁股坐到沙发上，随手松了松脖子上的领带，笑道，"铭瑄，你别以为我不在家里住，就什么也不知道，你和奶奶的关系那就是狼与狈的关系……"

"呸！"唐铭瑄连忙打断他，"你敢说这种话，小心……"

她朝楼上看了一眼，做了一个抹脖子的动作。

"少来这一套！"唐迦南不理会她的鬼脸，"你那点儿鬼心思还想瞒我吗？哼！我学会撒谎的时候，你还没学会走路呢，赶快从实招来吧。"

唐铭瑄招架不住，只得道："我说了你可不许生气。"

这一下把唐迦南的好奇心引了出来："快说。"

唐铭瑄远离沙发，才说道："奶奶昨晚去见风萍了……"

"哦？"唐迦南扬眉。

这还真是出乎意料。

“奶奶准备给她一笔钱，让她离开你。”

……

唐迦南沉默几秒，忍不住笑了起来：“真没创意，都什么时代了，她怎么还用这一招？”

唐铭瑄一直盯着他的脸，不知道他是怒极而笑，还是真的没有生气，小心翼翼道：“奶奶也是为你好，风萍来历不明，又跟方家关系暧昧，恐怕……”

唐迦南连连点头，道：“我只想知道，奶奶到底给了她多少钱，让她离开我？”

“不知道。”唐铭瑄摇头，到底还是忍不住，补充一句道，“可是，她昨天晚上没有回去，不是吗？”

唐迦南怔了一下，然后立刻明白了过来，不禁又笑了：“你连她昨晚没回去也知道呀？呵呵，看来咱们家看她不顺眼的人还挺多啊……”

唐铭瑄脸色微红，但自觉是为了他好，提高了声音：“二哥，她爱钱，胜过爱你。”

唐迦南再次点头：“哦……难怪她昨晚连夜乘坐飞机走了，原来是这么回事。”

唐铭瑄闻言，暗松了一口气，道：“你想通就好。”

唐迦南又问：“奶奶昨晚回来的时候，真是好好的，没有什么异常吗？”

唐铭瑄见他没有预想中的震怒，有些诧异，想了一想：“她回来得太迟，我已经睡了。昨晚开车的是老余，我问过他，他说没什么，很平静地回来了。”

唐迦南这时已经心如明镜，知道他这个一向眼高于顶的奶奶十有八九是受到打击了。呵呵……他自己就刚刚体会过这种滋味，确实不太好受，但他比较勇于自嘲，尴尬一阵子也就算了，奶奶却是傲气了一辈子，动辄就看不上这个，看不上那个，现在终于有人看不上她了，面子上如何下得来呢？

他越想越觉得好笑，嘴角不由自主地向上弯，看在唐铭瑄的眼里，那笑容真的诡异极了。

唐迦南忽然站起身来，道："我走了。"

唐铭瑄连忙留他："吃了晚饭再走吧，天都黑了。"

唐迦南看着楼上，神秘一笑道："我在这里，会影响奶奶的食欲。"

"什么意思？"

"我走了。"

唐迦南不回答她，快速穿上外套，大步流星地穿过花园，驱车扬长而去。

回家后的第一件事，就是打电话给风萍。

这一次，她的声音听起来神清气爽，不过说出来的话着实令人郁闷。

"迦南，我一会儿要开会，你只有五分钟的时间。"

唐迦南噎住了，从来没有人这样和他讲过话。

他很不适应这种对话方式，故而很无语。

却听风萍继续道："怎么了？是因为太想念我了吗？"

唐迦南不由得笑了起来，随即干咳两下，正色道："是这样的，风萍，你还记得那件被周新竹拿走的大衣吗？"

"当然。"

"昨天晚上，周新竹的妹妹穿它去了会场，结果被Jennifer当场揭穿……"

"哈哈！"风萍笑出声来，控制不住的愉悦语气，"那一定很精彩，真遗憾我居然不在场。"

唐迦南再次无语，为她这种不加掩饰的兴奋。

他忍不住又干咳了两声，道："现在媒体闹得沸沸扬扬，周家有些下不了台，周天佑他来找我……"

"周天佑是谁？"

周天佑怎么也算是个风云人物了，可她这一问，不禁又让唐迦南想起当初她问自己演过什么片子，真是……好生气啊！

"他是周新竹的大哥，他想请你高抬贵手，放他妹妹一马。"

风萍立刻明白了他的意思：“你希望我怎么做呢？”

唐迦南一愣：“你想怎么做？”

风萍笑：“我是挺讨厌她的，不过，Jennifer既然替我出了口气，这样挺好，那就算两清了……”

“你现在在哪里？”

“伦敦。”

“什么时候回来？”

“一个礼拜左右吧！我得挂电话了，晚上再说。”

她说完挂了电话，司机早已经打开豪华房车的门在等候了。

风萍一身浅蓝套服，跨出车门，快步踏上台阶，矮人大叔喘着粗气紧随其后，一边小声嘀咕道：“姓周的丫头品行不良，何必管她死活……”

她头也不回道：“她既然求上门来，总不好一点儿情面不讲，那样岂非显得我太小气了，再说唐迦南也会很为难……”

“我看最后一句才是重点。”

“您真是眼光犀利。”

“过奖过奖！”矮人大叔“扑哧”一声大笑。

矮人大叔其实并不太矮，只是身材比较胖，肚子比较圆，看起来像个圆滚滚的冬瓜。但人不可貌相，这位大叔杰出的管理才能不逊于当代任何一位管理大师。

她刚一踏入大厅，原先坐着的八个人便齐刷刷地站了起来，一概的西装革履，精神抖擞，都是精英中的精英。

矮人大叔言简意赅道：“二楼会议室。”

风萍率先举步，领着一群人踏着名贵的地毯来到二楼的会议室门前，两名仆人一左一右拉开那扇雕刻精美的大门。黑色椭圆形会议桌，里面是一个小型吧台，吧台前面靠着一个身材修长的卷发男子。

人人都西装革履，穿得极为正式，唯有他着便装，纯白毛衣，宽松棉质长裤，脚上还穿着一双棉拖鞋，姿态简直随意得不像话。听到门口的声响，他懒洋洋地转过身来，略举手里的酒杯，用一口纯正的英文对众人笑道："且来享受醇酒妇人，尽情欢笑，明天再喝苏打水，听人讲道。"

毫无疑问，这青年是上帝的幼子，得到了他最多最厚的宠爱。他有一头浓密且富有光泽的美丽卷发，女人看了也会嫉妒，棱角分明的唇边挂着浅浅笑意，整个人透出一种不可名状的贵族气质，看上去近乎完美，可是风萍却不由得皱眉。

"炳辰，你这个时候就开始喝酒吗？"

"喝酒看的是心情，又不是时辰。"风炳辰懒洋洋地说，笑得眼带桃花，"见到我，你不想来一杯吗？"

风萍凝眸瞪了他几秒钟，终于展眉微笑起来："好的，大家都来一杯吧。"

闻言，矮人大叔面露笑意，其余八人仍是不苟言笑，没有太多的表情，但他们还是很乐意喝一杯的，因为接下来的会议将会十分冗长。

实际上，大家所讨论的内容，风萍并不是全部都懂，一通会议下来，觉得头昏脑涨，眼见矮人大叔和顾问团的各位相继离去，她才呼出一口气，瘫倒在椅子里。

风炳辰倒是神采奕奕，双臂支撑在桌面上，十指交叉托着下巴，俊秀脸庞上的双色瞳仁尤为明亮，用戏谑般的语气对堂妹道："苹果妹妹，看来你这半年的日子过得很悠闲……"

"何以见得？"风萍闭着眼睛，有气无力地反问。

"你的脸变圆了。"

"你确定不是发型的效果？"风萍立刻睁开眼睛，摸了摸自己的脸。

"胳膊好像也变粗了……"炳辰一本正经的口吻，目光继续往下打量，"胸部倒是丰满了些……"

风萍随手拿起一个文件夹，"呼"的一声扔向他。他坐着纹丝不动，手腕一翻就接住了，声音里带了笑意，"你这么粗鲁，那个唐迦南怎么吃得消啊？"

“你的思想这么猥琐，居然也有女人愿意跟你约会？”

“因为绝大多数女人都是视觉动物，对付她们，我只需要面带微笑。”他说着扬起嘴角，挑逗性地眨了眨眼睛，“至于我那丰富多彩的内涵，只对那些高雅的女人展示，你不妨想一想自己属于哪一类？”

“君子应该谨言慎行，你这样油嘴滑舌，迟早变成长舌妇。”

“有你在，我尽可高枕无忧。”风炳辰微笑道。

风萍平日也算伶牙俐齿，碰到他就没辙了，干脆闭上眼睛不理他。炳辰看她神色疲倦，决定等到饭桌上，酒足饭饱之后再教训她。

“走吧，带你去吃饭。”

“这还像句人话。”

她嘀咕一声，在椅子里伸了个懒腰，方才站起身来。风炳辰取过衣架上的风衣穿上，两人一起下楼，步行去不远处的酒店。

席间，刚刚吃个半饱，风炳辰便按捺不住开始训人了，内容无非是指责她游手好闲，淡漠亲情，视终身大事如儿戏等等。他的这些牢骚积压已久，所以来势汹汹，颇有八月钱塘潮涌的气魄。

怎奈风萍充耳不闻。

她埋头对着食物一番风卷残云之后，拿起餐巾抹了抹嘴巴，然后抬头端详他一番，道：“炳辰，你长得可真好看……”

炳辰眼见自己教训了她半天，还能得到她的赞美，心知不对劲，肯定有后招。果然，她继续道：“像你这样英俊的男人不多见，但也还是有的。可是，像你这样英俊而且啰唆的男人就绝无仅有了。”

炳辰差点儿没拿勺子敲她的脑袋：“你这次搞得太离谱了……”

风萍撇撇嘴笑道：“我是王尔德的信徒，一成不变的生活令人厌倦。”

“王尔德，我知道他，说什么‘我喜欢人胜于原则，我喜欢没有原则的人胜于全世界’。哼！恕我不能苟同。”炳辰一脸正气。

“敢问您苟同什么呢？” 风萍微笑着问道。

炳辰冷笑道：“假如他把这句话改为‘我喜欢没有原则的女人胜于

全世界’，那我就没有意见了。”

风萍忍住翻白眼的冲动，尽量做到面无表情，以示自己对他的严重鄙视，然后伸手端起杯里的饮料仰头一口饮尽。

炳辰吓了一跳：“公共场所，注意礼仪，注意形象。”

风萍立刻抓住机会反击：“我都和你一起吃晚餐了，哪还有什么形象可言？”

炳辰夸张地摇头，看了一眼时间，问她：“稍后有什么安排？”

“睡觉。”

“不是吧？”炳辰轻轻皱眉，沉吟一下道，“不如随我去派对，顺便介绍两位朋友给你认识？”

风萍连连摇头。

“真的不去？”

“我要回去睡觉。”

“那好吧！”

风炳辰招来服务生结账，岂料被服务生告知，他们这桌的单已经有人埋单了。

风家兄妹都吃了一惊。

“是谁？”风炳辰问道。

“一位先生。”

“具体一点儿。”

“很年轻、很英俊、很大方。”

闻言，风家兄妹又互相看了一眼，谢过服务生后出门。

风炳辰笑道：“不会是你的某个追求者恰好知道你回来了……”

风萍打断他，“那你以为他们会不留名吗？”

“也是。”炳辰大胆假设，笑道，“难不成是我的追求者？”

风萍“扑哧”一声笑出来。

炳辰就是这一点可爱，不放过任何机会取乐，即便是拿自己开涮。

第十一章

○ ● ○

你是我见过的最漂亮的女孩子。

DEEP DIVING INTO THE PINK OCEAN

兄妹俩在路口告别，风炳辰穿着拖鞋就去参加聚会了。风萍独自回寓所，经过一个公园，转弯抬脚刚踏上台阶，背后忽然有人声音清朗地打招呼：“嗨！”

话音未落，有只手已经搭上她的肩膀。她迅速反握住这只手，待要发力，侧身一瞥间看清楚对方的脸，立刻放开他，道：“小子，你差一点儿就要骨折，知道吗？”

对方甩了甩手腕，笑嘻嘻道：“不至于吧！”

“不至于？”风萍挑眉冷笑，握拳摆出一个姿势道，“空手道蓝带，散打高手，你要试试看吗？”

少年连忙笑着举起双手直摇，道：“不要不要。”

风萍放缓神色，问道：“你偷偷摸摸地跟着我干什么？”

少年还是一脸笑嘻嘻的模样：“我能约你出去吗？”

风萍一怔，随即皱眉：“这个毫不幽默。”

“我很认真的。”

“你最好把刚才的话收回去，否则君怡会把你大卸八块的。”风萍冷着脸给予告诫。

“君怡？”那少年微怔之下，立刻笑了，白齿红唇，看起来格外明艳，“她可一点儿也管不到我，我是自由的。”

风萍知道如今的青年思想开放，但不知已经开放到这样的地步。沉默顷刻，她还是忍不住皱眉：“那你到别处去找乐子吧，最好不要来惹我，我可不是什么善类……”

她话没说完，他便按捺不住似的哈哈大笑起来。

风萍停下来看着他，道：“这有什么好笑的？”

他收住笑容，道：“你不想到那边的公园走走吗？”

风萍的耐心差不多用光了，冷冷道：“不想，你最好不要再出现在我面前。”

他根本不理她的话，指着她刚刚经过的公园道：“就是旁边的这个公园，不会耽搁你太多时间的。”

风萍忍不住顺着他的手指，望了那公园一眼。

然后她就愣住了。

夜幕下的公园旁站着一个人，只望一眼，风萍就知道他是谁。

她无奈地叹了一口气，然后没好气地瞪他一眼，嗔道：“以后少跟我开这种玩笑，Richard……”

他笑着打断她：“我是Charles。”

风萍又是一愣，随即灵光一闪，轻呼道：“哦，你们是双胞胎？”

“不，我们是三胞胎。”

风萍看着Charles充满得意的笑脸，感觉语塞。

“好吧，我不打扰你们了，不过接下来的这句话我可不是在开玩笑。”倒退着离开，一边笑道，“你是我见过的最漂亮的女孩子。”

面对这样的赞美，风萍只好微笑着收下了。

唐湛的私生子居然是三胞胎，他还真是会生啊。

她转身走回去，对着迎面走来的清瘦身影，不自然地干笑两声，道：“我还以为他是Richard。”

“我以前也经常搞错。”唐湛的声音里带着笑意，在夜色下分外醇厚，“Richard要沉稳一点儿，Charles比较顽皮，像阿南。”

他说着已经走到跟前，身穿黑色皮衣，里面露出白色毛衣的领子，看起来年轻不少，没有往日的那种凝重感，想来是因为和儿子共进晚餐才打扮得这样休闲。

风萍不着痕迹地打量他，眼睛里不觉带了一丝笑意。

“我刚刚吃了一顿免费的晚餐，想必是唐先生破费……”

“能有机会请风家兄妹吃饭，是我的荣幸。”唐湛微笑着说，一双深邃的眼睛也不由得亮起来。

风萍闻言反倒有些局促，尴尬地笑了笑，道：“对不起，我不是有意要隐瞒……”

“我理解。”唐湛笑起来，“要不是刚刚看到你们一起用餐，我也难以想象……”

“您认识炳辰？”风萍不禁讶然。

“我曾在一个国际金融交流会见过他，会上有两位举足轻重的人物都对他极为尊敬，”唐湛略顿一下，眼角聚积了些微的笑意，“与会人士全都议论纷纷，说他来历不凡，背景神秘，家族更是富可敌国……”

“传闻都是不可信的。”风萍不待他说完，便笑着连连摇头。

“哦？”唐湛侧过头来看她。

风萍故意板着脸，一本正经地说道：“实际上，我的家族已经统治了整个欧洲，随时准备称霸世界……”一语未毕，自己先笑了。

唐湛微笑看她，对她的玩笑不以为然，眼神在夜色灯影下仿佛别有深意。

风萍于是收敛笑容，道：“抱歉，我把您的手机号码弄丢了。”

唐湛也不问她这话的真伪，摆摆手表示没关系，抬头叹了口气才道：“老实说，我对阿南订婚这件事非常生气。”

“是吗？”风萍微微吃惊，“我真是一点儿也没看出来。”

“当然不能让你们看出来。”

“您气什么呢？因为我不够资格——”

“当然不是。我生气是因为他在人生大事上太过草率，任性妄为，我之所以表现得不生气，是因为我知道他是故意要气我，你能明白？”

风萍点头，她一早便模糊领略了唐迦南的意图，他故意要激怒自己的父亲，只是不明白为什么。

“他为什么要这么做？”

唐湛叹了一口气，语气略带了一丝自责：“我有责任，他和皓云小时候，我没有太关心他们，他们的母亲又走得太早……皓云还好，阿南的性格完全捉摸不透。读书的时候很是放荡过一阵子，家里对他威逼利诱，全不管用，这两年我还当他成熟了，谁知还和从前一样任性。”

风萍听了，一时也不知道说什么。

订婚事件，她也是当事人之一，按唐湛的说法，显然也是很不成熟的。

“阿南的女性朋友不少，但没有一个是认真对待的，你突然冒出来，还订了婚，确实令大家吃惊，原先我还担心你是不是被阿南欺负了，现在看来，这个担心纯属多余了……”

风萍保持笑容，实在找不出话来说，好在唐湛并不需要她说什么。他不露痕迹地话锋一转，续道：“我不知道你和阿南的感情到什么地步了，但有一点我想提醒你，唐家的儿媳妇并不好做。”

风萍微微一怔：“怎么说？”

唐湛沉吟顷刻，方才含笑道：“就拿最新发生的事情来说吧，周新竹令你受了委屈，可在我眼里这就是小孩子过家家，唐家不会因此而和周家翻脸……”

风萍笑了："唐先生，你小看我了，我虽然不赞成以德报怨，倒也不是睚眦必报的人。"

唐湛沉声道："我只是举了一个眼前的例子。我的意思是，唐家会委屈了你，阿南不适合你。"

这意思是齐大非偶，唐家不敢高攀。

风萍沉默片刻，笑了起来："这还是我第一次因为出生而受到歧视。"

唐湛含笑不语。

"我想这不是迦南的意思吧？"

"是我的意思。"唐湛道。

"那我倒有点儿理解迦南为什么不喜欢您了。"

唐湛干咳一声，略显尴尬。

"再见，唐先生。"她说完就转身走了。

唐湛目送她的背影，一双眼睛在夜色中看起来格外深沉。

风萍郁闷得不行。她不是没想过唐湛可能会要她离开唐迦南，可私心里又觉得他不是这样庸俗的人。可她居然因为出生太好而被人嫌弃，真可笑，难道怕她虐待他儿子吗？

郁闷归郁闷，她在床上翻来覆去一阵子，到底还是睡着了。可是，好像刚刚睡着，就感觉有人在自己脸上乱摸，睁眼就看见炳辰那张醉生梦死的脸，当即一把打掉他的手："滚回你的房间去。"

"我听见你说梦话才进来的。"

"我从来不说梦话。"

"你刚刚说了。"炳辰的表情一点儿也不像开玩笑。

"我说什么了？"风萍被他搞得疑惑了。

"没听清，不过有两句在骂人。"

"真的？"

“真的。”

“我不信……”

炳辰摊开手掌，表示无话可说，然后就往床上一躺，不言语了。

风萍伸脚踢他：“回你自己床上去。”

炳辰好半天才哼一声：“有什么关系，反正地方很大。”

风萍拿他没辙，翻了个身，逼着自己重新入睡。

同样是感觉才刚睡着，又被手机铃声给吵醒了，她烦躁地踢了一脚风炳辰。

风炳辰摸到手机，睡意蒙眬地问了句：“哪位？”

对方没有说话，电话被挂断。

风炳辰扔下手机，拉起被子翻个身继续蒙头大睡。

唐迦南挂上电话，看了一下时间：没错，这时候的伦敦应该是早晨。

他又看了一下拨出去的手机号码：也没错，是风萍的号码。

那么接电话的男人是谁？这个时间，这个睡意浓浓的声音，还随随便便地接听风萍的电话，任谁都要浮想联翩了……

这是一个天朗气清的午后。

唐迦南坐在三十二楼的办公室里，窗外就是明净的天空，视野辽阔，风景甚好，但他感觉有些缺氧，下意识地伸手拉松了领带。

人就是这样的，越是想不出来的东西，越爱胡思乱想，越要铆足劲去想，还特容易钻牛角尖。

想了片刻，重又拨电话过去。

“喂？”

接电话的还是那个男的，依旧是一道纵欲过度的虚浮声音，好像他是千年木乃伊，醒不过来似的。

唐迦南一听是他，立刻说：“我是风萍的未婚夫，请她来接电话。”

语气极为生硬，仿若宣战一般。

电话那头沉默顷刻，再次开口时，声音清朗了不少，用英文回了句“先别挂电话”。

唐迦南料不到他这样沉着，不由得暗自一愣，然后便听电话那头传来一连串的哈欠声，再然后是一连串的细微声响，他“喂”了两声，没人搭理。又等了片刻，电话里的安静立刻被哗啦啦的流水声打破，紧接着便听到风萍斥责的声音：“你不懂敲门吗？我正要洗澡。”

唐迦南一听这话，脑子都充血了。

偏偏电话那头的男子丝毫不以为耻，用字正腔圆的普通话笑着说：“有什么关系嘛？你的身体我又不是没看过，”那语气仿佛是要故意刺激唐迦南似的。

“快出去！”

“你的电话，我放这儿了……”

“拿过来！”

唐迦南强压着性子听到这里，终于不再费神猜测他们的关系了。

于是，风萍接过手机之后，听到的是震破耳膜的一声巨响。

唐迦南气得摔了手机了！

他这一摔，把正好送文件进来的秘书安娜吓了一大跳。

唐迦南性格放荡不羁，不拘礼节，对待下属也一向宽厚，从来没有发过这么大的火，安娜一下子呆在门口，不知是进还是退。

看到她那副表情，唐迦南反而笑了，若无其事地说：“都说这款手机质量很好，我试试看，吓着你了吧？你手里是财务部的文件吗？”

安娜如梦初醒，怯生生道：“不，不是，是人事部的文件。”

“人事部？”

“是，市场部总监的岗位已经招聘很久了，猎头最近物色到一位比较合适的人选，所以把资料送过来，看您是不是抽空面谈一下？”

“先放着吧。”

“好的。”

安娜快步上前，轻轻把文件放到桌子上，然后迅速转身逃离风暴中心。

唐迦南此时哪还有心思看什么文件，秘书刚一出门，他就卸下伪装，抬腿给地上那手机补上两脚，让它彻底报销。

晚上回家，陆管家见他神色不对，知道肯定跟风萍有关。

她为唐老太太的调查计划提供了各种线索，现在风萍又几天没回来，肯定是被老太太成功解决了，真是大快人心。迦南往日的女朋友，没有一个不巴结讨好她的，唯有这个风萍太不上道了。她以为她是谁？还妄想做女主人，真是笑死人了。

她心情愉快，脸上也和颜悦色起来，一举一动都不由自主地流露出欣喜。

唐迦南情绪不佳，看见她那副喜滋滋的样子，觉得很诧异，忽然就想起了一件事，问她道：“陆管家，风萍前天晚上没回来，铭瑄怎么知道了？”

陆妈料不到他突然问这个，心里一怔，但她是何等精细的人物，在唐老太太跟前待了几十年，早就练出来了，当下不慌不忙地答道：“哦，是我说的，老太太打电话找你，又问起风小姐，我就说了。”

唐迦南见她主动承认了，一时无话可说。

陆管家却顺水推舟，明知故问：“迦南，我也正想问问你，风小姐这两天怎么一直没回来啊？”

唐迦南现在提到风萍就火大，脸色阴沉得厉害。

陆妈见他这副表情，心里更加笃定自己的猜测，风萍肯定是被唐老太太给打发了。

这种拜金女人，至于为她失魂落魄吗？真是的！

她正在腹诽风萍，忽见唐迦南站起身，往楼梯口走去，她连忙问道："迦南，你不吃晚饭了？"

"不吃了！"

唐迦南说着快步上楼，约有四五分钟，又下来了，取过衣架上的黑色大衣套上，扣子也来不及扣便开门出去了。

他心情极度不爽，也没有个目的地，一路疯狂飞车，约有半个钟头，车载电话忽然响了。他放缓车速，接听，是易尔阳，一开口就是夸张的抱怨。

"我的老天，你叫我好找……"

"有事？"唐迦南打断他。

易尔阳立刻听出他的语气不对劲，微怔一下才道："也没什么事……就是，想找你出来喝两杯……"

唐迦南正苦闷无法遣怀，闻言即刻应道："好啊，去哪里？"

"老地方。"

唐迦南说完就切断电话，掉转车头驶向红袖坊酒吧。

易尔阳对着手里的话筒眨巴一下眼睛，转头盯住电脑屏幕上的美女照片看了一会儿，自言自语："阿南的情绪不好，莫非他已经知道了？"

他说完沉默半晌，摇了摇头，又叹了两口气，然后才离开电脑桌，取过钥匙去赴约。

半个小时之后，他踏进酒吧大门。

服务生微笑着迎上来，开口就道："唐先生在三楼贵宾室等您。"

易尔阳点点头，谢绝服务生的领路，独自来到三楼，推开贵宾室的门。

唐迦南已经先喝上了，正仰头把一杯酒倒进嘴里，不带喘气的。他吃了一惊，转眼再去看酒瓶，眼睛瞪得差点脱框，惊呼道："不是吧阿南，这么猛？"

唐迦南也不看他，倒了满满一杯推到他面前："喝吧。"

易尔阳着实吃惊了，连忙俯身凑到跟前抚摸他的额头：“你没事吧？”

唐迦南打掉他的手，告诫道：“这里潜伏着很多狗仔队，你的性取向一直都是他们关注的焦点。”

易尔阳见他还有心情开玩笑，便端起酒杯喝了一口，倒回沙发里，翘起修长双腿，问他，“你今天不大对劲啊？”

“是吗？”

“这种不要命的喝法，我只见你失恋时喝过。”

“陈年旧事提它干什么？来，喝酒！”

易尔阳只好举杯和他相碰，两杯酒下肚，他忽然想起一件大事，连忙坐正身体问道：“对了，风萍到底什么身份，你搞清楚没？”

“你喜欢她吗？”

“什么？”易尔阳被他突如其来的问话搞得一愣，迅速反击道，“这话应该我问你吧！”

“不然你干吗整天缠着她呢？”唐迦南皱眉。

“说实话吧，阿南，我对你们的事一直挺好奇的，你们认识也没多久，怎么突然就订婚了呢？你真的爱上她了？”

最后一句声音压得特别低，语气格外谨慎的样子，两只眼睛滴溜溜地盯着唐迦南。

唐迦南听了这话，也直勾勾地看着他的眼睛，然后“扑哧”一声笑了出来，挥拳在他的肩上重重一击：“怎么可能？”

易尔阳拧着一双乌黑眉毛，有些不齿地追问：“那你和她订婚？”

唐迦南合上眼睛倒在沙发里，舌头已经有些大了：“我就是一时冲动，问了她一句，没想到她居然答应了。”

“废话！换了我也答应。”

“哧！你想得倒美！”

唐迦南用鼻子嗤笑了一声，然后就不说话了。

易尔阳吃了两片水果，又问：“她和Jennifer什么关系？”

唐迦南闭着眼睛，也不搭理他。

易尔阳继续唠叨：“我说你这唯我独尊的臭脾气什么时候能改一改？不喜欢人家，跟人家订什么婚？耽误自己不要紧，不要害了人家，现在有麻烦了吧，真是的！”

唐迦南哼了两声，在沙发上翻过身去。

易尔阳见他这样，随手就将吃剩的果皮扔过去，骂道：“你别不耐烦，我告诉你，你这是自作自受。”

眼看唐迦南没什么反应，他故意停顿了几秒钟，才道：“唐诗回来了！”

这话说完，唐迦南仍是一动没动。

易尔阳等了好一会儿，见他依旧躺着没有一点儿动静，不禁十分诧异，起身探头过去一看。

原来唐迦南已经醉死，睡着了。

无奈之下，他不禁摇头叹气：自己哪里是过来喝酒消遣的，分明是来做小弟伺候人的，唉……

易尔阳费了好大的力气才把唐迦南弄上车，然后往服务生手里塞了几张钞票，回家去了。

第十二章

我不会主动爱上别人，
除非他先爱上我。

DEEP DIVING INTO THE PINK OCEAN

唐迦南的手机一直关机，倒叫风萍那边好生奇怪。

待到下午的会议完毕，她又拨了两通电话，依然关机。

风炳辰见她眉头紧锁，很是不满：“打不通就算了，他有事自然会再打来的，没打来就说明没事。”

“可是没道理关机啊。”

“现在那边是凌晨，他睡觉不关机吗？”

“我不清楚……”

风炳辰闻言一怔，敏感地抓住重点发问：“你不清楚？我可是听说，你早就住进了唐迦南的别墅，难道你们没有……”

“没有！”

“不是吧？”风炳辰看外星人一样看她，要笑不笑的样子，“这么说，你和他没有……”

“闭嘴！”风萍斜眼看他，佯怒道，“你脑子里怎么整天想这个？”

炳辰不说话了，只是一个劲地盯着她笑，笑容看起来分外诡异。

风萍被他看得毛骨悚然，嗔怒道：“这有什么好笑的？”

“这事听起来有点儿怪。”

“这没什么奇怪的。他求婚了，而我答应了，就这样。至于我们没有睡在一起，是因为我们还没有结婚。”

“我完全相信。”炳辰笑着说，但那表情与说的恰恰相反。

风萍耸耸肩，表示无话可说。

“看来你是爱上他了。”

“我没有。”风萍看着他，一脸严肃地说，“我不会主动爱上别人，除非他先爱上我。”

“哦？”炳辰眨巴着眼睛看她，沉默顷刻又问，“他是个什么样的人？”

“风流、滥情、花心、任性。”

“听起来一无是处。”

“是的，但目前还没有发现让我特别难以忍受的缺点。”

炳辰收住笑容，给自己倒了一杯酒，然后转过身来道：“亲爱的妹妹，哥哥跟你说个事……”

“嗯？”

“读中学的时候，我喜欢上一个漂亮的女教师。有一天早上，我看见她进教学楼，就急匆匆地赶去表白。当时我把她堵在楼梯里，等我表白完了，她弯下腰伸手摸我的脸，非常温柔，我以为她要吻我，结果她擦掉我嘴边的面包屑，对我说‘下次跟女孩子表白前，记得把嘴巴擦干净’。”

“有这种事？”

“你以为我是个情场老手，经验丰富，善于引诱女人？”

“难道不是？”

“当然，我是，可我也是在失败中成长起来的。你们女人总是抱怨男人没有情趣，没有幽默感，可你要知道，没有人是天生的。假如一个男人知情识趣，立刻又沦为你们口中的花心风流。”

“你这是在替自己开脱，还是替唐迦南开脱啊？”

“我是在陈述实情。”他浅饮一口酒，笑了笑道，“当然，你也可以看作是我替自己开脱。不过我奉劝你不要总盯住他滥情的一面，如果他还算风趣，你必须明白，是别的女人把他变成这样，你在享受别人的劳动成果，这就是为什么我喜欢熟女，而不喜欢那些……”

风萍连忙打断他的滔滔不绝：“非常感谢你的忠告，我会记住的。”

她说着拿起手机到阳台上去，重拨一遍号码，依旧是关机。

她不得已，只好拨打宅电，接电话的正是她不想打交道的陆管家。陆管家语气生硬地说，迦南没有回来，然后还很傲慢地提醒她，不要在深更半夜打扰别人休息。

风萍从来没见过这么嚣张的管家，真是哭笑不得。

不知道他有什么事，干脆等回去以后再说吧！后面的几天，她专心开会。

风炳辰一贯忙碌，能抽出这几天的工夫已属难得，会议结束的前一天，他就搭乘私人飞机走了。

其余等人也各有要事，她便订了飞机票独自回去。

没想到会在飞机上遇到韩弈，也是独自一人。

他主动过来打招呼，为周新竹的事向她道歉并致谢。风萍已经不生气了，自然不会跟她计较，随口说了两句套话，请他不必放在心上。

韩弈见她年纪轻轻，甚有雅量，很愿意和她多说两句。

他的嗓音动听迷人，风萍也愿意多听听。

飞机落地后，韩弈获悉她没人接机，主动提出送她一程。

车到唐宅外，他帮她提出行李箱，两人正在话别，唐迦南的车子就拐进了路口。

唐迦南料想风萍的归期就在这两天，但怎么也想不到送她回来的竟是韩弈。这小子生得风流，身姿秀逸，笑意盈盈地跟风萍讲话，神态甚是愉快，看得唐迦南怒火中烧，前几天的醋意还没消散，这会儿又爆发了。怎奈他的车还没到跟前，韩弈已经上车扬长而去。

风萍当然认得唐迦南的车，当下拖过行李箱，微笑着站到旁边等他。

唐迦南推开车门，抬头就见她含笑望着自己，眉宇间隐有倦色，但精神不错，身穿浅绿色大衣，清隽挺拔得像一根修竹。他一看见她，原先的火气就发不出来了，甩手关上车门，走过去帮她提皮箱，微笑道："怎么也不提前说一声，我好去机场接你。"

风萍也笑："正好在飞机上遇到了韩弈，他顺路送我。"

"韩弈这个人，听说他的性格非常孤僻，居然愿意送你？"

"还好吧，之前在尔阳那里看见他，是很傲的样子，私下倒是挺随和的。"

"他主动要求送你回来？"

"嗯。"

"你为什么不拒绝？"

"我为什么要拒绝？"

"他是当红明星，万一被记者拍到的话，没准会乱写的。"

"我跟他？亏他们想得出来。"

"只有你想不到的，没有他们写不出的，你忘记他们是怎么写你和方伯韬的了吗？"

"那倒也是。"风萍撇撇嘴。

"所以说，以后再遇到男人搭讪，一定要拒绝，不要搭理他，知道吗？"

"哦，知道了。"

风萍答应完了，才发现这话怎么有点儿不对劲呢？

屋子里的陆管家早就看到他们了，心思也早已转了十七八个弯：风萍为什么突然又回来了？是唐迦南找到了她，还是有什么其他缘故？唐老太太知道她回来了吗？

情况危急，兹事体大，她觉得有义务马上汇报这一情况！

唐迦南提着行李箱上楼，推开客房的门，就愣住了。风萍跟过来一看，也愣住了。

床上的被褥枕头已不知去向，柜子上她的日用品也全都没了，房间干净简洁得堪比乡间旅馆。

奇怪！他没叫人收拾啊，就是收拾，也不用收拾得这样整洁啊，好像房间的主人永远不再回来似的。

风萍失笑：“我不过是离开几天，打扫房间也没必要打扫得这么彻底吧？”

她心知十有八九是陆管家干的好事，却故意看着唐迦南，似笑非笑：“还是说，你不欢迎我回来？”

唐迦南急忙道：“肯定是陆管家拿去清洗了，我去问问她……”

他一句话没说完，陆管家已经把被褥、床套什么的都拿了上来，一边笑道：“我看那被褥有点儿脏，正好风小姐不在，就拿去洗了……”

风萍扫视一下室内，问道：“我的书刊也拿去洗了？”

陆管家对答如流：“哦，那个在抽屉里，放在外面有灰尘。”

风萍拿她没辙，眼见她手脚麻乱地展开被褥，要给她铺床，连忙道：“我自己来，你出去吧。”

陆管家立刻告退。

唐迦南嗅出点儿味道，便问：“你好像不太喜欢她？”

风萍纠正他：“没有好像，我是很不喜欢她。”

说完，她脱掉大衣，开始着手铺床，唐迦南过来帮忙，一边追问她为什么不喜欢陆管家。

风萍头也不抬道：“因为她不喜欢我。不喜欢我的人，我也不会喜欢她。”

唐迦南闻言，沉默一会儿才笑道：“你们之间还缺少了解，你这么好的人，没有人会不喜欢你的……”

“是吗，有多好？”风萍直起腰来看着他。

“你看啊，你在伦敦，有人做你的接线员；在机场，又有人主动充当你的司机，人家还是红得发紫的大明星，”唐迦南一边抖开她的绒被，一边笑道，“你简直就是万人迷，有谁能拒绝得了你呢？”

风萍一直静静盯着他，等他把话说完，再也忍不住地笑起来。

唐迦南不动声色地看她：“你笑什么？”

风萍收起笑容，问道：“你在吃醋吗？”

唐迦南闻言一怔，然后仰头对着天花板大笑，反问道：“我像吗？”

“酸溜溜的，很像。”

“这怎么是酸溜溜呢，我这是为你自豪，与有荣焉。”

“与有荣焉？”

“我的未婚妻有魅力，说明我的眼光好啊！”

“你就承认了吧。”

“没有的事，我怎么能认呢？”

“别死鸭子嘴硬了。”

“确实没有！”

“那你就不想知道我跟那个接线员的关系？”

“不想。”

唐迦南几乎是条件反射地说出这两个字，一说出来就后悔了。

怎么不想呢？这几天里，他日思夜想的就是这一件事啊！他太想知道了！可他居然说不想，他不能原谅自己，一屁股坐到了刚刚铺好的床上，心里那叫一个懊丧。

风萍见他这样说，眼珠一转道："你不想知道我和他的关系，我却很好奇你和夏瑶是怎么回事？"

"我跟她？"

"对啊，网上有新闻说你们在模特大赛那晚阳台叙旧，旧情复燃……"

唐迦南都不记得遇见夏瑶的事了，经她一提醒立刻想了起来，正要说没什么，忽然改口笑道："哦，原来是你自己吃醋了？"

风萍气结，看着他沉默两秒才笑出来，然后在他旁边坐下，分析给他听："我们是未婚夫妻，我的未婚夫和别的女人传绯闻，我有知情权，懂吗？"

唐迦南一听这话顿时来了精神，看着她笑嘻嘻道："既然这样，那我也有权知道你和那个接线员的关系……"

"当然。"风萍见他一直死不承认，心里已经兴起了恶作剧的念头，故意沉吟顷刻，肃容正色道，"实际上，他是我的男宠！"

此言一出，唐迦南当场石化，笑容全凝结在了脸上。

风萍面不改色，继续若无其事地撒谎："我知道你可能难以接受，不过，你放心，我和他没什么感情的，这个其实就跟富婆养小白脸是一样的，反正我有的是钱嘛！"

"有的是钱？有多少？"唐迦南如梦初醒，接口问道。

"嗯……这个嘛……"风萍再次沉吟半晌，恶意道，"按照你的时薪四千美金来计费，我消费你五百年肯定是不成问题的，前提是你要活得足够久。"

"那确实很有钱……"

唐迦南点点头，静默片刻，忽然对她展颜一笑："让我也做你的男宠吧！"

这一下轮到风萍怔住了。

唐迦南含笑凑到她跟前，刻意压低声音，嗓音沉沉道：“不如现在就来消费我，就当是买车试驾。”

风萍被他这样近距离压迫，感觉呼吸不畅，身子往后稍稍仰了一下，唐迦南顺势把她压在了床上。

两人四目相对，气氛顿时就变得暧昧起来。

他温热的男性气息扑过来，风萍白玉般的面上就升起了两抹嫣红，一时说不出话来。

唐迦南盯着她看了一会儿，忽然一声冷笑道：“男宠？哼！我要是再被你骗了，我就不叫唐迦南！”

风萍恶作剧不成，只得从实招来，叹了口气道：“他是我堂兄。”

闻言，唐迦南心里一块石头落地，翻身躺到一边，双手往脑后一枕，瞪着天花板抱怨道：“你堂兄也太不知检点了，连你洗澡也不避讳，我都没见过你洗澡……”

风萍听了这话，脸上不由得浮起微笑。

唐迦南的心情愉快起来，思路也打开了，话也多了，问道：“喂，你家是做什么的？”

风萍也对着天花板道：“什么都做。”

“怎么我从没听说过呢？”

“因为我们只出钱，不出人。”

“就像时光酒店？”

“那个曾经是我们家的。”

“曾经？”

“十几年前，方君怡在纽约出生，我妈妈把它当作贺礼送给她了。”

“好惊人的贺礼！”唐迦南忍不住惊叹。

“如果你有孩子，我也可以送他一份的……”风萍随口一说，然后就意识到祸从口出了。

果然，唐迦南立刻转过头来，目光灼灼地盯着她。

他的眼睛尤其漂亮，清澈明亮，几乎可以媲美她的。

她忍不住赞道：“你的眼睛很漂亮。”

唐迦南成年后从来没有被人这样直白地夸赞过。实际上，对于一个男人来说，漂亮一词未必就是褒义，但他知道她是褒义，心里不免有点儿异样，原本准备调侃她的俏皮话就说不出来了。

风萍见他一直盯着自己，有些不好意思地转过脸，重新看着天花板，问道：“你是怎么处理那件事的？”

唐迦南一愣，“什么事？”

“周新竹那件事啊！”

“我去见了Jennifer，请她出面跟媒体解释。”

“你何不直接出面？”

“难道要我说，这件衣服是我未婚妻的，她就是Jennifer说的那位尊贵的朋友。”唐迦南没好气地白了她一眼，恨恨道，“我这也是为了维护了你苦心经营的灰姑娘形象。”

风萍“扑哧”一声笑出来，道：“你做得对，Jennifer是最合适的人选。”

他们俩躺在床上谈话的时候，楼下的陆管家也没闲着，眼瞅着没人在跟前，抓紧时间往唐家老宅拨了一通电话，结果得到了一个莫名其妙的回答：“做好你的本职工作，少管主人的私事。”

她有些蒙了！

这是怎么回事呢？老夫人的态度为什么转变得如此之大？难道她已经接受了风萍，所以风萍才可以重新回来？

她抬头看了看楼上，隐隐有了一种危机感，难道真的让那个粗鄙的女人成为这幢屋子的女主人，然后骑在自己头上作威作福吗？

不行！绝对不行！

她立刻奔进厨房，泡了两杯红茶，拿了一些点心，小心翼翼地端上楼去了。

房门是开着的，唐迦南和风萍两人齐头并肩躺在床上说笑，那笑声听在陆管家耳朵里实在太刺耳了。和一个男人躺在床上，还笑成这样，实在太不淑女了，迦南也真是太放荡了。实际上，这段日子，差不多是唐迦南近年来最安分守己的日子，但她因为讨厌风萍，连带对唐迦南也有了怨气。

于是，她重重地咳嗽了一声，成功地引起了室内二人的注意。

唐迦南曲臂支撑起身子，问道："什么事？"

她堆起笑脸，道："我给你们准备了一些点心，这是风小姐最喜欢的红茶。"

唐迦南笑着看向风萍，问道："喝吗？"

风萍正要说不喝，一转眼看见陆管家正盯着自己，心里不由得一动，面上就浮起了笑容，点点头表示喝，人却躺在床上不起来。

唐迦南坐起来，从陆管家手里的托盘里端起一杯，笑着递给她："给！"

风萍这才爬起来，故意偎到唐迦南身边，伸手接过了杯子。

唐迦南看着盘里的小蛋糕，又问道："饿不？"

风萍腻着声音道："好饿。"

他立刻又拿了一块小蛋糕递过来，风萍却不去接，而是微微张开嘴，意思是要唐迦南喂她吃。

这个动作让旁边的两个人都愣了一下，唐迦南尽管感到意外，但意外之后还有一丝甜蜜，当下微笑着把蛋糕喂她吃了一口。陆管家却恨得抓狂，太无耻了，这女人真的太无耻了！

风萍一边欣赏陆管家的脸色，一边吃蛋糕，吃完了还就着唐迦南的手指舔了舔，这一下唐迦南就像触电一样，一股热流传遍全身。

陆管家也被触到了忍无可忍的临界点。

她立刻放下托盘道："就快开饭了，我去厨房看看。"

她一走，风萍也就恢复常态，喝了口茶，起身把杯子放回去，然后打开行李箱，整理衣服。

唐迦南坐在床上不露声色，心里却有轻微的惊动。他察言观色，明白她是在陆管家跟前做戏，自己被利用了……呃，如果是这样的话，他可不想被人白白利用……

他动了邪念，看什么都浮想联翩，浅灰色长裤包裹的臀部，线条分明的腰和胸，饱满丰盈的唇，白皙纤细的手指，真是恨不得变成她手里的白色长裙……

他正在想象的国度里陶醉，不提防风萍忽然问道："你还好吧？"

他一惊，赶紧回神："嗯？"

风萍有点儿疑惑道："你的脸色好像不太正常，是不是发热啊？"

唐迦南艰难地咽了一下口水，清清嗓子干笑道："没有。唉，我说现在还是冬天，你就买夏天的裙子了？"

"这些不是我买的，是别人送的。"她说着将两条裙子扔给他，"帮我挂起来。"

"谁送的？"唐迦南接过衣服，坐在床沿一动不动，硬邦邦地问道。

"当然是设计师，还能是谁？"风萍失笑。

唐迦南立刻恍然，起身去帮她挂衣服，回来道："对了，Jennifer想见你。"

"她有说什么事吗？"

"她就是想见见你。"

"你给她看我们的订婚照，她说什么了？"

唐迦南故意耷拉着脸色，一脸憋屈地答道："她十分震惊，显然不知道我是从哪个旮旯里跑出来的穷小子……"

风萍哈哈大笑，道："那以后由我养你可好？"

唐迦南连连点头："好极了。我们男人为了你们女人打拼了几千年，早就该休息休息了。你不知道我每天有多辛苦……"他说着重新往床上一躺，长叹道，"网上经常抨击富人生活奢侈，那是因为他们不知道有钱人赚钱辛苦，不奢侈简直对不起自己，人生苦短啊。"

这腔调跟炳辰如出一辙，听得风萍直笑。想要说什么，楼下通知开饭了，于是她把几件衣服拿到里面去挂好，进卫生间洗手，和唐迦南一起下楼吃饭。

其间因有陆管家在一旁伺候，她故意对唐迦南分外亲切，不停地夹菜。唐迦南乐翻了，十分享受，少不得礼尚往来。看得陆管家着实心惊，她料不到风萍这次回来，和唐迦南的感情竟然突飞猛进了，绝不是好现象。

她的危机感加重了，但心里很不服气。说起来她是惯会伺候人的，二十年工作经验，资历颇深，连带着也挑剔起了服侍的对象。像风萍这样的，出身没准还不如自己，根本无法领略她工作的精髓——比方说桌上这道她精心烘焙的甜点吧，风萍吃的时候，那表情就像在吃街头小吃，太随便了，一点儿也不懂得品尝，简直是暴殄天物啊！

陆管家的一口气在肚子里叹了又叹，转了又转。日后要天天对着这样的女主人，她还不得郁闷死啊。

不行！绝对不行！

她不能坐以待毙，要主动出击。

第十三章

我只是想要在爱情最美好的时候，
给它一个体面的结束。

DEEP DIVING INTO THE PINK OCEAN

对风萍的回归，好奇的不止陆妈一个人，唐铭瑄比她更好奇。

她搞不明白外祖母何以改变态度，并且对那晚的事绝口不提。所以，她一听说风萍回来了，第二天就过来探口风了，借口是约风萍去逛街，知道风萍对服装有专业眼光，所以请她一起去给个参考。

于是风萍就跟她一起去了。

唐铭瑄一边开车一边问她：“你前几天去哪里了？”

风萍道：“伦敦。”

“是去旅游吗？”

“开会！”

“开会？”唐铭瑄惊讶了，“你不是没有工作的吗？”

“有的，只是工作时间比较自由。”

“哦。”

唐铭瑄第一回合得到了意外的答案，心里有些没底气，但她受的是西方教育，不习惯再三追问别人的隐私，就到此为止了。

到了服装店，在店长的热情招呼之下，唐铭瑄试穿了巴黎设计师Michael的最新款春装，顺便叫风萍也挑两件试试。风萍笑着推辞，顺便看了一眼服装标价。

唐铭瑄以为她是嫌贵，不禁纳闷：难道她不是刷二哥的信用卡？

来来回回折腾了两个多小时，总算买好了衣服，便去隔壁的咖啡馆喝茶，东拉西扯聊了一会儿，唐铭瑄忍不住了，直接问道：“有天晚上，我奶奶去找你，你们都谈了什么？”

风萍笑笑：“没说几句话，她给了我一张支票，叫我离开唐迦南，我没答应。”

这些都是唐铭瑄预料中的，她想知道特别点儿的。

“就这样？没有别的？”

“没有别的了，”风萍喝了一口红茶，反问道，“你怎么忽然问这个？”

“没什么，”唐铭瑄也笑起来，“就是随便聊聊嘛。”

风萍也疑惑：难道唐铭瑄还不知道她的身份？唐湛没有告诉他们吗？

唐铭瑄没有得到想要的答案，又见风萍起疑，只好低头喝茶。

风萍其实也对唐家的事比较好奇，尤其是那三个私生子，但这或许是人家的忌讳，也不好直接问。

于是两个人倒认真喝起茶来。

沉默顷刻，唐铭瑄忽然道：“二哥这一次的眼光不错！”

风萍漫不经心地敷衍一句：“谢谢！”

“在他交往过的所有女朋友当中，你最特别。”

风萍失笑：“怎么个特别法？”

“你不讨好任何人。”

风萍料不到她的称赞是真心的，真心地说一次：“谢谢。”

唐铭瑄微笑着，还要说什么，目光忽然看向她的身后，神色略有诧异。风萍顺着她的目光转头一看，一个西装革履的年轻男子径直朝她们走了过来，风萍不由得一愣。

那男子三两步跨上台阶，来到桌子跟前，神色从容地对唐铭瑄点了点头，然后对风萍微微一笑，道：“我在楼上见客户，看到你也在，就过来打个招呼。”

风萍毫无准备地忽然遇见他，怔了片刻，然后勉强笑了笑，也不说话。

唐铭瑄的眼光在他们身上来回扫了一下，女性的第六感告诉她：有情况。

她和风萍没有共同话题，本想找借口走人了，现在反而勾起了好奇心，一双漂亮的眼睛看定那男子，问风萍道：“这位先生是……”

风萍静默片刻，似乎在犹豫是否要给他们做介绍。

那男子已经主动开口了：“唐小姐你好，我是安悦生，风小姐的朋友。”

唐铭瑄非常矜持地点了点头，觉得安悦生这个名字有点耳熟。

安悦生又道：“很抱歉打扰你们！我想借用风小姐一点儿时间，不知道是否方便？”

这后一句是对风萍说的。

他说得这样清楚直白，唐铭瑄只好带着自己的好奇心先告辞了。直到车子开到半路，她才猛地想了起来，前一阵子，唐老太太找人调查风萍的时候，陆管家曾经提到过这个名字，说是给风萍送过花，难不成他们还有更深一层的关系？

咖啡馆里，安悦生在唐铭瑄刚才坐的位置上坐了下来，看着风萍不说话。他无数次想象过的场景，现在真的身临其境，却似乎忘记了开场白。

沉默片刻，安悦生才说：“我看到你订婚的消息，才知道原来你还活着。”

没有外人在场，他也卸下了温文尔雅的伪装，变得犀利起来了。

“我到底做错了什么，你要这样对我？一句话都不说就一走了之，你知不知道我像个疯子一样到处找你。”

风萍忍不住露出一丝讽刺的笑意。

安悦生被她的笑容刺痛了，语气有些激动："还是说你三年前就已经攀上了贵人，所以才决定不辞而别？你不跟我说，是怕我不放你走吗？"

风萍微微一笑："你想多了。"

安悦生冷笑道："我确实想了很多，在你走后的无数个夜里，我都难以入睡，我把所有可能、不可能的情况都反复想了很多遍，我实在想不通，你为什么要这样对我？"

他一副受害者的姿态和口吻，令风萍有些诧异，她沉默片刻才说："没想到当年的事给你造成这么大的困扰，我很抱歉，但或许你耿耿于怀的并不是我的离开，而是我离开的方式。"

安悦生一时无言以对。

风萍看着他，语气诚恳："不管你相不相信，和你的这段感情，是我人生最特别的回忆，我很珍惜这段感情，不想它被庸俗的日常琐事消磨掉……"

安悦生不能理解这句话，冷笑道："你珍惜感情的方式也太特别！我想任何一个正常男人都不能理解。"

"我只是想要在爱情最美好的时候，给它一个体面的结束。"

"体面？"安悦生冷笑一声，抢白，"不辞而别很体面吗？"

"我之所以选择不辞而别，也是为了避免现在这种情况……"

"什么？"

"难道要我们大吵一架再分手吗？"

"所以在你心里，我就是那种死缠烂打的人？"

风萍忍不住叹气："都已经是过去的事情了，旧事重提又有什么意义呢？"

她这种云淡风轻的态度，越发刺激了安悦生，他冷笑一声："怎么？害怕被人挖出你的过去，会影响你嫁入豪门吗？"

风萍无奈地看着他："你要这样想的话，我也没办法。"

安悦生见她这样说，以为是默认，气得瞪着她说不出话来，静默片刻，拂袖而去。

风萍再次叹了口气，端起茶喝了一口。茶早已经凉了，既苦又涩。曾经她以为，他不爱她，就是世上最悲哀的事了。后来她发现自己也不爱他了，这才是世上最悲哀的事。

过去的岁月一旦在回忆里复活，记忆往往自动剪辑掉那些不好的部分，光阴也会为它们打上柔和的光芒，像旧年画上的风景，看起来很美，却多少有点儿不着边际。

她一路惆怅地到了时光酒店，没想到方君浩也回来了，倒是意外之喜。

一阵寒暄之后，他兴致勃勃地给她看自己的摄影作品。

风萍翻看下来，没有发现什么特别震撼的图片，当下很不客气地提出疑问："君浩，你会不会把对摄影的兴趣误当作自己的特长？"

"什么？"方君浩皱起眉毛。

"就像有些人喜欢写作一样，以为自己喜欢，就一定能写好文章。你会不会也一样，误把自己的兴趣爱好当作是天赋，以为自己喜欢，就一定能拍出好的作品。"

"风……萍！"方君浩忍无可忍，一把夺过他的精美图册，吼道，"你自己品位低俗，没有艺术眼光，还来质疑我的专业性！你太侮辱人了……"

他很没风度地下起逐客令："你出去，快走快走！"

风萍拍拍手道："好啊，我现在就去跟方老伯说，你根本没有摄影天赋，还是比较适合经营酒店。"

方君浩连忙转变态度，赔笑道："我说女王陛下，小的一时失言，罪该万死！您就放小的一马吧！"

风萍嗤笑一声："瞧你紧张的，我是去跟方伯报账……"

风萍说完起身去找方伯韬，进了办公室，从包里拿出支票夹，将一沓票根放到办公桌上。方伯韬拿过去随便翻看一下，对她笑道："这个金额比我预想的少了两个零，不错，知道节俭了。"

风萍也笑了：“方伯，你难道忘记了，我已经找到了长期饭票，那两个零由唐迦南支付了。”

方伯韬一拍脑袋，连连表示糊涂：“我还真没有想过，风家的女孩子也会花男人的钱……”

“女孩子花男人钱的时候，一定不要不好意思，因为这样的机会不常有，再说唐家也很有钱啊。”

方伯韬笑着把支票根收进抽屉。

风萍看了看手表：“我该回去了。”

“吃了饭再走吧，我通知餐厅做你最爱吃的。”

“不用了，”风萍站起身来打断他，笑道，“迦南说他今晚有安排。”

“哦！”方伯韬恍然大悟，一副又惊奇又惊喜的表情，“看起来你们俩进展得很顺利？”

风萍脸色微红，不知道该否认还是承认，只好咬着嘴巴做了一个鬼脸：“我走了！”

实际上，唐迦南的所谓安排不过是要补过一个情人节。

两人见面后，不能免俗地去吃了一顿情调高雅的丰盛晚餐，然后唐迦南带她去看电影。

真的毫无创意！

然而，庸俗和创新的区别，很大程度上是由个人经验决定的，好比一个美女，从来都是收到鲜花，忽然有个男人送了一盒爆米花，她没准就觉得这个男人很特别。

风萍因为平时极少进影院看电影，倒是觉得很新鲜。

他们原来准备看一部爱情喜剧电影，可到影院一看，热映的都是国外悬疑惊悚片。

影片场景细节方面力求逼真，气氛营造得也不错，配以精良的声效，很惊悚，厅内有不少女生吓得惊呼，都偎在男友怀里。风萍也觉得有些悚然，但像那样失声惊叫对她而言是不能想象的，但身体是不受控制的，少不得有点儿动作，唐迦南便借故握住她的手，但眼睛依旧盯着屏幕，神色极端庄严肃的样子。

她斜眼瞥见了，忍不住暗自觉得好笑。

该片演员阵容强大，耗资甚巨，怎奈故事情节稍显单薄，影片过半，观众差不多都能猜出结局，后半部分则有故弄玄虚之嫌，虽不至于叫人昏昏欲睡，她也实在不能像唐迦南那样一本正经，仿若完全被故事牵引着。

稍后电影结束，回家途中，风萍笑道：“你是故意的吧？”

“什么？”唐迦南边开车边问。

“带我看什么惊悚片，趁机占我的便宜。”

“糟糕!”唐迦南大笑,“可怜我这么一点儿小心思,都被你看破了……”

风萍也笑。

沉默顷刻,她忽然又叹息道:“如今的电影,故事越来越单薄,台词越来越直白,丝毫不懂得蕴藉之美,一点儿韵味也没有,真叫人失望。”

唐迦南斜飞她一眼,笑道:“听听这口气,干脆你去拯救电影界得了。”

风萍立刻摇头：“那不行！你没听说过‘曲高和寡’这个词吗？我注定是属于少数派的阳春白雪。”

唐迦南再次大笑。

“像皮特这样的明星，无论演什么都会被认为是商业片。”

“他演什么我都支持，我是他的影迷。”

风萍微微惊讶：“奇怪，怎么你们男人个个喜欢他，我没发觉他有什么特殊魅力。”

唐迦南微笑道：“男人和女人的眼光本来就不同。”

风萍皱眉想了想，道：“我听说有个法国女演员和他拍吻戏，导演喊停之后，女演员当场晕倒……”

唐迦南轻呼一声：“这么厉害？！”

“不是。”风萍沉默一下，道，“他有口臭。”

一小阵沉寂。

唐迦南见她这样破坏气氛，实在是哭笑不得。

风萍看了看他的脸色，忍着笑安慰他道："我也是道听途说的，你不必相信。其实明星也是人，也要吃喝，也会生病，有体味口气是很正常的。"

这话分明是揶揄他，拿他当迷恋偶像的十六七岁小孩！唐迦南更加哭笑不得，佯怒地瞪她一眼。

风萍转过头，忍不住笑起来。车窗外无数华灯，霓虹灯彻夜不灭，繁华得近乎虚无，幢幢高楼如过眼烟云，流光溢彩的光影下有种醉生梦死的幻觉。

晚餐时，她喝红酒稍有过量，又经过惊悚影片的刺激，这时精神放松下来，倦意渐生，便微微放低座位，合上双眼。

一刻钟后，车子刚一停妥，风萍便睁开眼问道："到了？"

这让正在解安全带的唐迦南十分懊丧，他长叹一口气，然后才转头看着她，非常严肃地说道："你不能这样！"

"什么？"风萍小憩刚醒，见他一脸认真，有些搞不清楚状况。

"这个时候，你应该躺在座位上，不要动，也不要睁开眼睛，即使你已经醒了，也要装作没醒，继续睡……"

"然后呢？"

"等待男主角下车，打开你的车门，吻醒你，电视里都是这么演的……"唐迦南的表情非常正经。

风萍实在忍不住，"扑哧"一声笑了出来，直接笑得没力气起身。唐迦南握住她的手，把她拉起来。

"我不知道你还有时间看电视剧。"

"读书的时候，陪女朋友看的。"

风萍一怔，然后又笑起来："哦，你还真是体贴。"

"那当然。"唐迦南说着下车，绕过车头，非常绅士地为她打开车门。

仆人出来把车子开到车库停好。

他俩进屋，各自回房休息。风萍洗漱沐浴完毕，正在吹头发，唐迦南忽然来敲门：“忘记跟你说了，我和Jennifer约好明晚见面，你没有别的安排吧？”

“没有。”

唐迦南点头：“那么，晚安。”

他说了晚安，依旧站在门口不走。风萍要关门，他却又伸手挡住。

风萍隐约明白他的意图，忍着笑问道：“怎么？”

唐迦南微微脸红，轻咳一声道：“是这样的，我觉得你的床睡起来比较舒服，不知道是什么牌子？”

这个回答和风萍想象的差了十万八千里，虽然都涉及床。

“它产于法国一家老店，没有牌子。”

“他们还接受订单吗？” 唐迦南装得一本正经的样子。

“这个我不太清楚。”

“哦，这样……”

“还有别的事吗？”风萍微笑着问，随时准备关门。

“嗯……还有一个……”

唐迦南的脸又红了，有些不好意思的样子，欲言又止，风萍很有耐心地等着。

他犹豫好一会儿，才仿佛鼓足勇气似的看着她，可是他说出来的话……实在叫人无语。

他说：“你有那家法国老店的电话号码吗？”

风萍的耐心全部用尽，再没心思跟他玩下去了，低喝道：“没有！”

说完就用力关门，门没关上，却换来唐迦南一声惨叫。

风萍心知是夹到手了，不禁吃了一惊，眼见他握手蹲在地上，痛得龇牙咧嘴，眉毛眼睛全都皱到一起了，忙道：“怎么样，让我看看？”

唐迦南闷哼一声，好半天才抬起头，漆黑瞳仁上蒙着一层水汽，眼泪汪汪地望着她，把风萍吓了一大跳。

这时，陆管家已经奔上楼来，一边问：“发生什么事了？”

风萍代为回答：“他被门夹到手了。”

陆管家于是赶紧吩咐人拿医药箱，一面让人通知家庭医生。

唐迦南虽然疼得厉害，但心里很不希望有人来搅局，忍着疼痛阻止她道：“一点儿小事，不要惊动医生。”顿一顿，又道，“把医药箱留下，你们都去休息吧，没事了！”

陆管家只能把医药箱放到风萍房里，领着两个仆人下楼去了。

等到她们消失得无影无踪，唐迦南又疼了起来，龇牙咧嘴地哼哼。

风萍轻轻打开他的手掌，只见右手的三根手指已经红肿起来了，心里很过意不去，打开医药箱看了看，茫茫然没有头绪，问道：“这个，应该怎么做？”

唐迦南疼得鼻头发酸，眼睛发热，忽然听到这种问话，近乎绝望地抬头看她，真叫泪眼问花花不语。

风萍一脸无辜：“我没有遇到过这种事。”

唐迦南暗暗叫苦，只好指点她道：“我也是第一次，不过，我想这种情况应该先找冰块来敷一敷吧。”

风萍立刻奔到楼下去拿冰块。

唐迦南趁机如愿以偿地上了她的床，尽管付出的代价出乎意料的大，但还是值得的，尤其是看到她为自己敷手指时的表情。有一句话怎么说来着？对了，痛并快乐着，没错，就是这种感觉，好极了。

他陶醉了，灵魂的满足战胜了肉体的痛苦，非常满足地躺在靠枕上，闭着眼睛想入非非。

风萍替他仔仔细细地敷了好一会儿，抬头见他一副快要睡着的模样，叫了一声道：“迦南，你不是睡着了吧？”

十指连心啊，唐迦南哪能睡得着？他不过是尽量地胡思乱想，把全部的注意力由上半身转移到下半身，以此来减少痛苦，这时听到风萍说话，干脆闭着眼睛装睡。

风萍叫了两声，见他没有反应，又看了看他那三根红萝卜一样的手指，到底下不了手去，只好轻笑一声："迦南，我知道你在想什么，其实你不需要这样拐弯抹角，直接说出来就好了，我一向都不太会拒绝别人，肯定给你的。"

她故意说得非常暧昧，唐迦南果然睁开眼睛，一脸惊喜地问道："真的？你知道我想要……"

风萍抢先截断他："你不就是想要这张床吗？我让给你就是了！"

唐迦南闻言立刻又焉了，漆黑的两眼直勾勾地瞪着她，然后手又疼了，干脆倒在床上哼哼起来。

风萍微笑着帮他盖好被子，道："我知道，你是想跟我一起睡，没关系的，就一起睡好了，我们是未婚夫妻，一起睡也很正常的。"

唐迦南听了这话，哼哼声就小了一点儿。

风萍继续道："只是我的睡相很差，万一半夜把你踹到地下，摔个骨折什么的，或者是不小心碰到你那三根受伤的手指，后果……"

"后果由我本人承担，与你无关！"唐迦南连忙接口道。

"好！那就睡觉吧。"

她从橱里又抱出一床被子，在旁边睡了。

唐迦南的手指火燎火燎地疼啊，哪里睡得着呢，更别说身边还躺着一个美人，身体的疼痛和心理的暗爽交织着，翻来覆去地难以入眠。

终于，风萍说话了："真有这么疼吗？"

唐迦南哼了一声。

风萍嘀咕道："能不能像个男子汉！这一点儿小伤就眼泪汪汪的。"

唐迦南立刻感觉受到了侮辱，咬牙切齿道："天啊，十指连心啊！你去夹一下试试看，疼了会流眼泪是身体的本能反应，关男子汉什么事？就算流眼泪，难道就不是男子汉了吗？你没有听说过吗？无情未必真豪杰……"

"天，还很唠叨……"风萍又嘀咕一句。

“你是肇事者，态度还这么强硬，不思悔过。”

“那要怎么办？”

“你知道这只手的价值吗？”

“不知道。”

“你知道每天有多少文件等着它去签吗？”

“不知道。”

“你知道！”

“不知道！！”风萍终于转过身来，睁开一双黑白分明的眼睛看他，“你就直说吧，想要什么样的赔偿？开个价，我照单全收，然后请管好你的嘴巴。我很困，不想听你唠唠叨叨，也不想听你哼哼唧唧。”

唐迦南一口答应：“这可是你说的，不许反悔！”

风萍很不屑地抽一下嘴角，表示君无戏言。

“我要你全方位地伺候我，直到我的手指痊愈。”

“什么？”

“我的手指不能碰水，伺候我洗脸、刷牙、沐浴这一类的事情，你都要做。”

风萍伸手拍了拍他的脸，道：“还没睡着，就开始做梦了……”

唐迦南不理她，继续道：“每天早上，在我起床之前，要把我的领带打好，衬衣熨好，皮鞋擦好……”

“这个你放心，陆管家会做得很好。”

“我要你做。”

“为什么？”

“因为这就是我要的赔偿，你照单全收！”

……

“还有，以后由你负责给我送饭，并且喂我吃。”

“喂你吃？”风萍一阵恶寒，“你的左手也受伤了吗？”

“这就是我要的赔偿！”

风萍一时不知道怎么回答好。

她翻过身去，沉默一会儿才道：“你这是敲诈勒索！干脆你签署一份委托书，总裁的位置也由我代你来坐，你的屁股应该也很痛，对吧？还有你的文件，都让我帮你代签得了？”

“这个暂时不需要！现在，我背上痒痒，你来帮我抓一抓……”

风萍不能相信自己的耳朵，右手手掌在被子里慢慢握成了拳头，咯咯作响。

唐迦南的脸上浮起一丝得意的笑：“快点儿啊，你说过要照单全收的，想反悔吗？”

风萍沉默顷刻，道：“没错，我反悔了！”

唐迦南叫起来：“你怎么能这样？”

风萍微笑道：“我是女人，女人有随时反悔的特权。”

唐迦南顿时泄了气，握着手腕在床上翻滚，痛苦地大声呻吟。

风萍被吵得没办法，只好掀掉被子，扑过来脱他的衣服，一边解纽扣，一边对着他呆滞的脸，道：“别想歪了，我帮你抓痒而已。”

唐迦南对飞来艳福，很想反客为主，化被动为主动，可是，他动了两三下，压在他身上的风萍纹丝不动：“不是吧，你的力气这么大？”

“我学过空手道，所以你夜里要乖乖的，不要乱来，知道吗？”

唐迦南举起右手看了看，哭丧着脸坦言道：“我是心有余而力不足啊。”

风萍微笑赞许他的自知之明，问道：“哪里痒？这里，还是这里？”

一只柔若无骨的温软手掌在他的背上游走，而他却不能乱来……这种情况下，唐迦南的背要是还痒痒的话，岂非是自己找罪受吗？于是他连忙赔笑道：“奇怪，现在又不痒了，不痒了。”

风萍微微一笑，也不跟他计较，重新躺回自己的被窝，道：“晚安！”

其时，夜已经深了，唐迦南脑子里的那点儿想法经过一番折腾，此刻已经所剩无几，也就不再吵她。他看看自己的手，再看看枕边的人，不知道自己这算不算是因祸得福啊?

虽然手指很疼，但他还是睡着了。

第二天醒来的时候，身边的人已经不见了。但是床头柜上搁着早餐，牛奶还冒着热气，衬衣、领带、外套也已经恭恭敬敬地在等候他了。

唐迦南扫了一圈，然后满意地闭上眼睛享受起来，心里更是得意非凡。不用说，这些肯定是风萍早上起来做的，今天是她的赔偿日。

他刚刚这样想，耳边就传来了一个非常熟悉的声音："迦南，你该起床了！"

唐迦南受惊似的睁开眼，只见陆管家手里拧着一条毛巾，很恭敬地站在床前。

他皱眉问道："怎么是你？风萍呢？"

"风小姐还没有起床……"

"嗯？"唐迦南表示疑惑，然后伸手掀开旁边的被子，确定里面没有人，才问道，"她在哪里？"

"她在你的房间，迦南你的手不要紧吧？你还是先……"

陆管家的话没说完，唐迦南已经一脚踢掉被子，奔回自己的房间。进去一看，风萍横在床上睡得正香，听到声响，朝里面翻了个身，完全没有醒过来的意思。

唐迦南伸手轻拍她的脸蛋，道："醒醒，喂，醒一醒……"

"干什么？"风萍被人吵醒，非常不满。

"今天是你的赔偿日，谁允许你睡懒觉了？"

"你的呼噜打得那么响，害得我一晚上都没有睡好。"

"什么？我打呼噜？"

"没错。你快去上班，不要吵我！"

唐迦南见她这样耍赖，一时无计可施，只得悻悻然梳洗完毕，上班去了。

第十四章

○ ● ○

你是不是没有谈过恋爱？

DEEP DIVING INTO THE PINK OCEAN

风萍直睡到晌午才起床，起来洗漱清爽，看一会儿新闻，收发一下邮件，就到了吃午饭的时候。

她在餐桌前坐定，就看见阿九提了一个箱子从厨房出来，知道是送给唐迦南的午餐。

她尽管对唐迦南所谓的赔偿嗤之以鼻，但对他的手指，还是稍有歉意的。她低头扒拉了两口饭，想了一想，还是决定去给他送饭。

她赶紧追出去，叫住阿九："今天的午餐，我去送吧。"眼见他的脸色微有诧异，便笑道，"我正好有事要出去，顺路送一下。哦，还有，我们晚上有事，不回来吃饭了。"

阿九连忙点头，目送汽车远去。

车到北辰楼下，风萍提了食箱在保安人员的灼灼目光之下搭乘电梯上楼了。一路上遇到不少注目礼，到了总裁办公室，两名秘书小姐正在窃窃私语，见到她进来都是一呆，面面相觑，仿若有些不知所措。

“唐总在吗？”风萍微笑着随口问了一句。

“在在，您稍等一下，我帮您去叫他……”

“不用客气，我自己去。”

风萍笑着阻止她，说话间已经来到总裁室门前，握住门把打开门，目光在宽敞的办公室内一掠而过，然后固定在里面靠窗位置的沙发上。

电光石火之间，她忽然明白，女秘书为何神色惊慌了。

沙发上坐着两个人，一个身穿黑色套装的长发女子，眉目如画，修长的手指握着一只汤勺，正在喂唐迦南吃午餐。

突然看到她，两个人都仿佛有些吃惊。

风萍却像什么也没看见一样，微笑着走过去，把箱子放在茶几上，笑道：“我来送饭的，不过，看样子你已经不需要了。”

唐迦南嘴里的饭食还没有咽下去，看见她就噎住了，一连声地咳起来。

那女的倒是神色不变，还微微笑了笑。

风萍看了看他们的午餐，又笑了：“好丰盛啊，还有鲍鱼汤，外面的菜比家里的好吃，是吧，迦南？”

唐迦南伸手掩嘴，咳得更剧烈了。

风萍再一瞧，他那三根手指已经被精心包扎过了，十有八九也是旁边这位女士的功劳。

她心里这样想，目光就很自然地移到旁边这位女士的身上。

值得钦佩的是，这位女士非常镇定，就在她的眼皮子底下，还敢给唐迦南递水喝，轻抚其背，帮其顺气。看得风萍暗暗称奇，但是唐迦南似乎有点儿消受不起，一边不停地咳嗽，一边拒绝那女子的好意。

风萍觉得他实在是太神奇了！

自从她进入房间，约有三分钟，他就不停地咳嗽，直咳得脸色涨红，还停不下来。她实在看不下去了，用力一掌拍在他的背上，居然，他的咳嗽就神奇地停止了。

等到他稍微恢复一下，她才微笑问道：“没事了吧？”

唐迦南连忙摇头表示没事了，一边站起身来，道：“我给你们介绍一下，她是……”

“我叫唐诗，是公司的市场部总监。”那位女士主动站起身来，微笑着自我介绍，表现得落落大方。

“很高兴认识你，风小姐。”她说着伸过手来。

“你好！”

风萍递手与她相握，很想问一句“她的工作职责是否也包括喂上司吃饭”，但终究没有说出来。

可是唐诗却好像知道她心中所想，主动解释道：“我喂迦南吃饭，是因为他的左手不太方便。”

迦南？呵，现在的员工这样称呼自己老板的吗？

却不料唐诗接下去又说：“更主要的是，我想喂他吃。”

此言一出，风萍真的对她刮目相看了，唐迦南也蓦地睁圆了眼。

“他的左手是因为我才受伤的。”

“哦？”风萍故意恍然大悟，“听起来你们的关系匪浅？”

“没错！”唐诗对她嫣然一笑，“我是迦南的学姐，我们曾经在一起度过了几年快乐时光……”

唐迦南眼看越说越不对劲，连忙道：“唐诗，你先回办公室吧！”

唐诗的目光在他们身上转了一圈，然后微笑道：“好的，那我先回去了，再见风小姐。”

风萍微笑道：“再见！”

办公室的门重新关上之后，气氛有短暂的沉默。

唐迦南悄悄瞥了风萍一眼，见她漂亮的嘴角挂着一丝浅浅的笑意，看起来像没事人一样。

“喀喀！”他干咳两声，率先打破沉默道，“都十二点多了，我还以为你不会送饭来了……”

“所以，你就另外叫了丰盛的大餐来吃？”风萍不动声色。

“哪里是什么丰盛的大餐，只是很普通的午饭而已。”

“你的左手有什么毛病？”风萍转换话题，看向他的手。

“严格说起来，是有一点点残疾……”唐迦南举起他的左手做动作，“看到没有？中指的指关节不能弯曲。”

“不注意看还真看不出来，不影响日常生活吧？”

“看做什么，弹琴就不行了。”

“怎么搞成这样？”

“跟人打架受了伤，当时没当一回事，错过了最佳医治时间。”

“哦，原来是英雄救美啊！”

“什么英雄救美？”唐迦南的脸色红了，“没有的事。”

“那是怎么回事？”

“就是打架。”

风萍听他这语气，不由得弯起嘴角笑了笑，心想：难道是无缘无故就跟人家打架吗？但看他的表情，分明是不好意思了，便把这话咽回肚里，不欲使他难为情。再者，自己这样追根问底的，很容易被他误以为是吃醋。

他们没有订婚之前，彼此间都是有一些好感的，订婚之后，两人反而都不约而同地控制着避免流露好感。这是一场心照不宣的角逐，不用言语挑明，双方心中有数，这种状况之前一直呈现隐性，目前有明朗化的趋势。这种时候，决不能掉以轻心。

她想到这一层，便愈发要拿出风度来，当下弯腰打开食盒，端出里面的饭菜，笑道：“你还饿不饿，我喂你吃？”

唐迦南的早餐只喝了一杯牛奶，午餐才刚吃第一口就噎住了，怎么可能不饿呢？只是她早上还在耍赖，忽然改变了态度？难道是因为唐诗？哎，管她是因为什么呢，她愿意喂他，就是毒药他也敢吃。

风萍夹了一筷子菜伸过来，他就张嘴吃了，一边吃一边八卦。

"你学姐也姓唐啊？"

"嗯。"

"你们没有血缘关系吧？"

"没有。"

"你们的感情很好吗？"

"我念书的时候曾经追求过她……"

"是吗？"

"嗯，咕……"唐迦南咕噜喝了两大口水，才道，"不过，她拒绝了！"

"不是吧？"风萍有些吃惊地停下来。

"青菜，我要吃青菜。"

"哦……"风萍夹了一小棵青菜给他，"我没听错吧，你可是唐迦南啊，她居然拒绝你？"

唐迦南听了这话，忍不住白了她一眼，细嚼慢咽地吞下青菜，道："是啊，我当时伤心欲绝，大醉一场，然后就随便找了一个外国女朋友。"

"后来呢？"

"我忘记了……唉，你不要一直夹青菜，剥两个虾给我吃嘛！"

"好的。"风萍放下筷子，剥了一个鲜白的虾仁塞进他的嘴里，"这种事情怎么可能忘记呢？"

唐迦南就着她的手吃虾，感觉真是满口余香，又听她追问自己的情史，心理上非常满足，笑嘻嘻道："后来，那个女朋友也跟我分手了，我又伤心得大醉一场。"

风萍"扑哧"一声笑了起来："听起来你倒是挺多情的嘛，左一场大醉，右一场大醉的。"

"主要是那时候年轻，失恋如果不大醉一场，好像就不叫失恋。"

"还有这种说法？"

“是啊，那时候年轻，有些事情也不一定就是发自本心的，但那个年纪的男生差不多都这样。”

风萍忍着笑，连连点头道：“我懂我懂。没有一点儿情感经历的男人，哪能叫什么男人呢，对吧？如果连一个叫他大醉一场的女人也没有，那岂不是太可悲了？”

唐迦南没好气地瞪她一眼：“我要喝汤。”

风萍看看茶几上的两碗汤，笑问道：“哪个汤？鲍鱼汤，还是……”

“咸肉萝卜汤！”

风萍的笑意渐深，喂他喝了汤，又兜回原来的话题：“你学姐当初既然拒绝了你的追求，如今怎么又到了你的公司里来了呢？”

“这不奇怪吧。一样的工作，北辰的待遇是最好的。”

“你认为她是为了钱？”言下之意是，也有可能是为了人。

“也许是为了追求成就感吧。她以前说过，希望能有充分的空间可以大展拳脚。喂，你为什么一直问她？”唐迦南忽然换了语气，笑道，“吃醋了吗？”

“好奇嘛，女人的好奇心总是特别旺盛的。”她略顿一下，又补充一句道，“难道我看起来像那种随便吃醋的女人吗？”

“很像，非常像！”唐迦南故意凑近端详她。

“你忘记我们当初的约定了吗？你有随时反悔的权利。如果你爱上别人的话，告诉我一声就可以了，我很识趣的。”风萍武装得密不透风。

唐迦南闻言愣了两秒，然后也笑了笑，道：“当然，如果你移情别恋，我也会成人之美。”

这是他们俩首次谈到这个问题，虽然是以开玩笑的语气，可气氛明显有些不对了。

风萍听他用“移情别恋”一词，倒像是自己现在爱着他似的，分明是占她的便宜。但因为她主动提起这个话题使气氛凝涩，自觉有义务缓和一下，因而笑道：“还要吃什么？”

唐迦南摇头：“不吃了。”

风萍于是放下勺子，从盘子里拿起一只虾开始剥皮。

唐迦南又道：“我不吃了。”

“我听见了，这是剥给我自己吃的！”风萍把剥好的虾仁放进嘴里，啧啧嘴巴道，“自己剥的虾，味道就是不一样。”

唐迦南一怔，忽然问道：“你不会是第一次剥虾给男人吃吧？”

风萍也是一怔，笑道：“我是第一次剥虾给自己吃。”

唐迦南半个身子倒在沙发上，含笑问道：“你是不是没有谈过恋爱？”

“怎么可能？”风萍真的笑起来，眼见他露出疑惑的表情，给出肯定回答，“我当然谈过恋爱。”

“是吗？那说说看……”

“说说看？”

“对啊，说说你谈过几次恋爱，对方是什么样的男人？”

“你何以这么肯定对方是男人呢？”风萍故意逗他。

唐迦南果然一愣，然后立刻笑起来：“你在转移话题，我是不会上当的。”

风萍头也不抬地剥虾子，随口回复他：“次数太多，我已经记不太清楚了。”

……

“如果你一定要知道的话，我也可以尝试去回忆一下，前提是，你必须先交代清楚你自己。”

……

唐迦南非常不齿她的做派，明明知道这种严重有失公允的交换条件，他是绝对不会答应的，还拿出来堵他。他可没有忘记，某人昨天晚上说的那句“女人有随时反悔的权利”，虽然他还真有点儿好奇！

“下午有事吗？”他换了个话题。

“没有。怎么？”

“我稍后有个会议，怕你一个人无聊。”唐迦南微笑道。

“没事，我习惯自己找乐子。如果你不介意的话，我想在这里参观一下。”

“嗯？”唐迦南一怔。

风萍抬头看他，笑道：“将来的某一天，我也许会成为唐家的一分子，参观一下自己家的办公大楼应该没问题吧？”

“当然。”唐迦南笑起来，“我让阿曼带你去。”

“谢谢！”

于是，下午唐迦南去开会，风萍参观北辰办公大楼。这中间少不得引起一些轻微的骚动，略过不提，单说时间到了晚上，他们如约去见Jennifer。

Jennifer有幸觐见贵人，如临大敌，全副武装上阵，倒叫那两个便装赴约的人微微尴尬，好在Jennifer是名交际高手，自嘲一下就过去了。

风萍落座后立刻对她表示感谢。

一来谢她送的衣服，二来她愿意委屈自己，跟周新竹道歉，实在难得，她的地位举足轻重，却能不为盛名所累，确实令人欣赏。

Jennifer对风氏一族的低调早有耳闻，圈内好些名人都和他们搭不上话，本也以为风萍必定高不可攀，结果却出乎意料的随和。双方相谈融洽，席间提到的一些人，唐迦南也略有所闻，还不算特别无趣。

晚餐进行到尾声，过道里忽然走来了名模周新竹。

周小姐和几名女友同行，一路谈笑风生地过来，猛地一眼瞧见风萍，笑容就僵在脸上了。再看看同座的Jennifer，心里更加不是滋味。

论理她应该过去打个招呼，表达谢意。上次的衣服事件，她的大哥周天佑原本是要她亲自向风萍道歉的，因为风萍在国外，才没让她低下高贵的头。随后Jennifer对媒体澄清，给她一个台阶，她也不能不知好歹。只是，她骄傲惯了的人，如果没有外人在场，低一下头，说两句中听的话也还罢了，可今晚自己的几个姐妹都在，平时她在她们面前没少嘲讽风萍，说她的坏话，现在怎么能够当众对她低头呢？

这顷刻间，她的心思已经转了好几圈，终究还是丢不下面子，拿不定主意。身边的女友们已经在小声议论：“那是唐二少，他本人比电视上还要帅啊！”

“花痴啊你！”

“拜托，本市还有比他更有魅力的男人吗？”

“有啊，他老爹。”

“那个风萍身材还没我好，凭什么能够坐在他身边，并且和Jennifer这样的名人一起用餐，真没天理！”

周新竹听了忍不住脸红，决定先找个位置把这些朋友安置下来，然后再看要不要过去打招呼好了。

风萍原以为她肯定要过来道谢的，谁知道她竟若无其事地带着朋友走了。唐迦南也没料到周新竹如此失礼，只好对风萍眨巴两下眼睛，表示自己的无奈。

Jennifer不了解具体情况，虽然觉察出有些异样，但没有多话。她正在筹备春夏服装秀，就岔开话题，送了风萍两张服装秀的邀请卡。风萍看了一下日期，表示一定去看。

然后彼此又客套了一下，这顿晚餐就算愉快地结束了。

周新竹犹豫半天，终于下定决心准备过来道谢了，奈何风萍他们正好起身准备离开，她于是又缩回壳里做乌龟了。

唐迦南的右手受伤，晚餐吃得甚少，只喝了一点儿酒，刚一上车坐定就跟风萍撒娇：“好饿哦，人家刚刚都没有吃东西。”

话一出口，他就感觉车子一抖，风萍显然也感觉到了，两人同时看向司机阿九。阿九整个人好像被雷劈到一样僵在座位上，过了一会儿才转过头来对他们干笑两声，表示歉意，一边将车子开出去。

这样，他们都明白车子为什么忽然抖了一下了。

同一时间，唐迦南的脸色丕变！窘迫！太窘迫了！！

风萍看着他，紧紧地咬住嘴巴，强忍着笑，差点儿憋出内伤。

唐迦南用锋锐的眼神警告她，不许笑出来。可她忍得太辛苦，还是发出了一点儿声音，他立刻扑过来堵她的嘴。

他的手上有一股刺鼻的药膏味，风萍全身的力气都用来按捺住笑意，也推不动他，目光越过他的肩膀，正好看见阿九的肩膀肌肉抽筋似的一抖一抖，显然也是在忍笑。她不看还好，一看真的是忍不住了，结果很没风度地笑出声音来。

她这一笑，阿九也忍不住笑出来了。

唐迦南彻底泄气了，恼羞成怒地瘫在座位里不说话了。眼见车里的另外两人越发笑得不可收，他终于忍无可忍地发飙了。

“阿九，下个月你的薪水减半！”

“不是吧，老板！”阿九乐极生悲，连忙收住笑容，小声抗议。

唐迦南收拾了他，转向风萍那张笑到抽筋的脸，冷冷控诉道：“你还笑？是谁害我的手受伤的？我的手如果没有受伤，难道我会拿不动刀叉？怎么又会饿肚子？还笑，还笑……你！我真的生气了。”

风萍笑得太厉害，眼里都泛了泪花，勉强停了下来，将头移到他的腿上枕着，闭目长长地吐出一口气，脸上的笑意一时半会儿还下不来，两颊绯红，睫毛润湿，看起来别有一种风情。

唐迦南的大腿被她枕着，心里有些异样，从来没有女人这样做过，在他跟前她们总是尽可能地展现完美的一面，枕着男人的腿，多少是有些失态的。

她这样一枕，倒像把两人的关系枕近了许多。他心里有些悸动，想着反正今天已经出糗了，何妨再做点儿出格的事。念头刚动，忽见风萍睁开眼，转头对阿九道：“阿九，我们去樱花街。”

唐迦南一怔：“去那里干什么？”

她重新闭上眼睛，答道：“你不是很饿吗？带你去吃东西啊！”

“那里能有什么好吃的？”

“有一家谭记面馆，店不大，但面条很好吃。”她说着伸手在左脸按摩。

“面部肌肉都笑酸了吧，让我来帮你按摩一下！”唐迦南说完也不等她说话，就伸手按在她脸上，狠狠地报起仇来。

风萍的五官就在他的掌心里像天空的云彩一样变幻莫测。

他搓揉了好一会儿，还没有停止的意思。她终于使出撒手锏，攻其要害——手指！唐迦南惨叫一声，急速撤兵。

风萍爬起来，从包里拿出镜子一照，唇彩染上两颊，弄花了脸。当即狠狠地瞪了他一眼，抽出纸巾来整理妆容。

唐迦南在旁边笑嘻嘻地幸灾乐祸：“耳朵上也有。”

风萍的镜子太小，偏头照了两三下，还是没看到，没好气地问：“哪里？”

唐迦南虚指一下：“耳朵后面。你过来一点儿，我帮你擦。”

风萍微微蹙眉，威胁道：“你要是再耍什么花样，我一定要你好看。”

唐迦南哭丧着脸向她展示受伤的右手，表示自己手无缚鸡之力。风萍赞许地递给他两张纸巾，倾身过去，让他为自己服务。她刚把耳朵送过去，就感到一个温热的东西贴到了自己的左脸上，她一呆，转过头来准备发飙，结果又把嘴巴暴露给了敌人。他这一吻是偷袭，很大程度上带着恶作剧的意思，蜻蜓点水般吻完就退回去了，然后拿出一副死猪不怕开水烫的样子，闭上眼睛准备慷慨就义：“要我好看吧！”

风萍拿他没辙，觉得又好气又好笑，咬牙道：“等回去再要你好看。”

这话一出口，前面的阿九忍不住又“扑哧”一声笑了出来！

后座上的两个人互看一眼，然后风萍害羞了，唐迦南笑了。

作为一个司机兼保镖，平时和老板的关系不错，但取笑老板也就算了，取笑老板的未婚妻就不太好了。阿九连忙干咳两声加以掩饰，道：“风小姐，这一条就是樱花街了，您说的那家谭记面馆在哪里？”

“白马公寓前面一点儿。”

“好的。”

车过白马公寓，街道两旁忽然出现了十来家饭馆和酒店。阿九放缓车速，果然看到一块黑底红字的面馆招牌。

时间是晚上十点多，春寒料峭，客人不多。

风萍领着唐迦南推门进去，来到柜台前点餐。烫着卷发的老板娘正在柜台里点钞，抬头一看见她顿时两眼放光，站起来惊呼道：“天啊，风小姐，没想到你竟然还会来吃我们的面条啊！”

风萍笑笑道：“你们的面条好吃啊！”

老板娘的热情爆发，急于表达，也不管她听不听得懂，一口方言一股脑儿地往外倒。“哎呀，风小姐，你不知道我在报上看见你的照片有多惊讶呢，我们店里的丫头都羡慕死你咯！我跟她们说，你以前经常来我们店里吃面条，她们还不相信，真是的！还有啊，前几天那个安先生也来吃面条，真巧啊！哎呀，这一位先生是……啊！他是唐……唐先生，快，快请坐！今天我请客！”

她说得语无伦次的，唐迦南听了只觉得莫名其妙，也没想到这个安先生是指安悦生。风萍倒是很理解老板娘的语无伦次，一直微笑着，听她说请客，也就不客气地把钱包收回去。点了两碗面条，要了两罐饮料，然后他们挑了一个靠角落的位置坐了下来。却不料老板娘一路跟过来要求合影，把他们搞得很尴尬，却也只好答应她。

拍完照片，老板娘还不愿意离开，非常八卦地问东问西。面条端上来之后，她又进行了一番详细地解说，历史一直追溯到唐朝，比风萍的家族还悠久。唐迦南饿得两眼无光，趴在桌子上可怜兮兮地望着风萍。风萍不得不打断老板娘的热情解说："不好意思，老板娘，能不能请你先离开一下，我们要吃面了。"

老板娘也不觉得尴尬，满面笑容地答应着，依依不舍地回到柜台跟前。有三个小姑娘已经聚在那里窃窃私语了，她没有像往常那样斥责她们，反而加入进去，一起私语起来。

风萍和唐迦南面面相觑，低声叹道："莫非这就是成名的烦恼？"

"你本来就是名人啊！"唐迦南嗤笑道。

"但是没有你红啊，你的人气比较高。"

"那赶紧来巴结一下我，我好饿啊。"

"我觉得我好像犯了一个错误！"风萍叹了口气，拿起筷子卷了一串面条塞进他嘴里，一边道，"但愿不要被记者拍到，否则他们肯定以为我刻意讨好你，拿肉麻当有趣……"

"恭喜！恭喜！"唐迦南一口面条下肚，得了便宜还卖乖地笑道，"你有这种担忧，说明已经具备了红的资格。"

风萍不再跟他废话，专心当喂饭工，一碗面条吃了一大半，唐迦南才停下来称赞面条爽口，面汤美味。

从头至尾，老板娘和服务员的目光就没离开过他们，并且一直在小声议论——自以为小声。她们除了羡慕风萍的好运气，还把她和唐迦南的历届女友相比较，纵横捭阖地一番议论之后得出结论，夏瑶仍然是风萍的最大劲敌。

一个说："只要他们一天不结婚，夏瑶就还有机会。"

另一个冷笑道："你以为他们结婚了，夏瑶就没机会了吗？唐迦南可是个花花公子……"

"嘘……"老板娘的声音，"小声一点儿，别让人家听见了！"

这样一来，唐迦南坐不住了，再美味的面汤也食不下咽了。他拖着风萍在老板娘和店员一连串的“欢迎下次再来”的声音中爬上车，绝尘而去。

其时，夜色深沉，月黯星寒。一个戴鸭舌帽的男人坐在车里目送他们离去后，扶了扶头上的鸭舌帽，走进了谭记面馆，要了一碗面条，然后和老板娘搭讪。

老板娘正处于极度兴奋中，就算人家不问她，她也是要寻个由头去告诉别人的。于是，这素不相识的两个人，因为这个契机一拍即合，热火朝天地聊起八卦来，旁边知情的资深店员偶尔也来插两句嘴。

故事得从三四年前说起，那时的风萍还是一个社会底层的灰姑娘，充其量也只是一个写字楼里的小白领，经常和男朋友到谭记来吃面条……

这个故事讲完之后，面馆的老板娘，作为这个“传奇”的见证者，感到了一种极大的满足。

听故事的人也激动得两眼闪闪发光，呼吸急促，脸色潮红，一副喘不过气的样子。

他甚至来不及擦干净嘴巴上的汤汁，就脱兔般奔回车里，掏出手机打电话，激动得手都微微发抖。

“喂？我跟你说啊，那个风萍，我刚刚查到……

“什么？不查了？你不是很想知道她究竟是谁吗？

“哈哈哈，你搞错了周小姐！她就是一个灰姑娘，我找到绝对可靠的证据……没错，绝对可靠！

……

“这个当然，当然，你就等着我的好消息吧！”

这个时候的风萍并不知道，因为她的这次心血来潮，让某些致力调查她的人有了一个重大突破，并且在不久的将来，成就了一篇非常轰动的娱乐报道。

第十五章

○ ● ○

她永远懂得拿出最好的一面。

DEEP DIVING INTO THE PINK OCEAN

“我昨晚真的打呼噜了吗？”这一晚临睡前，唐迦南忍不住问风萍。

“你哼哼唧唧地喊疼，我睡不着……”

唐迦南一怔——开什么玩笑！男子汉打呼噜尚可接受，喊疼怎么可以？丢死人了。他立马抗议道：“绝不可能！肯定是你对我心怀不轨，所以才睡不着，不要随便诬陷我。”

“我对你心怀不轨？”风萍“扑哧”一声笑了，“你这才是诬陷，典型的猪八戒倒打一耙，自恋也要有点儿谱嘛，真是的！”

她说着翻过身去，背对着他睡了。

诚然，唐迦南才是心怀不轨的那个，翻来覆去地睡不着，手上火燎火燎的，心里也火燎火燎的。眼睛盯着她的后背领口露出的那片雪白肌肤想入非非，发呆半晌，看了看自己的右手，再看看自己的左手，犹豫了好半天，终于把罪恶的左手伸了出去……摩挲了好一阵子，正是紧要关头，风萍忽然翻过身来。他吃了一惊，就像被霜打了的茄子，蔫了，最后怀着一腔郁闷之情入睡了。

第二天早晨，将醒未醒之际，感觉稍有不对，他睁眼一看，自己的胳膊横在别人身上，大腿压着别人的大腿，值得庆幸的是，被压之人毫无知觉，好梦正酣。他赶紧缩回自己的阵营，起床梳洗，上班去了。

一直忙到中午十二点，饭菜送来了，可喂饭工没来。当他正对着一堆美食干流口水的时候，唐诗来了。像昨天中午一样，非得喂他吃饭，这可把他给为难坏了！

“怎么，怕被风小姐看到生气吗？”唐诗似笑非笑地看他。

“不，当然不是。”唐迦南干笑两声，“她从来不会为这些事生气的……”

“那你在别扭什么？”唐诗微笑着接话。

“我还不饿！”

“你饿了是什么表情，我还不清楚吗？现在是午休时间，我是你的学姐，所以不用不好意思。来，先喝点儿汤。”

“我真的不饿！”

唐诗定定地看了他几秒，忽然道：“迦南，你以前不是这样的。”

“以前年少无知嘛！”

“年少无知？”唐诗放下汤勺，抬头看他，“那么，你当年跟我说的那些话，也是因为年少无知吗？”

唐迦南窘迫起来，尴尬地笑了笑，道：“那个，呵，那个时候自然是真的……”

唐诗迫切的眼神看着他：“现在呢？”

唐迦南有些无法面对她那双黑亮的眸子，不由得低下头去，干笑了两声。

唐诗等了一会儿，没有得到回答，又问道：“是因为我当初伤了你的自尊心吗？”

唐迦南听了这话，嘴角不由得浮起一丝淡淡的笑意。

“我印象中的唐迦南可不是一个有强烈责任感的人，难不成是因为你已经订婚？”

“唐诗！”唐迦南的头依旧低垂着，没有看她，“虽然我们认识了很久，但我觉得你可能还不太了解我。在你眼里，我也许是一个不学无术的公子哥，叛逆不听话的坏学生，没有责任感的花花公子……”

“我没有这样想过。”唐诗抓住机会插话，“我只是觉得你有些孩子气，有时候令人捉摸不透。”

“是吗？”唐迦南淡淡地笑了一下，沉默片刻，终于看向她，“可是，我想让你知道，我不是一个可以今天被抛掉，明天又捡起来的人。”

唐诗闻言一愣，原有的一点儿笑意僵在脸上，但她是极擅长应变的人，立刻低头轻笑了一声，道：“我明白你的意思了！我刚刚那样问，不过是出于一个女人的虚荣心，请你不要误会。”

她真是高明，这样轻轻松松地自嘲一下，就把自己撇清了，倒显得好像是唐迦南单方面较真，存有心结似的。唐迦南想不到这一层的，他只是觉得终于把话挑明，如释重负。

唐诗又道：“我知道我来北辰，你们肯定都吓了一跳。”

“没有的事。”唐迦南礼貌性地否认。

“表面上是没有，内心却都在猜测，这个女人回来到底想要干什么？”唐诗自嘲地弯起嘴角。

“看到人事部送来的履历表，我确实是吃了一惊，没想到你会来北辰。”

“荣幸吧？”唐诗笑问。

“能够请到你，是北辰的荣幸。”唐迦南客气道。

“我回来有一阵子了，还没有和你们聚一聚。明天周末，叫上尔阳，我们一起吃顿饭吧。”

“好的，那我回头告诉尔阳一声。”

“不用了，我晚上亲自打电话给他，不然他又要质疑我的诚意。你知道的，我天不怕、地不怕，就怕他那张嘴。”

这样一说，两人很有默契地笑了起来。

唐诗站起身来，扫了一眼茶几上的食物，笑道："既然你选择让自己挨饿，那就随便你啦。你放心，以后我不会再随意造访你的总裁办公室了！"

她一副落落大方的样子，倒把唐迦南搞得有些不好意思起来。

唐诗微笑着走出去，反手轻轻带上房门。

门一关上，她脸上的笑容也跟着消失了。

搭乘电梯下楼时，她特意对着镜子照了照，脸依旧是三年前的脸，但气质变了，变得更干练更自信了。她今年二十八岁，在这样的年纪，她所取得的成绩是非常了不起的，除了本身资质聪颖外，主要得益于勤奋刻苦。当然，美貌也在一定程度上起了推波助澜的作用。

她的外貌看起来很切合她的名字，就像一首诗，但骨子里却是事业型的女强人，天生一股韧劲，近年来在业界已经博得一些名气。这正是易尔阳对她突然归来表示疑惑的原因，为什么要在事业风生水起，一切欣欣向荣的时候选择放弃呢？

易尔阳想不明白。他又不是唐诗肚子里的蛔虫，怎么可能知道她的想法呢？

但是，风萍显然不这样认为。她坐在沙发上，随手翻看服装款式图，一边漫不经心道："你们不是同学吗？一点儿也不了解她，好像说不过去吧。"

"我们只是校友。"

"关系很不一般的校友。"风萍提醒他。

易尔阳无奈而笑，道："原来你还这么会吃醋啊！风萍，我真没看出来。"

风萍也抬头看着他笑："你拿话激我也没用，赶快从实招来。"

易尔阳急了，哭丧着脸哀号，赌咒发誓说不知道。

风萍威逼利诱，可他始终咬紧牙关，只有三个字：不知道。

这一下，风萍总算见识到男性友谊的坚固了。

她有气无力地站起身，道："既然你真的不知道，那我就回去了。"

换作平时，易尔阳少不得要多留她一会儿，但今天被拷问半天，差点儿没给他上明清十大酷刑，易尔阳巴不得她快快离开。闻言，他喜出望外，三两步抢着去开门。

“原来我是这样不受欢迎！”风萍哀叹一声走了。

她到时光酒店练了一会儿瑜伽，然后做美容和头发护理，如此打发掉一个下午，晚上便和方君浩一起用餐。时光酒店的顶层餐厅从来不缺乏名人，看见他们俩在一起，少不得要暗中嘀咕：风萍身为唐迦南的未婚妻，却和方伯韬传绯闻，如今又和方伯韬的儿子一起吃晚饭……唐方两家的关系什么时候变得这样亲密了？实在难以理解！

外人的眼光并不影响他们用餐的胃口，风萍高高兴兴地吃完饭，由方君浩充当司机，一路送至唐宅。

出于礼貌，她邀请他进去坐坐。结果，方君浩一口答应，抬脚要进门时，她却又拦住他，道：“喂！我只是随口说说的，时间太晚了，你可以拒绝。”

方君浩打掉她的手，一声冷笑道：“我早就想到这里来看一看了。”

他说着抬脚进门，先打量院子里的小花园，再打量别墅，口不择言道：“这房子是哪个朝代建的？还能住人吗？”

这幢别墅原是唐迦南母亲的早年住所，外观是有些陈旧，但修缮维护得极好，别有情致，方君浩故意挑刺，让前来为他们开门的凌伯尴尬起来，毕竟，这还是第一次有人批评唐家的房子。

“我倒觉得非常雅致。”风萍看了一眼凌伯的脸色，然后拉住方君浩的袖子，“你不懂得做客之道，还是快回去吧。”

“你好像也不懂得待客之道，都到了门口，怎么能叫客人回去呢？”

方君浩甩开她，大步跨进别墅大门，把正朝门口走来的陆管家吓了一跳。风萍紧跟着进门，看到她在跟前，便正好吩咐道：“他是我的朋友，请帮我们泡一壶红茶，送到客厅来。”

陆管家的目光在他们身上来回看了看，然后才答应一声。

风萍一边脱外套，一边又问了句：“迦南还没有回来吗？”

“没有。”

陆管家说完就转身进了厨房，片刻后，一壶玫瑰红茶，搭配着柠檬、冰糖、奶罐、蜂蜜一起端了出来，放到茶几上，任其按照个人口味调配。

风萍执壶给方君浩倒了一杯。方君浩端起来浅饮了一口，立刻皱眉：“这是什么味道？”

陆管家顿时变色，泡茶可是她的拿手绝活。

风萍瞥了一眼陆管家的脸色，忍着笑道：“你将就一下吧，这里也就属红茶还稍微像样一点儿。”言下之意是，这杯红茶虽然不好喝，但其他东西更差。

陆管家的脸整个都绿了。

方君浩不知道她是故意要气陆管家，瞪着眼睛惊呼道：“那你还住这里？赶紧收拾一下，搬到我那里去住吧。”

陆管家气恼之余听到这话，不禁又吃了一惊。方君浩常年在国外，为人低调。陆管家完全不知道他是哪根葱，和风萍又是什么关系，听起来却是关系匪浅，更加留心了。

风萍笑道：“那像什么话，我现在可是唐迦南的未婚妻。”

“那干脆我从法国叫两个糕点师给你用吧？”

“我如今已经不注重口腹之欲了。”

“那你现在注重什么，情欲吗？”方君浩戏谑一句，站起身来，朝楼梯口走过去。

风萍被他的口无遮拦气得想笑，眼见他很没规矩地往楼上跑，显然是不怀好意。她连忙赶去拦截，警告道：“你不要太过分了！”

方君浩终于露出此行的真实目的，嬉皮笑脸道：“我真的很好奇，你们两个到底是怎么回事？”

风萍压低声音道：“我数到三，如果你再不滚出去，我就把你扔出去，你应该还记得我的身手不错吧？”

方君浩立刻缩回脚，转身迈步走向大门，大声道：“晚安，谢谢你的怪味红茶！”

陆管家的底线被挑战了。她看向风萍冷冷道：“风小姐，您的这位朋友可真没礼貌。”

“是啊，所以我让他滚蛋了。”

风萍说完就转身上楼了，留下陆管家一个人在楼下郁闷。她精心泡制的玫瑰红茶，居然被说成是怪味红茶？真是粗鄙，太粗鄙了，跟他们谈茶道无异于对牛弹琴。

当晚，唐迦南应酬回来，要了一杯醒酒茶。陆管家趁着送茶的机会，就想汇报今晚的事，结果唐迦南根本不给她机会，搞得她非常郁闷。

因为晚宴上喝了酒，唐迦南沐浴完毕，就睡在自己房里了。

风萍凌晨醒来，开灯看一下时间，眯着眼睛来到隔壁房间。门没落锁，她进去一看，唐迦南像死猪一样横在床上，那睡姿连瑜伽高手都自叹弗如。她转身回房，走到门口又转回来帮他盖好被子。

早上，唐迦南睡醒起床的第一件事就是去声讨风萍：“喂，你给我醒醒！醒一醒……”一边叫，一边拍打她的脸。

“干什么呀？”

“今天中午不要忘记给我送饭，知道吗？”

“知道了。”

风萍说完立刻滚进被窝酣睡，看得唐迦南打心眼里羡慕，无限感慨地上班去了。

十点刚过，他就开始看表，直到十二点过半，风萍才姗姗来迟。进门就见唐迦南躺在沙发上，叫他也没反应。

“吃饭了。”她打开箱子，往外取食物。

唐迦南没反应。

“睡着了？”

唐迦南继续没反应。

“你没事吧，唐迦南？”她伸脚踢在他的鞋底上。

唐迦南同学立刻像触到机关一样坐了起来，哑着嗓子哀呼：“我已经饿晕了，我的大小姐，麻烦你看一下时间，现在几点了？”

“十二点吃午饭很正常啊！”

“你不识数吗？差五分钟就是下午一点了，我已经饿得前胸贴后背了。”

“你还有力气说话，不是吗？”风萍丝毫不为所动。

“唉！”唐迦南没辙，望天感叹道，“怎么说都是你有理，难怪圣人说，‘唯女子和小人难养’。”

“现在需要喂养的人是谁？”风萍端起饭菜凑到他面前，微笑道。

唐迦南张嘴吃下她送过来的食物，笑嘻嘻给予回击：“你有没有听过一句话，叫作‘君子动口，小人动手’，我可是只动口不动手的那个。”

风萍也不恼，笑道：“那我们扯平，赶快吃饭吧。”

唐迦南昨天中午吃得很少，昨天晚上酒会，吃得更少。今天早晨的牛奶面包，早就已经消化完毕，故而午饭吃得特别多，把风萍折腾得够呛，没生孩子，倒已经体会到喂食的辛苦。

吃完饭，两人一边一个地躺在沙发上，有一搭没一搭地闲聊。

“你什么时候起床的？”

“十点。”

“我什么时候能像你一样，好好地睡一觉啊？”

“明天不用上班，你睡一整天好了。”

“明天要回老宅孝敬长辈……”

“可怜的。”

“你也要去。”

“嗯？”

“你是唐家未来的儿媳妇啊，唉！以后有你受的。”

风萍正要说话，手机铃声忽然响起来了。

正常情况下，除了唐迦南几乎没有人打电话给她，肯定是安悦生。

她掏出来一看，果然是他。他来电是为了确定晚上见面的时间和地点。风萍自然是听他的安排，一连说了三个好，简明扼要。

唐迦南好奇地问一句：“谁啊？”

“一个朋友。”倒不是她刻意隐瞒，而是觉得没有交代的必要，“我们约了晚上吃饭。”

这话倒是提醒了唐迦南。

“我晚上也约了人。”

他是经常有约的，风萍习以为常，转回到刚刚的话题：“你刚刚是什么意思，什么叫有我受的？”

唐迦南轻笑一声道：“因为我奶奶是一个很难相处的人，她……”

一语未毕，办公桌上的电话响了。他起身去接。讲了十多分钟，仍然没有挂电话的意思。风萍听得十分无聊，起身把餐具收拾一下，提着箱子回家去了。

到了晚上，他们二人各自赴约。

唐迦南手指受伤，便由唐诗充当司机。她一边驾车一边道：“我给尔阳打电话，他说没空，要去给什么模特大赛担任评委……”

唐迦南也想起来了：“没错，那他有说什么时候结束吗？”

唐诗似笑非笑地看他一眼，道：“瞧你紧张的，就算只有我们两个人，我还能把你吃了？”

唐迦南顿时脸色讪讪：“我不是这个意思。”

唐诗当然知道他不是这个意思。他的放荡不羁在学生时代是出了名的，唯有在她面前是规规矩矩的，不会过于放肆。她曾经很引以为傲，如今影响力正在衰退，令她多少有些惆怅。

虽然专心开车，她嘴边却挂着一丝若有若无的笑意。

她知道自己怎么样笑才最美，最神秘，也知道自己的侧面很好看，她永远懂得拿出最好的一面。这种本领几乎是与生俱来的，至今尚未在男人身上失败过。

第十六章

我爱过你，
但命运没有让我们在更合适的时间点上遇见彼此。

DEEP DIVING INTO THE PINK OCEAN

风萍没有想到安悦生还会再次约她，毕竟上次两人的见面不欢而散。

安悦生那天确实是过于激动了。这几天，他已经冷静了下来，他是想要把过去的心结解开，而不是要再添新怨，所以再次约了风萍，想要平心静气地聊一聊。

此刻，她坐在他对面，在情调高雅的餐厅，旋律优美的音乐声里，低首垂眸，神色悠远。岁月在她身上浮光掠影般挥洒而过，几乎没有留下痕迹，如果一定要说有，那也是时间雕琢出来的温婉优雅。这样一个人，他当年是怎么舍得放弃的，简直要佩服起自己来。

风萍见他一直没说话，只好主动开口："我知道你对我当年的离开一直耿耿于怀，如果你觉得我上一次说得太敷衍了，今天我会告诉你实话。"

安悦生微微一怔，洗耳恭听。

“我离开你，是因为我们之间的感情已经变质，不再是我想要的那种爱情了。我希望我的男朋友能够把我放在第一位，但你没有，你把工作放在了第一位。你回家的时间越来越晚，我等你的时间越来越长，你对我越来越敷衍，不肯认真听我讲话，甚至忘记了我的生日……在这段感情里，我也变得患得患失，越来越不像我自己。于是，我决定离开你。因为我怕再这样继续下去，这段感情会变得面目全非。”

“所以你就单方面地对我们的感情下了判决书，完全不给我辩解的机会。”

风萍苦笑：“事到如今，你又何必自欺欺人……你也并没有你想象的那样爱我，你只是不能忍受我不辞而别。”

安悦生被她说中，无言以对。

“我爱过你，但命运没有让我们在更合适的时间点上遇见彼此。今天，我说这番话，并不是要获得你的原谅，而是希望我们都能够放下过去，向前看。”

安悦生静默好半晌，才调整好情绪，点了点头：“我懂了。那么，你现在和唐迦南在一起，你幸福吗？”

“我只知道我和他在一起很开心。”

安悦生欲言又止，静默片刻，终于还是问出了那句话：“是因为他有足够多的钱吗？”

这句话听起来很刺耳，但风萍看出他确实很困惑。

她斟酌片刻，说：“我从来没有为钱困扰过，事实上，我也有足够多的钱，只是……”

她欲言又止，不知道该不该告诉他实话。

安悦生误解了她的意思：“你是想说，你和唐迦南在一起，并不是因为他的钱。”

风萍点了点头：“你这样理解也没错。”

安悦生虽然不太相信这句话，但以他们的关系，深究也不再有意义，于是保持了礼貌的客套："我替你高兴。"

"谢谢！我也替你高兴。你是一个很有才华的人，只是一直没找到施展的空间，我知道你那时过得很苦闷，现在终于成功了，我真心为你高兴。"

风萍表述得非常诚恳。

安悦生怎么也没料到她会说这番话，心里完全没有准备，一时百感交集。

原来她是知道的，他一直以为她对自己漠不关心。

那时他正处于人生痛苦的蜕变期，理想和热情被冰冷的现实磨灭，一步步学着向现实妥协，并不具备承担一个家庭的能力，如果换到现在，他们未必没有可能，所以她说得对，他们没有相逢在正确的时间。

他忽然之间有一种莫名的冲动，在大脑还没反应过来的时候，手臂已经伸过去握住她的手。风萍身子一僵，抬眸看他，两人互看着，谁也没有说话。

"风萍？"旁边突然有人叫她的名字。

风萍转头看到来人，立刻甩开安悦生的手，站起身来。

安悦生也吃了一惊，起身笑道："您好，唐先生！"

唐湛对他点点头，转向风萍微笑道："看背影有点儿像你，就过来看看。"

"真巧……"风萍也笑。

"我在这儿，会不会打扰到你们？"

风萍一时不明白他的意思。

"不会，唐先生要是不介意，就请一起坐吧？"

安悦生说了句客套话，不料唐湛顺口接道："那我就不客气了。"

说完，他果真拉开椅子坐了下来，服务生眼明手快，立刻快步上前呈送餐单。

于是，唐湛打开菜单点起餐来，风萍和安悦生两人互看一眼，面面相觑。

风萍也觉得尴尬。

一个是未婚夫的父亲，一个是分手三年的前男友，这么诡异的情况居然被她碰上了？任谁都能听出安悦生只是一句客套话而已，他居然真的坐下来了。他可是一只老狐狸啊，不至于这么没有眼力吧？那么他是故意的。但他既然没有问起安悦生，她也不做介绍。

能够和唐湛共同进餐是很多商人，甚至是很多女人梦寐以求的事，但是，对不起，此时的安悦生和风萍实在感觉不到荣幸。

唐湛点完餐，把菜单合上交给服务生，不着痕迹地瞥了安悦生一眼。安悦生顿时就产生一种感觉，好像脸上被针刺了一下。他不相信有人有这么锋锐的目光，定睛再看时，唐湛的眼睛里分明是充满温暖和笑意的。

“抱歉，我今天出门没带钱包，这一餐只好由你们请客了。”

安悦生和风萍全都一阵尴尬。

“你们继续聊吧，就把我当成一个陌生人好了。”

他是在讲冷笑话，还是在恶作剧？

就凭“唐湛”这两个字，吃遍本市所有餐馆都不成问题，哪还需要什么钱包？

但是唐湛并不像在讲笑话，一直非常专心地用餐。

风萍和安悦生就这样定定地看着他吃，感觉很魔幻，仿佛不知道这诡异的一幕是怎么发生的，太离奇了！唐湛被称为亚洲最有魅力的男人，就连拿刀叉的样子都比别人优雅，动作宛如行云流水，一举一动都叫人赏心悦目。

安悦生在他强大的气场下，等同于无形。他在心里哀叹一声，端起杯里的红酒一饮而尽，化郁闷为食量。于是只剩下风萍没什么胃口，默默地看着他们吃。

她想不通唐湛此举的用意何在。

唐湛吃完饭后，一点儿离开的意思也没有，开始和他们扯起家常，先从餐馆的菜式起头，逐渐铺展开，恣意汪洋，妙趣横生，完全可以胜任美食杂志的主编，可是等他聊起世界各地的风景名胜时，又俨然是一位旅游杂志的主编。

风萍听了尚能获得一些共鸣，安悦生则是身不能至，心向往之。

他如此滔滔不绝，安悦生的嘴角已有千斤重，连挂着一丝淡薄的笑容也觉得非常吃力，忍不住要下滑。终于，风萍不再沉默，率先开口道："时间不早了，我该回去了！"

唐湛表示同意："也好。"

安悦生立刻叫来服务生买单。

唐湛又问："你拿到驾照了吗？"

风萍知道他是故意的，当即笑道："拿到了。"

"那你有开车出来吗？"

"呃……"风萍原想说没有，又担心他要送自己，便改口道，"当然！"

"那你不介意送我一程吧，我今天没有开车出来。"唐湛微笑着说。

风萍无语了。

她觉得今天的事实在太无厘头了，却也只好将错就错道："当然可以。"

安悦生付完账，眼看唐湛连最后的机会也不给他，只好无奈地先告辞了。

他走后，风萍立刻开门见山问道："唐先生，这是怎么回事？"

唐湛微笑："没钱吃饭的人，忽然间看到熟人，当然会过来蹭饭。"

风萍不相信："不要开玩笑了。"

唐湛笑着坦言："我看到有人在对着你们拍照，我觉得不是什么好事……"

风萍一怔，立刻意识到事情不太寻常，继而一想，唐湛从头到尾都没问过安悦生是谁，肯定是已经猜到了他的身份。既然他能知道了，别人当然也能知道。

想到这里，她忽然起了一点儿凉意。

她并不害怕聚光灯，却也不愿意曝光自己过去的情史来娱乐大众。那段岁月已经被封存起来束之高阁，她不去动它，也不愿别人去挖掘考证。

“是记者吗？”沉默片刻，她问道。

“不管是不是记者，他都可以将信息卖给记者，赚取一笔。”

当然，还有一种可能就是敲诈当事人，但唐湛没有说出来。

“看来我真的要大红大紫了。”风萍忍不住自嘲。

“有这个心理准备挺好。”唐湛微笑，却见她直接出门，并不去停车场，便问道，“你的车呢？”

“叫计程车吧！”

“你不是开车出来的吗？”

“我没说我开车出来。”风萍脸不红心不跳地玩起文字游戏，“没错，我刚刚说了当然，但后面还有两个字是‘没有’，合起来就是‘当然没有’。”

唐湛故作恍然大悟的样子：“那你答应送我一程，是准备用计程车送，对吧？”

风萍微笑：“反正负责送你到家，车费我付。”

唐湛服气了，点头道谢。

坐上计程车之后，他忽然沉默起来，完全不像在餐厅那么健谈。

风萍也想不出什么话来说，可一直不说话也很诡异，好在计程车司机十有八九都会收听广播。电台音乐是韩弈的快节奏新歌。

风萍就没话找话地说：“这首歌很好听啊。”

唐湛笑道：“我老了，欣赏不来现在的流行音乐。”

风萍只好干笑两声。

他说的“没带钱包”和“没有开车出来”当然是借口。他可是唐湛啊，无数人为他服务，他想要一辆车还不容易吗？一个电话就能搞定。但是，他却和她在街上等计程车……

风萍觉得有什么东西在大脑里形成，仿若某个词汇的雏形，但她不想知道，下意识地摇摇头，想甩掉它。直到车子拐弯驶入清和路，她才如梦初醒：“嗯？不是说好送你到家的吗？怎么走到这里来了？”

唐湛笑道：“你看起来一副神思恍惚的样子，我担心你会迷路。”

风萍一阵尴尬：“那，等一下你开我的车回去好了。”

唐湛轻笑一声，没有说话。

风萍顿时有一种被耍了的感觉。

说话间，车子已经拐进巷口。她抬头一看，前面已经停了一辆红色轿车。车子旁边站着两个人，姿势暧昧。男的是唐迦南，女的将头靠在他胸前，垂下一头长发，只露半张脸，但风萍依旧认出她来。

看到计程车驶进来，唐迦南朝这边看了一眼，又低下头，但随即又抬头看过来。这时，风萍已经打开车门，钻了出来，所以他看得非常清楚。于是他一把推开怀里的头，唐诗“哎哟”一声惊呼：“好痛……”

风萍走过去，问道：“你们在干什么？”

唐迦南连忙解释：“没干什么，她的头发缠到我的衣服扣子……”

风萍进一步追问：“她的头发怎么会缠到你的扣子？”

唐迦南拧着眉头，表情看上去很委屈：“刚才一阵风刮过来就……”他忽然顿住，声音陡然变得冰冷，“你说约了人吃晚饭，就是他？”

风萍回头一看，唐湛已经从车里出来了，计程车迅速退出巷子离开。她下车时并没有支付车费，那么是他付的。果然被骗了。她不由得弯起嘴角，苦笑一下。

唐湛微微欠身，回以一个抱歉的微笑。

唐迦南不明白他们之间的意思，看了只觉得非常刺眼：“你们怎么会在一起？”

这话的声音很大，语气听起来就好像一个丈夫忽然撞见妻子偷情时的质问，可是，被质问的对象却是自己的父亲……这就有些尴尬了，就连在旁边整理头发的唐诗听了都有些窘迫。

唐湛却不以为忤，微笑道："我们碰巧在餐厅遇上，吃完饭就一起回来了。怎么？难不成你是在吃你老爸的醋吗？"

此言一出，唐诗忍不住抿嘴笑了。

风萍脸红了。

唐迦南则是又窘又气，一时竟没话反驳。

唐湛又道："时间太晚了，我就不进去坐了，你们早点儿休息吧！"他说完，转头看向唐诗微笑道，"我能搭一下便车吗？"

唐诗连忙道："是我的荣幸！"然后赶紧打开车门，"董事长，您请上车。"

唐湛对唐迦南他们点点头，坐上了车。唐诗也对他们看了看，道声"晚安"就开车走了。车子拐出巷子，驶出一段距离，唐诗忽然道："迦南变了。"

唐湛淡淡地"哦"了一声，笑道："是变好了，还是变坏了？"

唐诗沉默一下，道："我已经影响不了他。"

唐湛没有说话，隔了好半天才低低笑了一声，意味深长道："再试试看吧！"

唐迦南对着他们离开的方向冷笑，忽然怪腔怪调道："时间太晚了，我就不进去坐了……哼！总是这样自说自话，谁要请他进去坐了？！真是搞笑！"说完忽然发现风萍用一种奇怪的目光看着自己，"你干什么这样看我？"

"快进去吧，外面太冷了，我要进屋升堂！"

"什么？"

"升堂审讯！"

风萍穿过花园，率先推门进屋，第一眼就看见陆妈在窗边站着，顺着她的位置看出去，可以把外面的情况看得一清二楚。

她心里顿时生出一阵反感，怀疑这位老夫人是不是有什么怪癖？

原想发两句脾气，但终于还是忍住了。进房刚刚脱掉外套，手机就响了，拿起来一看，正是安悦生。

她按下接听键，道："我正好也准备打给你。"

安悦生的声音听起来微微一愣："哦？是什么事？"

他总是习惯性地想先听听别人的事，然后再说自己的，结果就是，自己想说的事情通常都来不及说，这或许是源于他的一种自我保护。

风萍略做沉吟，想要斟酌词句，但还是选择了实话实说："嗯，是这样的，最近好像有人在调查我们，我们以后不要再见面了。"

安悦生对她的这番话丝毫不感到意外。一般来说，攀上高枝的人都不希望回顾灰暗惨淡的过去，这一点他很理解，而且唐湛今天晚上的突然出现，肯定也引起了她的警觉，闻言当即语气明朗地答应一句："好的"。

"那你有什么要跟我说的，就在电话里说吧！"

安悦生不过是看到她和唐湛一起走了，有些好奇，如今见她这样表明态度，立刻表示："没什么，你顺利到家就好！"

"悦生，我不想因为我的原因而使你的生活受到干扰……"

"你放心！"

安悦生不耐烦地打断了她。她对未来的假想实在令他觉得好笑，别说还没嫁入豪门，就算真的嫁入豪门，她一不是超级明星，二不是社会要人，三不是商界巨头，居然已经开始担心未来的绯闻，还替自己的前男友担心起来了，简直是杞人忧天，未免也太看得起自己了？他差一点儿就控制不住要笑出来："我没有一夜成名的想法，也绝不会拿你炒作！"

说完就挂断了电话。

风萍对着手机苦笑，自语道："这事恐怕由不得你做主。"

身后忽然传来一句："什么事呀？"

唐迦南已经脱了外套，穿一件黑白条纹的羊绒衫，吊儿郎当地倚在门口，偏头看着她："谁的电话？什么事做不得主？"

“这个，你暂时不需要知道！”风萍合上手机，给他一个白眼，“我们还是先来谈谈，你和唐诗到底在搞什么鬼？”

“我们去吃晚饭，吃完之后她开车送我回来，就是这样的。”

“你们一起吃晚饭？是约会吗？”

“当然不是。本来叫了尔阳的，结果他有事没来。”唐迦南说得很委屈，心里却有一丝甜蜜，“再说她是我的学姐，一起吃顿饭又有什么关系嘛？”

风萍沉默片刻，道：“以后跟别的女人吃饭，要先经过我的同意，知道吗？”

这话真是出乎意料，唐迦南睁圆眼睛，眨了两下道：“不是吧？你……”

风萍怕他有所误会，忙抢先道：“这是最起码的尊重。你是我的未婚夫，却总是和别的女人单独吃饭，别人会怎么样想？”

唐迦南定定地看了她几秒，继而笑着反问：“那你呢？你今晚和谁吃饭？”

“我和他以后不会再见面了！”

“发生什么事了吗？”唐迦南一愣。

“没有。”

“那有谁会无缘无故地不再和自己的朋友见面了呢？”

“很久以前的一个朋友，我正准备把他从记忆里清除掉。”

“哦。”唐迦南恍悟，“是那种关系的朋友，对吧？”

风萍模棱两可地哼了一声，将手机抛到床上，转身进卫生间。唐迦南一路跟过去，倚在门框上，很八卦地问：“他是什么样的一个人？”

“一个好人！”

“呃……”唐迦南差点儿噎着，“怎么个好法？”

风萍瞥了他一眼，又转头重新对着镜子卸妆，坦言道：“曾经是一个纯白少年，我觉得很好；后来变得世故成熟了一点儿，如今事业有成，春风得意，说话做事都有一定分量，除了对手，恐怕谁都觉得他是一个好人。”

唐迦南听了这番话，脑子有些发蒙，怔了一会儿才问：“你们为什么分手？”

风萍抬起头，抹了一把脸上的水珠，瞪着他道：“你不要太过分了，现在到底是谁审讯谁啊？”

唐迦南赔笑道：“我跟唐诗真的没什么啊！”

“没什么？呵！”风萍冷哼一声，过来举起他的左手，“请问你的手指是怎么回事？她回来应聘北辰的职位，你真以为她只是为了钱或者寻求发展？”

“她回来是否有别的想法，我们也管不着啊，对不对？”唐迦南反握她的手道，“而且以她的资历确实可以胜任这个职位，公司需要这样的人才，我没有理由拒绝。”

风萍故意曲解他：“原来你是打算财色兼收啊！”

唐迦南忍不住笑出来：“拜托，我这是在商言商！”

风萍挣脱他的手，回到卧室朝床上一躺：“算了，我现在有点儿麻烦，下次再审讯你吧！”

唐迦南黏过来，笑道：“什么麻烦，说来听听，看我能否为阁下略尽绵薄之力？”

风萍蹙眉看了他半晌，然后坐起来道：“或许可以。”

唐迦南兴趣高昂：“说说看……”

风萍稍做沉吟：“我有一种感觉，我最近很可能会被媒体大肆讨论，而且不是什么好事……”

“你做了坏事？不违法吧？”唐迦南故意收敛容色。

“想什么呢？”风萍忍着不去敲他的脑袋。

“那有什么好担心的呢？媒体一向都喜欢乱写，不去理它就是了，我就从来不管媒体写什么。”

“你那叫破罐子破摔，好不好？”风萍白了他一眼，“我跟你不一样，我是女生。”

“到底是什么事？”唐迦南翻过身来盯着她，“你真的勾起我的好奇心了。”

“其实也没什么啦！”风萍拖长声音，抬头覆住额头和眼睛，“只是，每个人都应该有一点儿隐私，对吧？每个人心里都有属于自己的一点儿小秘密，都有不想让别人看到的东西，对吧？所以，能不曝光的话，还是不曝光的好，我可不想被万众瞩目，唐迦南的未婚妻这个光环已经很显眼了。”

“呃……难道是你的情史？”唐迦南睁圆一双漂亮的眼俯视她。

“猜对了。”

“那还是曝光吧！我也好想知道……”

这一次，风萍不再控制自己，抬手给他一记栗暴。

唐迦南揉着脑袋，眨巴眼睛道：“可是，我能为你做什么呢？”

风萍沉吟半晌，含笑道：“这个嘛……你最好不要让媒体提我的名字。”

唐迦南的眼睛瞪得更大了，脑子里直接想起一部电影，叫作《不可能的任务》。

他翻过身来，瘫倒在床上，望着天花板：“古人有云：‘防民之口，甚于防川’，纸媒或许还可以想点儿办法，网络传播根本无法可想，除非有人令网络全部瘫痪，你真的不是在开玩笑吗？”

风萍叹气：“是啊，好难。”

唐迦南伸臂去搂她：“俗话说‘兵来将挡，水来土掩’。”

风萍拍掉他的胳膊：“俗话也说要‘防患于未然’。”

“那我想想办法。”唐迦南抓耳。

“好的。”

第十七章

○ ● ○

爱情它不为人力所控制。

DEEP DIVING INTO THE PINK OCEAN

翌日清晨，风萍告别她的懒觉生涯，一早就被唐迦南拖起来去唐家老宅。按照规矩，她早该见家长了，怎奈唐老太太先是觉得她来路不明，知道她的身份之后，自尊心受挫，又不好意思见她，于是拖延至今。

当他们到达唐宅时，唐皓云及其女友孙小姐已经先到了。唐湛正陪着母亲在花园里做运动。唐铭瑄睡眼蒙眬地下楼来，看见风萍赫然在座，着实吓了一跳，睡意全消，和她的两个哥哥打完招呼，就到后花园寻她的外祖母去了。

稍后，唐老太太进来，看到风萍时表现得非常自然，吃饭时特意让她坐在自己身边。她毕竟有几十年的阅历打底，可以笑对自己做过的蠢事。风萍也当支票一事没有发生过。

这样一来，那不明真相的三个人都吃了一惊。因为唐老太太的这个态度，基本上就表示她接受了风萍，可是，她怎么就忽然接受了呢？想不通啊想不通！

唐迦南因为唐湛在座，一直沉着脸不说话。唐老太太见到他右手的手指不便，自然是要过问的。他随便找了个借口应付过去，她又继续唠叨几句。

唐皓云则和父亲聊些时政新闻，作为律师的孙小姐偶尔插话，言谈也颇有见地。

唐铭瑄对他们的谈话毫无兴趣，便跟风萍搭起话来，说到眼前备受关注的Jennifer服装秀，据悉将有许多时尚界权威人士专程前来为她捧场，入场的邀请卡非常难求。

风萍正好有两张邀请卡，表示可以转送给她。这实在是意外之喜，她喜笑颜开的激动神色，把孙媛媛也给吸引过来了。于是，风萍的另一张邀请卡也送了出去。这为她暂时赢得了两位女士的友情。餐后，唐铭瑄带她们上楼参观，楼上有五间卧室，住人的只有三间，唐铭瑄的那间景观最好，正对着花园里的紫藤花架。

闲聊的话题也不外乎是服装、美容、护肤等，风萍有专业人士去烦恼这些，没有必要去参与，便趁空到观景台上欣赏景致，结果却发现唐湛和唐迦南站在花架下私语。

这个发现令她精神一振。

唐迦南对父亲一向避之不及，此刻却不停地在说话，唐湛一直沉默不语。唐迦南说完，他依然沉默着，约有两分钟的样子，才侧头简短地说了一句什么，然后就转身走了。

唐迦南独自站了一会儿，正准备离开，忽然听到有人叫自己，回过头来一看，没人，再抬头一看，风萍在阳台上对他挥手。

他微微一怔，然后慢慢踱步过来，仰头望着她笑："很无聊吧？"

风萍先朝身后看了一眼，然后对他点了点头。

唐迦南"扑哧"笑了一声："附近有一个小水库，风景不错，要不要去玩？"

风萍连忙点头。

“那你快下来。”

“知道了，你让开一点儿。”她说着弯下腰去。

“什么？喂，你在干什么？”

“鞋子！”

“什么鞋？”

他的话音未落，头顶忽然落下两只靴子，差点儿打中他的脑袋。他还没来得及抱怨，紧接着一道人影从天而降，毫发无伤地落在地上。

唐迦南惊得合不拢嘴，睁圆眼睛看她把短靴捡回来重新穿上，轻声问道：“你，你没事吧？”

风萍直起身，拍拍手道：“没事，走吧！”

唐迦南依然不能相信，握住她的肩膀前后左右地看，想要确定她真的没事。

风萍拍掉他的手：“我不是告诉过你，我学过功夫！这个阳台也不算高，我们还是快点儿去那个水库吧！”

唐迦南带她从花园的侧门出去，还忍不住惊叹道：“原来我老婆是个女超人！”

风萍听到“老婆”两个字，心里微微一动，但是没有纠正他。

唐迦南丝毫没察觉自己的称呼有所不对，又问道：“你为什么要学这个？”

“我们家人多少都会点儿防身术，用来自卫。我属于比较勤奋的一个。”

“真厉害！”

风萍笑了两声，没有说话。

两人走了一会儿，她问道：“呃，我们要走去那个水库吗？”

“对啊，半个小时而已。”

“没有公交车吗？”

“有一路，不过要看运气，还是走路比较实际。”

“呃……”

“你这是什么表情，不会才走两步就累了吧？”

风萍又笑了两声，实话实说道：“我刚刚跳下来的时候，好像被石子硌到脚板，有点儿疼。”

“你刚刚不是说没事吗？”

唐迦南停下来看她，一双眼睛格外明亮，风萍被看得脸色泛红：“你这是什么眼神？刚刚是没事，现在忽然有点儿痛。”

“哈哈哈！”唐迦南很不客气地笑出声来。

笑完之后，他表现得很苦恼：“按照电视里的做法，这个时候我应该背你过去，说明我对你死心塌地。不过，我背你走十分钟没问题，走三十分钟，恐怕不行，你看我的手指……”

“我们去碰碰运气，等公交车吧！”

“只好这样了。”

于是，两人到站台等公交车，去水库玩了大半天，顺便在水库旁的渔馆吃了午饭才回去，回去后少不得要听几句废话，两人只当是耳旁风，一笑置之。

接下来的几天风平浪静，日子步入新春，一天赶着一天明丽起来，风萍所担心的事情也并没有发生。近期焦点全在Jennifer的服装秀，这场宣传了好些日子的高级服装秀终于要揭开盖头，媒体及时尚界人士都是期待已久。

风萍因为把邀请卡送了人，便不打算去了。谁知Jennifer再次来电跟她确认，并将她列为首席贵宾。她只好表示自己还有两位朋友，也对她的作品感兴趣，Jennifer立刻差人又送了两张邀请卡。

这个礼拜，唐迦南飞纽约开会，当晚来不及赶回来，风萍便叫了方君浩一起去。

地点是红日会馆。

虽然她曾经赌气说过，绝不再去红日会馆。但生活的强大之处就在于，它时常会令你推翻自己原有的言论，就像她虽然提倡环保，可衣柜里依然少不了一件皮草一样。

尽管风萍看不上红日会馆，但客观一点来说，红日会馆仍是数一数二的会馆，能够在红日举办这类活动的人绝不多见。当晚的排场自不必说，明星云集，星光璀璨。除了Jennifer私交甚好的国际巨星前来捧场之外，国内的一线明星也有不少，例如夏瑶，算是Jennifer的固定客户，也在获邀名单之列，另有来自纽约和巴黎的时尚界名人，阵容的豪华强大比前面的模特大赛有过之而无不及。

不过，最令到场嘉宾感到诧异的，还是T型台下所设立的三个贵宾席。

Jennifer的服装秀从来不设贵宾席，这是业界众所周知的事情。她连在巴黎的高级定制服装秀都没有设贵宾席，居然会在这里设？真的太令人惊讶了！

这个贵宾席是为谁而设的？究竟是什么样的人要来？很多人都在窃窃私语，业界名人被一个个地提了出来，又一个个地被推翻了。

就在人们议论纷纷的时候，方君浩的保时捷已经驶入了红日会馆的大门。风萍穿了件米白色毛衣，外套一件钢蓝色羊绒大衣，和方君浩一起步入大厅。在门口接待的正是上次那名经理，一看见风萍，他那张笑意盈盈的脸顿时就僵住了。这个时候，如果你问他，在他有生之年最不想见到的一个人是谁，他的答案一定是风萍。

风萍则恰恰相反，尤其是当她想起那个寒风啼啼的冬夜，自己狼狈不堪瑟瑟发抖的样子时，她就觉得这一次真是来对了。

“晚上好，风小姐！”真不愧是经理，顷刻间便恢复神态，拿出一副亲切和善的笑脸。

风萍向他出示自己的邀请卡：“我不是这里的会员，凭这个可以进去吗？”

经理忽略她的讽刺，笑得分外热情：“您的光临，是我们的荣幸。”

“我需要穿着外套在这里拍张照片吗？你们的工作人员似乎记性不太好？”

经理的面部肌肉有些僵硬了，但依旧保持笑容：“您说笑了……”

“我的大衣存放在这里，需要另外付费吗？”

“不，不需要，我们有义务保存好客人的物品……”经理的笑容维持不下去了。

“那你可千万不要把它弄丢了。”风萍把脱下来的外套放到他伸出的手掌上，一字一句道，“因为这件衣服的价值，不是你所能想象的。”

“请您放心……”经理的额头已经微微见汗。

“风小姐。”身后忽然传来一个声音。

风萍转身一看，说话的正是以冷艳著称的周新竹小姐。

“所谓得饶人处且饶人！你何必这样咄咄逼人呢？”

风萍觉得她的态度有点奇怪，好像忽然之间又回到了往昔的趾高气扬，用睥睨天下的眼神似笑非笑地看着自己。

风萍笑了一声：“没错！我是咄咄逼人了，可是你知道，我为什么要这样咄咄逼人吗？”她盯着周新竹的眼睛，一语双关道，“因为他到现在还没有跟我道歉，还没有跟我说一句对不起。做错事情的人，怎么反倒更理直气壮呢？”

周新竹的脸色红了一下，但语气依旧很强硬：“风小姐，在这个世界上，每个人都难免会做错事情的，不只是他一个人，所以我才说得饶人处且饶人。”

风萍听了忍不住皱眉，感觉很莫名其妙，不知道她在讲什么。

“周小姐，恕我理解力有限，请问你这话是什么意思？”

“也许是我说得太含蓄了。风小姐，每个人都有她不想被别人知道的事，你应该知道我指的是什么。”周新竹停顿片刻，向她微微俯身，压低了声音，“因为上次那件事，我不会把它说出去，作为对你的回报……”

风萍微微一怔，随即就明白了过来，失笑道：“原来是你在背后调查我。”

“谈不上调查，只是好奇！”周新竹面不改色，“我很好奇你这个人到底是从哪里冒出来的，一会儿是灰姑娘，一会儿又成了贵人，一副神秘莫测的样子，原来也不过如此。我不得不说，你挑男人的眼光实在太差了！”

“周小姐，”方君浩沉默半天，这时候忍不住插话道，“容我提醒你一句，小心祸从口出！”

“是吗？”周新竹不以为然地一笑，挑起眉毛，依仗身高的优势俯视风萍。

风萍笑了笑，并没有因为她刚才的那番话动怒，而是一脸平静地说：“周小姐，选择敌人是一件很有趣的事情，可以慢慢甄别，精挑细选，但爱情不是这样的，爱情它不为人力所控制。我选择男人的眼光或许是差了一点儿，可我在选择敌人方面还算在行，我绝不会挑选你这样的对手，因为你还不够资格！”

周新竹沉不住气了，扬眉冒出一句黑道电影的台词：“你知道这里是谁的地盘吗？”

风萍冷冷一笑：“只要我愿意，随时可以把它变成我的！遗憾的是，我并不稀罕！”

周新竹涨红脸色，怒极而笑道：“这是我听过最好笑的笑话，你还真是大言不惭，你……”

她话没说完，风萍已经挽着方君浩的胳膊走了。

“气死我了！真是气死我了！”她气得差点儿跳脚。

那经理不失时机地煽风点火：“她也不过就是钓到了一个唐迦南，怎么就敢说出这么猖狂的话？太不知道天高地厚了……”

周新竹看着风萍的背影，重新恢复她那惯有的冷艳表情，冷冷道：“我本来不想做得太绝，可是她非要自掘坟墓，我也只好成全她！”

说完，她走到旁边，拿出手机拨了一通电话，对着话筒那头的人说了几句话。那简洁有力的语言，斩钉截铁的态度，酷似一名将军对整装待发的士兵们下达命令。

这件事就算影响不了她和唐迦南的感情，肯定也会影响唐家人对她的看法，再不济也可以揭开她的底牌，教训一下她，好叫她做人不要太狂妄。

周新竹挂上电话，微微扬起嘴角，仰头冷笑了一会儿，然后才缓缓踱着她那标准的猫步，摇曳生姿地朝发布厅走去。

刚到门口，就看见里面一团混乱，很多记者围在T型台前拍照。

被拍的对象是一个留胡须的瘦高男子，五十来岁，五官并不如何英俊，但过分挺括的鼻梁使人印象深刻。面对摄像机的热情，他面无表情，眉宇间隐约有股淡淡的倦意，眼睛无神，显出一种冷漠的疏离感，仿佛这世上没有什么事值得他关注。

周新竹走近跟前，看清楚他的脸容，顿时倒抽了一口冷气，连忙捂住嘴，差点儿惊呼出声。不过，旁边已经有人替她惊呼了：“天啦！那是安德鲁，《名流》杂志的主编，他可是时尚界教父级的人物，Jennifer真的好有面子……”

“没有上过《名流》杂志，都不能算是真正的名人。”

“据说他是皇室宴会上的常客……”

周新竹侧头一看，这才发现说话的两人竟是夏瑶和另一位女星。她们也算是熟人，当下彼此微笑着交谈起来。周新竹因为讨厌风萍，对曾是唐迦南绯闻女友的夏瑶也就分外友好。

“哎，你们看那边，是杰西卡耶，我很喜欢她的电影……”

“她看起来也不是很漂亮嘛！”周新竹矜持地笑了笑，转而恭维夏瑶，“相比而言，我还是更喜欢夏小姐的电影。”

她这样一说，那位女星就不好反驳了，只得笑着附和她。但夏瑶自己知道自己的斤两，被夸赞得非常心虚，连忙谦虚起来。

这时候，入口处又走来了唐铭瑄和她未来的大嫂孙媛媛。

周新竹一看见她们，不由得又笑了起来：“对了，我刚刚在外面碰到一个人，她竟然也来了，真是搞笑……”

“谁啊？”夏瑶问道。

“还能是谁？就是那个风萍呗！她已经进来了，你们没看到她吗？”周新竹引颈向四周看了看，寻找风萍的身影，嘴上继续笑道，“说来也真是奇怪，今晚陪她来的人，居然是方君浩，两个人很亲密的样子。呵呵！我真是好佩服唐迦南的涵养哦，自己的未婚妻和方家父子俩搞在一起，他都一声不吭，真是好气度！”

说完，她不着痕迹地瞥了一眼夏瑶的脸色。但夏瑶的脸上没什么表情，性感的唇角噙着笑，不言语。她讨了个没趣，不免有些讪讪的，没看见风萍的人影也觉得有些奇怪。

此时，距离发布会开始还有几分钟的时间，Jennifer在后台忙碌，没有露面，前台的各路来宾都已经到得差不多了。

贵宾席只坐了安德鲁一个人，其余两个位置依然空空如也。这两个空位置让所有记者屏息静气，令到场的所有来宾，包括安德鲁在内的每一个人都万分好奇。

就在这时候，Jennifer的首席助理吉娜忽然穿过人群，匆匆走向入口处。大家的目光跟随着她的身影一起转头。出现的人，毫无疑问，当然是风萍。

她并不像别人那样，把能够出席这场服装秀当作十分隆重的一件事来对待，故而准备得不是很充分，临进场前忽然想去洗手间，以至于别人都到了，她才姗姗来迟。

在众人的注视下，吉娜毕恭毕敬地领着她和方君浩穿过人群，直接走向贵宾席。场内的所有人都睁大眼睛，每个人都在心底发出同样的疑问：难道是她？

周新竹尤其紧张，目光紧紧地盯住风萍的高跟鞋。风萍每走一步，她的惊诧就增加一分。但是，还有比她更加惊诧的人，那就是安德鲁。

这位时尚界的泰山北斗，一直在贵宾席上泰然安坐，此刻忽然站起身来，向前跨了一步，对着走过来的风萍深深鞠了一躬。

风萍在他的面前停下脚步，微笑着略抬手："最近好吗？安德鲁。"

安德鲁欠身，执起她的手背轻轻一吻："能够再次见到您，荣幸之至！"

这一下，所有的人眼珠子都要掉下来了，周遭一片静寂。

风萍？

居然是她？怎么可能是她呢？如果是方君浩，大家还勉强可以接受，毕竟时光酒店源于欧洲，方家一向低调，对于八卦者来说，还是很有一些神秘感的。可是，风萍，这两个字就是灰姑娘的代名词，因为攀上唐迦南才为公众所关注，她凭什么坐在那个位置上？甚至连安德鲁这样的超级大牌也对其毕恭毕敬？

太太太不可思议了！

太太太出乎意料了！

是因为唐家的关系吗？唐家的人脉确实很广，但从来也没听说过他们和安德鲁有什么交情，如果不是这样，那她到底凭什么呢？

这一瞬间，时间仿佛忽然停止了！每个人都吃惊得回不过神来，就连记者也反应迟钝，错过了刚刚那具有典型意义的一幕。

如果说国内嘉宾只是感觉惊讶的话，欧洲来的嘉宾简直就是震惊了。因为他们实在太清楚安德鲁是怎样傲慢的一个人了，即便是面对皇室贵族，他也没有如此殷勤恭谦过，究竟这个年轻女孩是谁？

此时此刻，最想知道答案的人莫过于唐铭瑄了。

她比任何人都清楚，安德鲁对风萍的态度，跟唐家半点儿关系也没有。她是Jennifer的首席嘉宾，而身为唐家大小姐的她根本没有接到邀请函。继而，联想到外祖母对她的态度忽然转变，这一切肯定也与她的身份有关，她绝不是什么灰姑娘。

那么，她是谁?

唐铭瑄迅速在脑子里展开搜索，仔细回忆过去的每个细节，但是一无所获。坐在她旁边的孙媛媛也是一头雾水，心里更是五味杂陈。同为唐氏兄弟的女友，她原以为自己的条件比风萍要好很多，名牌大学硕士、执业律师、书香门第，样样都比风萍强——当然，这种比较只是普通的攀比心理，并非怀有什么恶意。结果情况突变，风萍的身份忽然扑朔迷离起来，这种落差真是……不足为外人道啊!

夏瑶和周新竹同样是目瞪口呆，服装秀开始时的激烈音响也没能引开她们的视线。

“怎么会是她？”夏瑶皱着眉头，声音听起来恍若自语，“这到底是怎么回事？”

“她也太神奇了！”与她同来的女星随声附和，完全忘记了夏瑶的忌讳，直言道，“先是和唐迦南订婚，轰动全城，一夜成名。现在摇身一变，又成了Jennifer的首席贵宾……你看安德鲁脸上那个表情，分明是一副与有荣焉的样子，你说她到底是什么人？”

这个问题，夏瑶自然是回答不了的。

不过，除却人类本能的嫉妒情感，她其实更愿意风萍出身高贵、来历不凡，这样起码输得不憋屈嘛。她真的不能接受自己输给一个除了美貌之外一无可取的女人，毕竟她本人就是公认的美女啊!

其实现场不只是她们在低语，其他来宾也都在交头接耳，窃窃私语，显然都对这位首席贵宾感到好奇。唯有周新竹，她挺直脊背，坐在位置上，一声不吭地看着T型台上来来去去的超级模特，脸色非常难看。

在整个服装秀的过程中，她的脸色就跟模特儿身上的衣服颜色一样变幻不停，阴晴不定。一直到Jennifer领着模特儿出来谢幕，台下掌声雷动，她才好像忽然之间灵魂归体似的跟着众人起身鼓掌。

Jennifer做了简短发言，感谢当晚的来宾，特别感谢了贵宾席的三位来宾。

其中有一段，她是这样说的："尤其要感谢风萍小姐，她的大驾光临使今晚成为我生命中历史性的一刻，也是最有意义、最值得纪念的一刻，我想今晚的每一位来宾都必定感到十分荣幸……"

此言一出，记者们纷纷掉转镜头，对准风萍拍照。

部分记者拍完照，进一步要求采访。

方君浩正式发话："风小姐不接受采访。"

记者是不管这种话的。他们中的很多人打从风萍刚一坐上贵宾席开始，就发信息给同事，要求查询风萍的全部资料，可是得到的讯息甚少，最惊人的就是唐迦南的未婚妻。既然什么都没有了解到，只好开始提问。

"方先生，请问你跟风小姐是什么关系？你们……"

"抱歉，我也不接受采访！"方君浩不客气地打断他。

记者却问得更加犀利："风小姐，为什么今晚陪你来的人是方先生，而不是唐迦南？"

"对啊，你们是什么关系？"其他记者也纷纷起哄。

风萍微笑道："我只是来看一场服装秀，又不是进结婚礼堂，为什么非得是和唐迦南一起来呢？"

那名记者被反问得哑口无言。

另一名记者连忙见缝插针，问得更加直接："之前网上有你和方伯韬的绯闻，请问是真的吗？"

风萍闻言，忍着笑看了方君浩一眼。

方君浩已经笑出声来，朗声道："能够跟风小姐扯上绯闻，我以为是家父的荣幸，虽然他本人诚惶诚恐。但毫无疑问，那则传闻是个笑话，荒谬之极……”

记者们瞠目结舌，全部失语。

方君浩看着他们一副呆相，忽然涌起一个坏念头，当下忍着笑，端正容色道：“我知道你们都很好奇方家和风萍小姐的关系，今天我就借这个机会，正式宣布一下……”说到这里，他故意停顿一下。

几名记者屏息以待，眼睛也不眨一下。

只听他缓声道：“实际上，我们全家都是风萍小姐的忠实粉丝！她是我们见过的最特别、最有魅力的女孩，我们都很爱她。”

听了这番话，那几名记者面面相觑，片刻后，他们一起转身重新加入采访Jennifer的行列，嘴上没说什么，估计心里都在骂娘了。

风萍深知方君浩的习性，对他的恶搞也习以为常，不以为然地笑了笑，侧头对安德鲁道：“今晚的主角是Jennifer，我再待下去恐怕就要喧宾夺主了。”

安德鲁回以微笑：“您带来的价值无可估量，今晚之后，她必将受到新一轮的热捧。”

“我要拜托你一件事。”风萍看着他，含笑道，“你的报道里能否暂时不要提到我？”

安德鲁略显诧异，眨了一下漂亮的蓝眼睛，道：“当然，没有经过您的同意，我是绝不会乱说的。只是今晚来了很多媒体，他们……”

“他们？”风萍的嘴角浮起一丝淡淡的嘲讽，“只要你不提，其他媒体微不足道。”

面对这样不着痕迹的赞美，安德鲁就像大热天吃了冰激凌一般，感觉通体舒畅。

风萍看向被记者包围的Jennifer：“今晚的服装秀很成功！请代我祝贺一下她。”

安德鲁答应下来，待要送她出去，被风萍笑着阻止了。

她出门就看见唐铭瑄站在门外，两个打扮靓丽的女人围着她，不知道在说什么，瞧见风萍出来，便一起噤声看过来。

风萍笑着打声招呼：“铭瑄，我要先走了。”

唐铭瑄马上道：“我跟你们一起走吧。”

风萍有些意外，但还是点了点头。

唐铭瑄于是丢开那两个女人，疾步走过来，三人一起出去。

风萍看一下方君浩，边走边向她笑道：“你们好像还不认识吧，我来介绍一下，他是方君浩。君浩，她是……”

“我知道！”方君浩目不斜视地打断她，“你刚刚叫过她的名字了。”

风萍知道他今晚临时被自己拉来应酬，憋了一肚子闷气，连忙赔笑道，“我请吃夜宵，铭瑄你也一起去吧……”

“我不饿，谢谢！”

“那我们去酒吧喝酒，我好久没出来玩了。”

“没兴趣！”

“不要这样嘛，君浩……”

风萍接连碰了两个钉子，只好挽住他的胳膊，改走撒娇路线。

方君浩依旧板着脸不说话。

唐铭瑄觉得他们之间太怪异了。刚刚在发布厅里，方君浩似乎对风萍非常尊敬，怎么私下里两个人的地位就忽然颠倒了？而且风萍对他的样子……好诡异！

不行！她得赶紧向二哥报告！

第十八章

○ ● ○

他青春时代的女神，
这个位置是独一无二的。

DEEP DIVING INTO THE PINK OCEAN

唐迦南根本不需要她的报告。

此刻，他正一边喝牛奶，一边看服装秀的网络直播。当镜头掠过贵宾席上的风萍时，他迅速按下暂停键，将画面定格。画面上，风萍的坐姿很随意，嘴角挂着一抹浅浅的笑意，显得格外矜贵，当得起“容止端雅”这四个字。

唐迦南越看越觉得好看，越看越顺眼，不由得伸手要去触摸，手指尚未碰到屏幕，忽又收住，唇边已然浮起一丝笑意，大抵是自己也觉得太肉麻了。

他对着屏幕发了好一会儿呆，才起身换上正装，准备参加十点钟的会议。

唐铭瑄打电话来的时候，他正在前往会议室的路上，电话那头非常嘈杂，音乐声听起来很劲爆，几乎能掀翻屋顶。

“二哥，你猜我在哪里？”她几乎是用喊的。

拜托，这还用得着猜？唐迦南蹙眉，端起架子斥责她："现在几点了丫头？你不要玩得太疯了，早点儿回去……"

"这里太吵了，你等一下……"片刻后，电话里的嘈杂声消失，唐铭瑄的声音蓦地清晰起来，语气里透着一股子兴奋，"你猜我现在和谁在一起？"

"男朋友吗？"唐迦南随口打趣她。

"风萍，我和她一起来的。"

"是吗？"这还真有点儿意外，唐迦南略顿一下，问道，"还有谁啊？"

"你再猜猜看……"

"方君浩？"

"真不愧是二哥，一猜就中！"唐铭瑄笑起来，又问，"他俩什么关系啊？"

"她倒是挺逍遥的嘛！"唐迦南忽略她的后一句，不以为然地笑了一声。

"二哥，他俩的关系好像很不一般哦，非常亲密的样子……"她故意停顿一下，见唐迦南一声不吭，完全没有搭话的意思，终于露出本次来电的真实目的。毕竟她还没有八卦到为这点儿小事就打小报告的地步，十分好奇地问道，"二哥，风萍到底是谁啊？"

"她是我的未婚妻，你未来的二嫂！"唐迦南没好气地说。

"我问的不是这个。"唐铭瑄带着娇嗔的语气抗议，"我问的是，她是哪里人？家里是做什么的？爸爸妈妈是谁？"

"你什么时候到警署上班了？"唐迦南揶揄她，一边跨出车门。

"哎呀，人家真的好奇，很想知道嘛！"唐铭瑄撒起娇来。

但是，唐迦南丝毫不为所动："我马上要开会，没时间跟你闲聊。你想知道什么，可以直接去问她，她是一个很好相处的人！"

他说完挂了电话，从助理手里接过公文包，进去准备会议了。

唐铭瑄无奈，只好带着她的满腹疑问，重新回到位置上。

方君浩一个人坐在那里喝酒。

她问及风萍。

他抬起下巴，朝舞池方向示意，表示她在跳舞。

唐铭瑄象征性地看了一下舞池，没话找话地说："你们俩看起来很好啊！"

"我们是青梅竹马！"

"呃……"唐铭瑄略有意外，"你好像是在国外长大的吧。"

"我们都是在国外长大的。"方君浩终于转头正面看她，"不过，后来发生了一件意外，她就回国住了几年。"

"我听说她是武鸣市人？"唐铭瑄睁大眼睛。

"算是吧。"

"那她到底——"

"唐小姐，"方君浩调整一下坐姿，微笑道，"我来这里，只想安静地喝两杯。有关风萍的事，你可以直接问她，如果觉得不好意思，也可以去问唐迦南，他应该知道得很清楚！"

唐铭瑄顿时涨红脸色，再不好意思追问下去了。好在场内有幽暗迷离的灯光做掩饰，只当是喝多了酒上脸。

她端起酒杯示意，方君浩微笑举杯，一饮而尽。

稍后，风萍从舞池回来，三人又坐了半个钟头，喝了点儿酒就回去了。中间有个小插曲，就是风萍跳完舞回来，陆续来了两个外国男孩搭讪。方君浩是不以为然，倒叫唐铭瑄暗自讶异，她之前看不上风萍，连对她的美也怀有敌意，现在换了一个角度，立刻觉得她魅力惊人。

翌日的新闻自然少不了Jennifer的一席之地，众多国际明星的捧场，尤其是安德鲁的到来使她赚足面子。风萍受邀成为贵宾，报上只是略提两句，并没有引起什么大惊动。

话语权格外自由宽泛的网络就讨论得分外热烈了。有知名时尚博主批评了她的穿着，认为她的服饰太随意，被当晚许多华装丽服的明星一衬，简直像个村姑，不脱灰姑娘本色。她的拥趸者回帖反击：风萍不是明星，不靠脸蛋吃饭，不需要打扮得花枝招展。

网友们讨论得热火朝天。当事人却在时光酒店的私人套房里沉睡未醒。反倒是辽阔的海洋彼岸，有一个人正在深夜不眠地看八卦，看完还不满足，又搜索了其他八卦来看。

内容大同小异，有说她是模特，也有说她是易尔阳工作室的跑腿小妹，然后结识了唐迦南，两人闪电订婚。订婚后，曾被人爆出和酒店大亨方伯韬的绯闻，但唐迦南不以为然，还和当事人共进晚餐，男性网友皆盛赞他的雅量。不过，唐迦南在订婚之后，确实变得格外收敛，仅有一次被记者拍到和夏瑶阳台叙旧，除此之外，基本上没有其他绯闻，让吃瓜网友好生失望。

唐诗看完这些八卦，也觉得蛮失望的。因为有价值的信息实在太少了，基本上都是她知道的旧闻，有些还是凭空猜测。

闪电订婚是个关键词！

哪怕有一点点他们正在交往的报道，她也不会觉得奇怪。可是，他们完全没有预兆地忽然就订婚了，这究竟是唐迦南的保密工作做得到位，还是另有隐情呢？

这个很关键，直接影响到她后面的决定，所以她很苦恼。

如果唐迦南只是一时冲动……这是很有可能的，他是个任性冲动的家伙，做事常常不管后果。若是这样的话，那还比较好办！问题是，他要是真的爱她呢？

可能吗？唐迦南会爱上一个人吗？

唐诗忽然冒出这个问题，自己一下子怔在电脑前，片刻后才轻轻后仰靠在椅背上，望着天花板沉思。

她的正式回合还没有开始，前期的几次试探都铩羽而归，一点儿效果也没有。上次晚餐回来，她借着酒意在他的肩头靠了一下，头发缠住他的纽扣是意外，但当时两人贴得那么近，他还表现得彬彬有礼，一点儿其他动作也没有，甚至看到风萍时，立刻粗暴地将她推开……这些都不是好现象。

如果说，她最开始是因为唐湛的拜托才回来，那晚则多少激起了一些女性的好胜心。她是唐迦南第一个认真告白的人，他青春时代的女神，这个位置是独一无二的。虽然他表示了明确的拒绝，但她却固执地理解成一种自尊受伤后的自卫。因为他一贯如此，常用吊儿郎当和满不在乎来掩盖内心真实的想法。

不过，夜深人静的时候，人们常常是不设防的。

她沉默片刻，果断地起身到床头去拨电话。

“喂？”唐迦南的声音略显沙哑，听起来似乎不是很愉快。

“吵到你了吗？”

“这么晚还没睡？”唐迦南有点儿惊讶。

“睡不着，你呢？”

“呃，我正准备睡……”

唐迦南因为风萍关机，管家又说她昨晚没回去，偏偏他又没有方君浩的联系方式，此刻正烦恼得睡不着，很需要喝一杯，但这个时间实在太暧昧了，他只好撒个小谎。

“我想出去喝一杯，你要不要一起去？”

“呃？”唐迦南故意迟疑了一下，“都已经是凌晨了……”

“会议圆满结束，有什么理由不去放松一下呢？”唐诗的语气分外轻快。

“只是……我现在很困了。”唐迦南说出这种话有点儿困难。

唐诗沉默了，片刻后，才道：“你是真的困了，还是不敢面对我？”

唐迦南忍不住苦笑，但并不为她的后一句争辩，只道：“我是真的有点儿困了。”

唐诗又沉默了一下，道：“那好吧，我一个人去喝！”说完，她几乎是气恼得挂断了电话，心里有一种很强的挫败感，从来没有哪个男人这样对待她！

她本来并非一定要喝一杯，现在却真的很需要喝一杯了。于是她穿上外套，提着包出门，找夜店买醉去了。

时间是纽约时间的凌晨。

唐迦南谢绝了唐诗的邀请，一个人躺在酒店的豪华大床上望着天花板发呆，好不容易挨到困意上头，终于抱着枕头睡着了，还做了一个关于风萍的春梦。

然后他听见一声闷响，惊醒了过来。再然后，发生了一件怪事。

一件非常离奇、非常不可思议的事。

这件事在唐迦南的生命里留下了永难磨灭的痕迹，并且彻底地改变了他的世界观，完全颠覆了他对生命和宇宙的认识。

那么，这件事情究竟是怎么发生的？就连他自己也说不清楚！

其他人唯一知道的是：他失踪了！

风萍得到消息的时候，他已经失踪了整整三个小时。

当时，她正和方君浩一起在时光酒店享用晚餐，唐铭瑄忽然来访。她急匆匆地走过来，餐厅经理有些紧张地紧随其后，试图阻拦她。

风萍立刻挥手餐厅经理他下去，笑问道："铭瑄，怎么了？"

唐铭瑄也顾不上是公共场合，急切地问道："二哥跟你联系过吗？"

"我们昨天通过电话，"风萍一时搞不清楚状况，道，"你先坐下来吧！"

"二哥不见了！"

"不见了？"

"纽约那边说他失踪了，我们都联系不上他。"

"怎么回事？"

风萍放下餐具，微微蹙眉。

方君浩也不由得一怔，抬头看着她。

“他住的那家酒店发生了命案，警方已经介入……”

“我们换个地方说话！”风萍意识到事情的严重性，立刻站起身来，扔掉餐巾，看着方君浩，“我要用一号会议室，马上！”

方君浩不等她说完已经打电话让人去安排了。

“纽约那边负责这方面的是谁？”风萍边走边问。

“凯文和卡尔。”方君浩思索一会儿，答道。

“马上联系他们，顺便通知炳辰！”

“好的。”

他们的这一番对话，唐铭瑄听得云里雾里。

她来找风萍，原是为了打听唐迦南的消息，压根儿没指望她能帮上什么。可是，看她那副不容置疑的口吻，以及方君浩唯命是从的样子，还真把她给搞蒙了，当下紧跟在她身后。

等他们疾步踏进会议室时，方伯韬已经等在那里了，房内的通信仪器也都已经启动就绪了。方伯韬一见他们就问：“出什么事了？”

风萍微微抬手，示意他少安毋躁，转身向唐铭瑄道：“把你知道的情况从头到尾说清楚一点儿。”

唐铭瑄稍微整理一下思路，道：“今天下午五点多的时候，皓云哥接到电话，说二哥失踪了。他住的那家酒店发生命案，酒店检查客人的房间时，发现二哥不在房间里，手机、外套、行李都在，贵重物品一件没少，就是人不见了……”

“和迦南一起去纽约的都有谁？”

“他的助理杨凡，还有一个叫唐诗的……”

“他们没事吧？”

“没事。听说那个唐诗整晚都在喝酒，醉醺醺的，到现在都还没有醒呢！真是的，怎么会有这样的女孩子？竟然把出差当旅行……”她忍不住皱眉抱怨起来。

风萍心里微微一动：“迦南会不会也出去喝酒了？”

唐铭瑄摇头：“他出去喝酒，没道理连手机和皮夹都不带。”

“酒店里全都找遍了吗？”

“都找遍了！”唐铭瑄有些不大耐烦，觉察自己的语气过冲后，又补充道，“如果不是确定出事，杨凡不会贸然打电话回来的，家里有人已经飞往纽约了。”

风萍一时无语，转头看着方君浩，他正在电脑前飞快地操作。

唐铭瑄又道：“现在有警方介入，消息都封锁起来了，会不会是遭人绑架？”

风萍心里也有点儿慌，但强自镇定，安慰她道：“你不要着急！方伯，给她杯酒！”

方伯韬此时总算听出点头绪来了，闻言当即打电话吩咐员工送来两杯酒。然后走到方君浩背后，问道：“联系上了吗？那边怎么说？”

“卡尔正赶往酒店，”方君浩头也不抬，两手在键盘上“噼里啪啦”操作，“炳辰也在纽约，他刚刚发布了全城搜索令。”

风萍顿时轻舒一口气，感觉轻松了一点儿。

唐铭瑄似懂非懂，睁圆双眼看着方君浩，向风萍问道：“他在干什么？炳辰又是谁？”

“他在联系纽约那边的熟人帮忙，”风萍拿了一杯酒，递给她，“你太紧张了。”

唐铭瑄接过酒杯，看了她一眼道：“你的脸色也不太好。”

风萍没空和她相互安慰，端起另一杯酒喝了一口，问方君浩：“怎么样？”

“卡尔已经到达现场，再稍等一会儿！”

“凯文在干什么？”

“他正在进入酒店的客房管理系统，查看和唐迦南同一楼层的客人身份。”

“炳辰那边怎么还没有消息？”

“我的大小姐，”方君浩忍不住翻白眼，“这才几分钟，你未免也太急了。”

话没说完，音响忽然发出一声轻呼。他连忙在键盘上按了两下，室内的显示屏忽然亮了起来，画面上现出一幢高楼，看得唐铭瑄吃了一惊。

紧接着，室内响起一个性感的男低音，非常流利的中文：“这就是唐先生入住的酒店，他住在十二楼的豪华套房，窗户是开着的，房间里似乎还比较整齐。唐先生的隔壁房间，有一位男性客人被击毙在床上……”

“天啦！”唐铭瑄忍不住惊呼出声。

风萍闻言，右眼皮猛地一跳，瞬间想起那件轰动一时的船王之子绑架案。

方君浩提出一个大胆假设：“唐家没有和人结仇吧？他会不会是卷入了什么纷争？”

“立刻查一查死者的身份，还有凶手……”风萍俯身对着话筒说道。

两分钟后，性感的男低音再次响起：“凯文正在资料库做相片对比，请稍等一下……哦，不用等了，消息来了。”

他停顿了约五秒钟，方才道：“死者是日本黑帮山口组成员。”

“凶手是谁？”

“暂时还不清楚，但现场非常干净，没有留下任何痕迹，应该是职业杀手所为。”

风萍一直紧张地来回踱步，这时忽然停下来，看着方伯韬道：“方伯，你马上联系老七，让他亲自出面向山口组施压。”

方伯韬一愣，还未答话，方君浩已经表示反对：“你这是关心则乱啊，现在没有任何证据表明唐迦南在他们手上……”

方伯韬难得和儿子站在同一阵线：“君浩说得对，我们再等等看炳辰的消息吧。”

风萍也知道他的话很有道理，怎奈她心急如焚，静不下来。

唐铭瑄倒是出奇的安静，一句话也没有说。

因为她完全被他们的对话震撼了。

实际上，从墙壁上的显示屏忽然亮起来开始，她心里的惊讶就一直在不断地升级，太不可思议了。她原以为他们的熟人可能就是跟警方有点儿关系，结果他们根本不需要通过警方，警方的消息都没有他们迅速，甚至于连黑帮他们也很熟悉，太离奇了！

此刻，她好奇风萍的身份胜过担心唐迦南的安全，真是罪过！

短暂的沉默之后，风萍忍不住又开始碎碎念："到底发生了什么事？我真是急死了！"

"急也没用！"

"炳辰怎么还没消息？他真的有派人去找吗？"

"你还是到那边坐一下吧。"方君浩实在受不了她了，"你这样走来走去的，影响我的情绪。"

风萍心绪烦乱，果真走到一边静坐不语。

室内重归寂静。

这时，唐铭瑄的手机忽然响了起来。

她一看来电号码是唐皓云，连忙接起来问："有消息了吗？"

"没有！"唐皓云很不耐烦地反问道，"那你找到风萍了吗？阿南有没有和她联系？"

"没有！"唐铭瑄有些泄气地说，很无奈地看了风萍一眼。

"那你倒是回个话啊，我们都很着急。"唐皓云对她的办事效率很不满。

"知道了。"唐铭瑄答应一声，挂断电话，对风萍道，"我先回去了。"

风萍起身送她："别担心，我相信迦南不会有事的，一有消息，我就通知你们。"

唐铭瑄点点头，又跟方家父子道别，然后就回家去了。

房间里重又陷入静默。

五分钟后，风萍彻底沉不住气了，站起身来，语气坚决地说道：

“让老七出面吧！再等下去，我怕真的来不及了。”

闻言，方氏父子互看片刻，然后方君浩转过头去，表示默认。

方伯韬走到电话跟前，刚刚拿起话筒，拨出第一个号码。

音响忽然发出一声轻响。

“炳辰有消息了。”方君浩忍不住轻呼出声。

“怎么说？”风萍一个箭步蹿到电脑跟前。

方伯韬也连忙放下电话，凑到儿子身后查看。

电脑屏幕上的对话框里跳出一张照片，照片里的人正是唐迦南。

他穿着一件纯白睡袍，坐在一家酒吧的弧形吧台上，发型有点儿凌乱，额前垂了几缕发丝，看起来颇有些颓废，眼神倒是清亮逼人，只是表情有点儿……惊讶。

面对突然出现在自己面前，并且二话不说就对着自己拍照的人，惊讶是难免的。

唐迦南来不及阻止他，直接蹦出一句英文：“嗨，你要干什么？”

风炳辰头也不回，直接把手机抛给身后的助手，用中文吩咐道：“立刻把照片传送出去，顺便通知大家，人已经找到了！”

他对着身后的人说话，眼睛却始终盯着唐迦南，毫不忌讳地上下打量他，眼神极为锋锐。唐迦南被他这样看着，心里有点儿诧异，但听他讲一口流利的中文，心想八成是华裔，又高兴起来。

“你好！我姓唐……”他主动伸出手。

“我知道你是谁！”

风炳辰很不给面子地打断他，拉过一张椅子坐了下来，冷冷道：“你可真有面子，我亲自带人在外面像狗一样地到处找你，你却舒舒服服地坐在这里喝酒，你倒真会享受啊！”

“实际上我并不享受！”

唐迦南略有些尴尬地笑了笑，看了一眼酒保，倾身朝风炳辰的位置靠过去，压低声音道：“如果你能帮我付一下酒钱的话，那我……”

“你说什么？”风炳辰几乎不敢相信自己的耳朵，扬眉冷笑道，“没有钱，你喝什么酒？”

“我出来得匆忙，忘记了。” 唐迦南微笑，“只是请你代付一下，我可以给你打借条，很快就能还给你，呵呵！”

“我凭什么要替你付账？”风炳辰冷笑。

“你既然在找我，肯定是找我有什么事情，对吧？”唐迦南保持微笑。

“没错！”风炳辰继续冷笑，“我是在找你，可我只需要知道你还活着，没有横尸街头就可以了，没有义务帮你付酒钱。”

唐迦南笑不出来了。

他借用吧台的电话，给助理杨凡打了好几个电话，奈何他一直在通话中……国际长途啊，这家伙几乎讲了几个钟头，真要命！

当然，他也给唐诗打过两通电话，但她始终没有接听，结果却惹得吧台的酒保一直用余光看他。就在他以为自己没准会被当成吃白食的遭到殴打的时候，眼前这个英俊迷人的家伙出现了，还声称在到处找他。

“你是谁？为什么要找我？”

风炳辰冷着脸，尚未开口，他那旋律动人的手机铃声就响了。

助理拿着手机走过来，俯下身来轻声道：“您的电话！”

风炳辰沉默不语，任由铃声一唱再唱。他那漂亮的双色瞳仁一个劲儿地盯着唐迦南，却不接电话。

唐迦南被他看得毛骨悚然，眨巴一下眼睛，摸了摸鼻子，笑道：“你接电话啊，看我干什么？”

风炳辰终于抽搐一下嘴角，露出不屑的眼神：“找你的，臭小子！”

他接过手机，抬手就扔向唐迦南。

唐迦南手忙脚乱地接住手机，指着自己的鼻尖问他：“找我？”

风炳辰受不了，侧头用手掌覆住额头长叹：“一脸蠢相。”

唐迦南自动忽略他这句人身攻击，疑惑地按下接听键，道：“哪位？”

话筒里一阵沉默。

他看了一眼风炳辰，又问道：“喂？请讲话！”

“是我，你没事吧？”

“风萍？”唐迦南大感意外，一下子从椅子上站了起来，吃惊道，“怎么是你啊？你怎么会……等一下，喂，你到底是谁？”最后一句是问风炳辰的。

“他是风炳辰。”风萍在电话里代为回答。

“风炳……哦，他姓风……”

唐迦南微怔之后猛地会意，立刻侧头瞪出一个星星眼。风炳辰冷傲地抬高下巴，将眼睛眯成一道缝看他，一副睥睨天下的样子。

唐迦南连忙咧开嘴巴，朝他微笑，点头。开什么玩笑，他可是未来的大舅子，当然是要尽量巴结的！

“你没事吧？” 风萍又问，“你出来喝酒，怎么连手机也不带，外套也不穿？”

“这个……”

提起这个，唐迦南真有千言万语在心里百转千回，却又无从倾吐，欲言又止道：“这个事情一言难尽，等我回去以后再告诉你，好吗？”

“回来后你确实应该好好交代一下！”

唐迦南听出她的语气不对劲，连忙赔笑道：“我只是出来喝点儿酒而已，时间可能有点儿晚，但我绝对没有鬼混！”

“这事比你去鬼混更可恶，你让大家都在为你担心着急。”

“嗯，出什么事了吗？”唐迦南意识到有点误会。

“臭小子！”风炳辰大发慈悲地告诉他，“你的酒店发生命案，偏偏你又从酒店里神秘消失，外面早就闹翻天了。”

“有这种事？”唐迦南吃惊了。

“要不然你以为我跟你一样发酒疯？”风炳辰说着忍不住又要冒火。

这家伙半夜三更地跑出来喝酒，搞得大家虚惊一场，真是太讨厌！

“我绝不会把妹妹嫁给一个酒鬼！”

“请放心，我不是一个酒鬼。”

“我只相信我的眼睛。”

“我不想得罪你，但这件事恐怕由不得你做主！”

“你说什么？！”风炳辰暴怒，“你这是请求我修理你一顿吗？”

“武力是解决不了问题的！”

……

风萍在那边握着话筒，根本插不上嘴，但听到他们俩挥拳相向，也深觉唐迦南的行为很欠揍。当下便挂断电话，转拨给唐铭瑄，好叫他们放心。

唐皓云听到消息自然开心，惊喜之后却又疑惑起来，质疑消息的真实性。毕竟警方都一筹莫展，风萍从哪里得到的消息呢？他一说，搞得连唐老太太也疑惑起来。

唐铭瑄倒是深信不疑。

稍后唐迦南一通电话回去，报了平安。大家悬着的心，总算落下地来。唐老太太欣慰之余，少不得又把他骂上好半天，虽然啰唆，唐迦南也只好听着。

于是，这件莫名其妙的失踪案就算是告破了。

风炳辰事后对风萍大发牢骚说：“这世上还没有谁敢自己坐在酒吧里悠闲地喝酒，却让我在外面为他疲于奔命。”

风萍微笑着安慰他道：“都是一家人，何必说两家话呢？”

风炳辰闻言，无奈地仰望天空，就差泪流满面，喟然长叹：“女生外向啊！”

无论如何，这件事总算是有惊无险地过去了。

唐湛的私人飞机抵达纽约时，正好接了平安无事的儿子回国。

第十九章

○ ● ○

而这世上他最爱的那个人，
总也不能理解他的心思。

对父亲的到来，唐迦南保持了沉默。

实际上，在整个事件当中，他才是从头到尾都莫名其妙的一个，再则，谁又能想到酒店会发生谋杀案呢?

不过，更加没有想到的是，父亲居然会来纽约?

一向对什么事都无动于衷的父亲，竟然也会关心自己的生死?完全出乎意料，唐迦南除了一种残忍的快意之外，还有些羞耻感，因为自己居然有些感动。他为自己的感动感到难为情，坚守多年的情感长堤突然有了一个缺口，潮水倾涌而出，令他猝不及防。被封印经年的爱恨怨悔，已经酝酿发酵得变味、走样，失去了本来面目。

他的心里五味杂陈，心头涌动着许多无法言说的东西。脸上虽毫无表情，但温柔的痛楚和残酷的快意一起在他的心里翻江倒海。整个行程里，他不是在装睡，就是在装酷，始终缄默不语。他觉得自己像是走过了一段极其漫长的旅途，万分疲惫地抵达终点，却忘记了行走的初衷。

如果你要问，他和父亲之间究竟有什么深仇大恨，答案是没有。

相反，他幼年的时候，是极仰慕、极尊敬父亲的，倘若一定要寻找一个转折点的话，那就是在母亲去世的前几天，他偶然在外面看见父亲的车子，副驾驶座位上坐着一个女人。他追着车子喊爸爸，但爸爸没听到，开车走了。那件事也不知道为什么会令他那么伤心，连夜里做梦都梦到爸爸不要他了。当然后来他知道，那个女人跟父亲并无特殊关系，却在当时结结实实地伤心了好一阵子，甚至把母亲的病故也归结于父亲的花心。

母亲去世时，他年仅六岁，一个漂亮的孤独的小男孩。母亲活着的时候身患疾病，比他更需要照顾，父亲则永远是公事第一，与助理相处的时间比家人还久。渐渐地，他长成一个乖戾顽劣的少年，常常依靠犯错或恶作剧来博得关注，给工作繁忙的父亲增添许多麻烦，而调皮叛逆的孩子往往令家长更加不喜。于是他学会了自我宽慰，凡事装得满不在乎，久而久之居然真的养成了一副吊儿郎当、玩世不恭的轻浮模样。

总而言之，他和父亲的问题是冰冻三尺，非一日之寒。他的学生时代，在选择专业和学校的问题上，以及几件重要的家事上，使他越发认识到父亲的专制和冷血——父亲曾将姑姑软禁，并逼迫她移民海外，只因她的作风影响了唐家的声誉，而他自己却四处留情，搞出三个私生子，这实在大大颠覆了父亲在他心目中的形象。成年后的唐迦南，用全新的眼光，对这个曾经形象完美的父亲予以重估，终因掺杂了太多太复杂的情感而失之客观公允，不知不觉走到了对立面。

十年过去了，唐迦南处理亲情的手段丝毫未见长进，依旧是少年时的那一招，放荡不羁的私生活，穷尽一切地奢侈挥霍，甚至于任性草率地宣布订婚。可惜，这些全都影响不到唐湛，他永远是一副舒缓从容，极为淡定，万事尽在掌握的模样。

唐迦南最痛恨的，就是他的这种淡定。

现在，唐湛终于不淡定了，听到他失踪的消息，第一时间飞来组约，他总算如愿以偿，可他为什么会感觉到无限酸楚？

他看向舱外那片蔚蓝明净的天空，重重叠叠的洁白流云，慢慢变成丝丝袅袅的烟云被抛在身后，往事自他的脑海风驰电掣一般飞掠而过。二十年，只如一瞬间。

他似有所悟，忍不住轻轻侧过头，斜瞥了父亲一眼。

唐湛低垂着头，微微下垂的嘴角，莫名给人一种悲哀的意味。

此刻他的心里，确实萦绕着一股淡淡的悲哀。

他已经五十岁了，一个人所能经历的绝大部分东西，他差不多都已经历了。昔日的雄心豪情已渐渐熄了，他走过漫长时光，终于找到了生命里最重要的东西，不是金钱，不是权势地位，而是曾经被他忽略多年的家人和亲情。他很愿意为过去错失的时光弥补，奈何儿子却不领情。

他记不清是哪本书上曾经说过：儿子是时间对男人许下的诺言，每个父亲准保会发觉，他所珍视的一切在某一天会被认作是愚不可及的东西，而这世上他最爱的那个人，总也不能理解他的心思。

他的儿子们似乎总也不能理解他所做的一切都是出于对他们的爱。他亦不过是像天下所有的父亲那样，想帮助儿子做正确的选择，使他们在未来尽可能地少走弯路。他走过几十年的漫长岁月，终于摸索出来的一点儿成果，经商之道、成功法则，精准敏锐的判断力……所有这些，他想传授给子女——或许选择的方式略有不妥，但他的爱丝毫不减。然而他被认为太专制了，甚至是老了，过气了。

他觉得很悲哀。

然而，他的骄傲不允许他流露出这种悲哀，因为他是唐湛。

唐迦南不懂得怎样做一个好儿子，实际上，他也不知道该如何做一个好父亲。在孩子们最需要他的年月里，他忙于事业，错过了教育他们的宝贵时间，当他意识到这一点时，孩子们已经长大成人，不再听他的了。

十余年来，他们首次平心静气地坐在一起长达十个小时，却只是做了简单交谈。

超长时间的飞行，和担忧焦虑，使唐湛的脸色看起来很不好。现在知道儿子没事，放松下来，便沉沉地睡着了。他的眉毛漆黑浓重，鼻梁挺括，嘴巴紧紧闭着，仿佛随时准备发号施令。他醒时永远是一副神采奕奕、精明干练的样子，熟睡后似乎也不肯放松自己。然而时光不可逆，他终究还是老了。

这是唐迦南成年以来，第一次凝视父亲的睡容。他从来不知道父亲是这样的，心里涌起一种奇异的感觉。静默了好长一会儿，才将毛毯轻轻盖在父亲身上。

飞机落地之后，唐迦南首先随父亲回唐家老宅，把自己在纽约的情况从头到尾详详细细地汇报了一遍，接着把唐老太太的碎碎念听了一遍又一遍，然后还要接受兄妹的责备。两个小时后，他终于坐不住了。

“奶奶，我得回去了。”

“今晚就住这里吧，天都快亮了。”

“不行，我必须回去。”他说着已经站起身来。

唐老太太这才发现，他连外套都没有脱下来，不由得皱眉：“你这臭小子，我为你担心得睡不着觉，吃不下饭，你才回来一会儿就要走。”

唐迦南感觉很为难:“奶奶，还有个人也很担心我啊！”

这句话把铭瑄和皓云都说得笑起来。

“那你就快回去吧！”一直沉默不语的唐湛说话了，“今晚，我住在这里！”

此言一出，大家都愣住了，就连一旁伺候的老管家也忍不住跳动一下眼皮。

“方便吗？”唐湛淡淡地问了一句。

“我去整理一下房间。”唐铭瑄跳起来奔上楼去。

“请让我来，小姐！”管家紧随其后。

唐老太太端起茶盅浅饮了一口，借以掩饰内心的波动。

唐迦南沉默顷刻，跟他们挥手道别，从司机手中接过钥匙，独自驾车驶出唐家老宅，越过盘旋的山路，直奔清和区的别墅。

两点三十三分。他轻手轻脚地爬上楼梯，打开客房的门，悄声走进去，在床沿坐了下来，轻轻拧开床头的灯。

大概是有一个礼拜没见面了，他发现她的头发长长了不少，一小缕头发垂在侧脸上，衬得那肤色洁白如玉，分外妩媚。他伸手想去摸一摸，中途又停住了。

三分钟后，他站起身离开，刚走了两步，床上的人说话了。

“我还在等你吻醒我。”

唐迦南立刻转过身来，只见风萍依然侧身躺着，眼睛依旧闭着，睫毛投下一抹月牙般的阴影，似乎一直都在熟睡之中。直到他重新坐回床上，她才微笑着睁开眼睛。

她的眼睛格外动人，黑白分明，睫毛又密又长。她的嘴巴丰盈红润，在明黄色的灯光下，依稀散发着凡尔赛浓情玫瑰的清香。唐迦南心神俱醉，情难自禁地低头吻下去。

这一夜，风流缱绻浪漫缠绵。

第二天醒来，已经是中午。

唐迦南睁开眼的第一件事，就是趴在床上忏悔：“对不起，害你担心了。”

“不要自作多情，没人担心你。”

“我知道错了。”

“一个男人孤身在外，难免愁闷，需要排遣。”

“我一点儿也不愁闷。”

“那你一定是兴奋过度，所以才半夜三更睡不着觉，跑出去喝酒。”

“没有啊！”

“带着曾经的心上人一起去出差，还不兴奋吗？我听说唐诗小姐整晚都沉醉不醒啊！”

说到这里，唐迦南终于恍然大悟。当下跪倒在床头，以头抢地，哀号道：“天地良心啊！我绝对没有和她一起喝酒，风炳辰可以作证，当时我是一个人，连钱包都没带。你想啊，我是绝不可能让女生埋单的！”

他主动提起这茬儿，风萍便翻过身来看他：“这就更奇怪了，是什么紧急的事情让你穿着睡衣，连钱包都不拿就跑出去了？地震了吗？”

唐迦南直起身子，咬着嘴巴看她：“你真的想知道？”

风萍板着脸瞪他：“废话。”

唐迦南于是俯身上前，咬着她的耳朵，把那天的被人带走的离奇情形大致地说了一通。

风萍听完先是错愕了半天，然后“扑哧”一声笑了出来，拍拍他的脸道：“迦南，其实我没有那么小气，就算你跟唐诗喝杯酒也没什么，不用找这么离奇的借口。”

“我真的没有跟她喝酒。”很诚恳的声调。

“嗯，暂时信你了。”

“我刚刚说的也都是真的。”

风萍不置可否，微笑道：“你显然还没有睡醒，再睡一会儿吧。我现在得去洗个澡了。”说着，她掀开被子，盖住唐迦南的头，然后起身走进浴室。

唐迦南手忙脚乱地扯下被子，只来得及看到她的背影。

“哦，对了，”风萍忽然又伸出头来道，“我想吃扬州炒饭，你跟陆妈说一下吧。”

“遵命，夫人！”唐迦南滑稽地行了个军礼，翻身拉开床头的抽屉，捡起自己那套棉质纯白睡衣穿上，亲自下楼做蛋炒饭去了。

可是，半个钟头之后，当风萍洗刷完毕，吹干头发，穿上运动服，来到饭厅时，她不但没有看到蛋炒饭，就连唐迦南也不见人影。

洁净的玻璃窗前阳光漫洒，光影浮动，一个极宁谧的初春的中午。

陆管家背光而立，似笑非笑地看着她，眼睛里有一种异样兴奋的光，神色怪异。但她一贯都有些阴阳怪气的，风萍也没有在意。

“迦南呢？”

“出去了。”

“出去了？”风萍不由得一愣，“去哪里了？”

“不知道！”陆管家一口回绝。

“他什么都没说吗？”风萍听出她的语气很冲，还是耐心询问。

“没有！”

风萍见她的态度这样生硬无礼，心里也不禁动气，改口问道：“那他有没有跟你说，我想吃扬州炒饭。”

陆管家略微抬高下巴，冷冷道：“他说了，但是我已经做了别的菜，所以……”

“做一份扬州炒饭很难吗？”风萍终于控制不住地发飙了，“为什么连这点儿事也要推三阻四的？你到底有没有接受过专业培训？知不知道什么叫……”

“你还不是这幢房子的女主人！”陆管家冷冷地打断她，一脸倨傲地说道，“所以，请你不要对我大呼小叫！”

风萍勃然大怒，一时竟说不出话来，呆怔了好半天才冒出一句：“我真是受够你了！”

陆管家毫不动怒地微微一笑，非常洋派地摊开手掌，耸一下肩膀道：“那你可以走啊，这里又没人拦着你。”

“你说什么？！”

风萍活过二十余年，见过若干管家，从来没有遇见过像她这样无礼的。

陆管家一脸的和颜悦色："在走之前，你最好能看看这个。"

她说着拿起餐桌上的一份八卦杂志，走过来放在风萍的面前，含笑盯着她的眼睛，放缓声音，用一种极轻慢的语调说道："这篇报道真是非常精彩！"

风萍注意到她手里的杂志，"灰姑娘"三个粗黑的字体立刻跳入眼眸，极为醒目。

她只看了一眼，就明白是怎么回事了。

这事在她意料之中，她很好奇记者会怎么写，当下接过，低头读了起来。

陆管家站在她的身边，密切注视她的表情，然后用她那特有的语调，微笑道："迦南是我从小带大的，他的脾气，我最清楚不过了。别说只是和你订婚，就是和你结婚，也说明不了什么。你的丑事已经曝光了，就算他能忍，老太太也绝不会忍的……呵！呵！呵呵！"她近乎口吃般地笑了几声，然后又发出一声悠长的叹息，道，"唉，现在，你自己走出去，还能留点儿面子，等别人来赶你，恐怕就不好看了……"

风萍手里的报道还没看完，就已经被她那种自以为是的语气给气到极点了。

她抬头看着她，沉默了足有三十秒，才怒极反笑道："谢谢你提醒了我。没有结婚的人，确实不应该住在一起。好吧，我现在就走，除非唐迦南跪下来请我回来，否则我绝不再踏进这里一步。"

陆管家听了这话，那叫一个开心，简直是通体舒畅，恨不得立刻开香槟庆祝。这场长达半年的较量，终于以她的胜利告终了。

风萍来的时候只穿了一件晚礼服，走的时候也相当洒脱，穿着一身运动装就离开了唐家。

然而，她几乎是刚走出去就后悔了。

她低估了这篇报道的影响力，刚一跨出院门，就见两个记者模样的人在蹲点。一见她出门，就朝她急急奔过来。看这架势，肯定是躲不过去的。她干脆微笑着迎上去，预备来个见招拆招。

“风小姐，请问报上那件事是真的吗？”不愧是记者，人还没到跟前，问题先到了。

“报上的事情难道还可以是假的吗？”风萍微笑着，讽刺性地反问对方。

“这么说，那件事是真的了？”记者立刻抓牢机会，紧追着问道，“那么谈谈你的感受好吗？这件事对你和唐先生的感情生活会有影响吗？”

“这个问题，我建议你去采访一下唐先生的管家，她对这件事有非常独到的看法……”风萍说到这里，有意识地停顿了一下。

“管家？”记者果然一脸惊讶，很怀疑自己的耳朵，“不可能吧？”

“怎么不可能？她刚刚建议我，最好能够自己离开唐家，不要等唐家的人来赶我，这样可以保留我的几分颜面。”风萍说起这个还是非常生气，可脸上却笑语嫣然，语气显得格外轻松，“我接受了她的建议，正准备离开，结果就被你堵在门口了。”

记者则完全语塞，诧异得说不出话来，怎么也没料到她居然会主动爆出如此猛料。像这种仆人欺辱她的话，别人否认都唯恐来不及，她却说得如此轻快，无遮无掩，丝毫不以为耻。

他采访过很多名人，没有遇见一个像她这样的。

但问题是，真有这么放肆的管家吗？

不仅他不相信，旁边另一家的记者也非常疑惑。

风萍看着他们的表情，真心笑了起来，露出一排雪白皓齿，阳光下的浅蓝运动服，一头乌黑直发，配上晶莹肤色，整个人有一种说不出的清秀明朗。

两名记者在她宛如五月晴空般的笑容之下，不由得又是一阵呆怔，在心底由衷发出感叹：难怪她能钓到唐迦南这样的钻石王老五，委实是容色逼人，不可平视。

“我知道你们不相信，我们来做个试验怎么样？”

记者对于这样主动找上门来的猛料，哪有不答应的道理。

于是，风萍对他们简单交代两句，就带着他们俩折身重返唐家了。

面对她的去而复返，陆管家没有感到一丁点儿的惊讶，对她身后的两个男人也视若无睹。她冷冷一笑道：“我就知道你会回来的。”

“是吗？”

“像你这样的人，能攀上我们家二少爷，那是八辈子修来的福气，怎么舍得就这样离开呢？再不济也要捞到一笔钱吧！”

“你可真了解我啊。”

风萍笑了笑，转头看了一眼身后的两名记者。

“他们俩是谁？”陆管家虽然很愿意有外人在场，好充分展示自己豪门宠仆的优越感，却也要尽到一个管家的责任。

她见眼前的两个男子相貌普通，装扮寻常，当下很不客气地说道：“唐家不接待来路不明的人。风小姐，我奉劝你别什么乱七八糟的人都往家里带，这个屋子里的每一样东西都价值不菲。”

风萍等她说完，对那两名记者道：“好了，我们走吧。”

说着率先转身，两名记者连忙跟了出去，还不忘继续采访：“风小姐，谈谈你的感受吧！”

“是啊，管家很不尊重你，你在唐家的地位如何？他们虐待你吗？”

“嗨！”风萍笑着阻止他们，“不要太贪心了两位，你们刚刚听到的东西，足够你们炮制出一篇非常轰动的新闻，所以今天就到此为止吧！”

“风小姐……”

“再见！”

风萍头也不回地对他们挥手作别，蓝色的运动服在春天的日光下跳跃着远去。她的心情就跟这天气一样，好得有些过分了。这个喜欢在背后搞小动作、恨不得连主人的性生活都插手过问的管家，她真是受够了。

第二十章

○ ● ○

这世上的很多东西，
你没有办法每一件都拿到最好的那一份。

DEEP DIVING INTO THE PINK OCEAN

风萍刚走没多久，唐迦南的电话就打回来了。

接电话的正是陆管家。

她极为镇定，十分安然地告诉他说：“风小姐看完报道，就出去了。”

唐迦南顿时发火，语气极为严厉：“我不是叫你把它收起来，暂时不要让她看见的吗？！你是怎么做事的？”

“对不起！”陆管家的认罪态度分外诚恳，“我还没来得及收起来，她就看到了……”

“好了！”唐迦南没空听她的解释，厉声道，“你去看看，她的手机有没有带在身上？”

“风小姐走的时候什么也没有带。”

“如果她回来，立刻打电话给我。”

唐迦南说完挂断了电话，用力踩一下油门，将车开得飞快。

风从敞开的车窗灌进来，贴着他的侧脸刮过去，掩在墨镜下的眼睛里闪动异样的光。驾车速度过快，拐弯处差点儿出事，这才让他稍微冷静了下来，不由得又想起刚才和父亲的一番谈话。

地点在书房。

唐湛临窗而坐，房间里飘散着淡淡的茶香。他手捧一盏碧绿瓷杯，袅绕的茶雾升腾起来，沾了睫毛，湿润得仿若沾了晨露，那深邃的目光也显得格外难测。

“没错，你是拜托过我，但那并不代表我一定会做到。你已经是成人了，出了事情，应该想办法解决，而不是质问别人，更不应该把希望寄托在别人身上，就算那个人曾经答应过帮你，就算他是你的父亲，也都一样。

“风家何等势力，这点儿小事根本不需要你去操心。这时候，你应该问问你自己，你是真的爱她，还是仅仅为了和我斗气？

“一个人所处的位置越高，责任也就越大。你可以铺张挥霍，可以和女艺人传传绯闻，玩玩感情游戏，但绝不能是风萍……她不同于你以前交往过的任何一个女人，你必须搞清楚自己究竟想要什么。”

唐湛的声音低沉淳厚，分量十足。唐迦南有几次想要插话，都被他那格外有力的手势给阻止了……非常典型的唐湛式谈话方式。

唐迦南为自己感到好笑，为昨天在飞机上萌生的温情感到好笑。他永远是不成熟的，思想幼稚的、做事欠妥的、瞎胡闹的。只有唐湛才是最正确的、从不出错的，他的名字就是正确的同义词。

诚然，风家势力惊人，他也相信风萍肯定有办法解决，可他身为她的未婚夫，答应过帮她想办法，就应该尽到责任。现在的情况，让他觉得自己像个傻瓜，一无用处。而父亲食言不算，还义正词严地把他教训了一顿，他居然去拜托他？真是蠢透了！

唐迦南再次用力踩下油门，车子飞驰出去。

他一整天没有进食，也不觉得饿，大脑里一片混乱，除了刚刚从父亲那里得到的刺激，对于风萍的那个前男友，他也万分好奇，奈何报上写得语焉不详。

撰稿者不知从哪里挖到的消息，着力渲染了风萍以前的窘迫生活，连她经常光顾的餐馆也知道，并把她曾经住过的公寓形容得像人间地狱。至于她和前男友的那段恋情则写得遮遮掩掩，欲说还休，甚至还刊登了一张模糊的图片，吊足了读者胃口之后，毅然决然地来了个欲知后事如何，请看下回分解。

可想而知，下期销量必定大增。

唐迦南固然也渴望知道后事，但还是决定在下期出刊之前把这件事解决。他放缓车速，思索片刻，拨电话给助理杨凡："你马上去查一下《娱乐周刊》的背景资料，越详细越好，尽快给我消息。"

同一时间，方君浩也在查询这家八卦周刊的资料，但遭到了风萍的阻止。她坐在方君浩的书桌上一边吃着扬州炒饭，一边喝着方伯韬珍藏多年的红酒，道："不用查了，肯定是周新竹在搞鬼，不会有第二人选。"

方君浩从电脑前抬起头看她，皱眉道："她看起来似乎没有这么蠢啊？"

"我的耐心有限。"风萍端起酒杯喝了一小口，道，"有什么办法可以让她们安分一点儿吗？"

"还有比事实更好的说明吗？你只需要做回你自己，所有谣言都将不攻自破。"

"为了这点儿事暴露自己，不值得！"

"你和唐迦南订了婚，暴露是迟早的事。"

……

"说真的，我有点儿搞不明白，"方君浩仰身躺在椅子上，叠手枕着脑袋叹气，"唐迦南这个人放荡不羁，绯闻一箩筐，就算有几分男性魅力吧，但比他优秀的男人还是有很多的，你何必非得和他搞在一起呢？”

风萍沉默顷刻，笑道：“我记得你曾经问过我，这几年在外面究竟收获了什么。”

方君浩看向她，静候下文。

“除了岁数的增加，我好像也没有收获什么，只是慢慢明白了一个道理，就是：这世上的很多东西，你没有办法每一件都拿到最好的那一份。你在某个地方得到了，势必要在另一个地方失去。以前我不明白这个道理，每样东西都想要最好的那个，可是，生活不会总如你所愿，我只是学会了接受现实。”

这一下轮到方君浩怔住了。他本来是随口问问，没想到她会说出这番话，倒不是被她的道理震住了，而是忽然发觉她真的不是当年的小丫头了。

风萍见他表情呆滞，不由得一笑道：“听不懂啊？好吧，我换个说法，如果你以为你有钱或者地位尊贵，就更有资格得到爱情，每个人都应该爱上你，而你完全不需要努力和付出，那么你就错了。”

“可是爱情这种东西，有时候，你努力了，也未必能够得到……”方君浩说得小心翼翼，像是怕刺激到她似的。

“没错。”风萍笑起来，“但是努力过，遗憾会少一点儿。我当然知道，这世上有很多人都比唐迦南优秀，可是最优秀的那个，我不一定会喜欢他，他也未必就中意我。感情没有绝对，事情也没有完美，完美是靠人的努力。”

“嗯哈！我知道了。”方君浩连连点头，“你绕来绕去地啰唆半天，就是为了替唐迦南说话。我希望他也能有你这样的度量。据我所知，没有哪个男人会喜欢自己的女人比自己强，到时候，你可不要哭哭啼啼地来找我。”

“到时候的事，到时候再说吧。”风萍微笑，“我们还是先来解决眼前这件事。”

“这有什么难的？”方君浩不假思索道，“你有钱，可以让全世界都恨你。你想要做什么都可以。”

风萍听他这口气，分明是没把她的话当一回事，不由得拧起眉毛瞪他。

方君浩领悟到她的意思，依然叫苦：“为什么这种小事也要由我来做？为什么不把矮人大叔叫过来。”

“矮人大叔是真正的高级人才，这种小事你做正合适。”

“我礼拜五飞巴黎。”

“走之前把事情处理好。”

“我立刻通知下去，收购周氏的股票，我想他们肯定会感到十分刺激。”

风萍拿他没辙，只好明确下达指令道：“让他们的负责人道歉，承认这是一则假新闻，和这则新闻有关的记者、责编全部开除。”

“微臣领旨！”

“嗯……”风萍蹙眉想了想，又补充道，“这家集团最好能够停止出版发行这本恶俗的八卦周刊，作为他们道歉的诚意。”

“一切都将如您所愿，我亲爱的女王陛下。”

“还有一件事……”

“你哪里惹来这么多麻烦啊，我的大小姐！”方君浩捏着嗓子，想哭。

“是别人找我麻烦啊！”风萍比他还想哭。

“这位勇士是谁？”

“就是你上次见到的那个管家，她真的是太讨厌了，”风萍的语气听起来感触极深，“我真是受够了她。”

“不是吧，你跟管家吵架？”方君浩微微吃惊。

“我也不想这样，但她真的很讨厌。”

"你跟唐迦南谈过吗？"

"没有。"

"为什么？"

"我高估了自己，以为自己的脾气已经很好了。"

方君浩哈哈大笑："这么看来，你未来的婚姻生活有麻烦了。"

风萍皱眉："你是在幸灾乐祸吗？"

方君浩连忙收敛容色："不敢，不敢。"

"唐迦南对你的绯闻有什么想法吗？"

"方君浩，你怎么跟八卦记者似的？"

"因为这是大家都想知道的……你不要告诉我，你不知道外面有很多人在等着看你们什么时候分手……"

"看来幸灾乐祸也是人类的劣根性之一。"

"到底怎么样？"

"他出去了，我们还没有碰过面。"

"哇！"方君浩表现出诧异，接连又"哇"了两声，"考验的时刻到了。"

"是吗？"风萍不以为然，站起身道，"我得去健身房运动一下。"

方君浩闻言，立刻低头看着显示屏："请便。"

风萍走到门口，打开门又转过身来："对了，礼拜五去巴黎的飞机上给我留个位置。"

"嗯？"

"一个城市待得太久了，会闷，我也趁机出去透透气。"

"好的。"

方君浩一直盯着电脑，直到她关上门离开了一会儿，他才抬起头，蹙眉，噘嘴，发愣，疑惑她是不是胆怯了。

不过，网络那头传来的讯息重新吸引了他的注意。对方提供的资料显示，这家出版集团的董事和周家私交颇好，看来风萍没有冤枉周新竹，难怪那个记者敢那么放肆地写她，真是……无知者无畏啊！

方君浩似惋惜地摇了摇头，十指快速敲打键盘，把风萍的意思传达出去，并给出时间期限，必须在这个礼拜五之前搞定。对方自然没有二话，立即答应。

方君浩很满意地按下待机键，起身给自己倒了一杯酒。休息一会儿之后，他开始着手准备礼拜五飞巴黎的一些资料。他不知道，这时候另有一则新闻正在紧急炮制中，正所谓树欲静而风不止，一波未平，一波又起啊。

灰姑娘昨日才脱下水晶鞋，被人曝光过去的贫困史，翌日忽然又洒出一把豪门辛酸泪。有记者的录音为证，麻雀变凤凰的日子一点儿也不好过，灰姑娘在唐家的地位极差，就连管家都可以对她出言不逊，讽刺她是拜金女，甚至要求她离开唐家……记者无法自控地流露情绪，表示自己当时非常震惊，几乎怀疑听觉出错。

消息一出，原本就讨论得热火朝天的网友们顿时就像被打了鸡血，更加沸腾了。各类匪夷所思的猜测、评价……

唐迦南看到这则新闻大吃了一惊，和那个以为自己的听觉出错的记者一样，他以为自己的视觉出错了。

仔细阅读了报道之后，他掀开两个沙发垫都没找到手机，最后只好用沙发旁的座机拨打电话。电话刚一接通，他就冷冷道："我不敢相信你那样说？！"

"阿南，请您听我解释……"陆管家显然也看了报道，语气忐忑，通过声音能够想象得出她面如死灰的表情。

"去对记者解释吧！"唐迦南打断她，忍不住咆哮起来，"你怎么可以那样说？是谁给你的权利？你以为你是谁？你怎么能够那样跟她讲话？我知道你对她有些敌意，但是我没想到你竟然这样……这样无礼！"

"阿南……"

"闭嘴！我告诉你，我和她订婚不是你所以为的小孩子过家家，不是走着瞧，看到更好的就换人。我和她订婚是因为我爱她！她就是唐家的女主人！听清楚了吗？”

“是，我明白了。”

“你最好能得到她的原谅。”

“是。”

唐迦南不再废话，重重地挂断了电话，依旧是余怒未息。

背后一把沙哑的嗓音问道：“你刚刚说的，是真的吗？”

唐迦南侧头一看，易尔阳穿白色睡衣，披头散发地抱一个破旧枕头站在门口。他走过来，问道：“你刚刚说你爱她，昨天晚上你可不是这么说的……”

“我昨晚喝醉了，什么都不记得了。”

“那你总该记得欠我两百万美金吧？”

唐迦南没心情和他开玩笑，示意他过来：“看看这个，真是气死我了……”

易尔阳好奇地过去，匆匆浏览了一遍，也不由得微微皱眉，底气不足地安慰他：“会不会是记者乱写？你先跟风萍确认一下吧，别一上来就骂人。”

“风萍根本没有回去。”唐迦南低头按住太阳穴，宿醉让他头疼，“她没有带手机，我没法跟她联系，她现在肯定对我很失望。”

“失望？”

“我答应过她，不让这件事情曝光的……”

“什么事？”易尔阳一时糊涂，眨了两下眼睛，忽然会过意来，“你是指她和前男友这件事啊，如今网络这么发达，你这是给自己出难题……”

“我走了。”唐迦南不再搭理他，转身寻找自己的外套。

“等一下，等等……”易尔阳急忙阻止他，“那件事是真的？”

唐迦南根本不搭理他，径自穿上衣服，到卫生间去准备洗把脸走人。

易尔阳像个跟屁虫一样地跟着他，无法相信般地表达他的惊讶：“我的天，她可是风萍啊，身家资产无法估量，而且相貌出众、韵致动人，有哪个傻蛋会放弃她呢？”

听听这话说得，不明就里的人，没准以为他在讽刺唐迦南呢！

“我的手机呢？”唐迦南抹了一把脸上的水珠，问道。

“手机？”易尔阳一愣，“哦，想起来了，昨晚你喝醉了，我当了你的接线生。”

“谁找过我？”唐迦南立刻问。

“肯定没有风萍。”易尔阳马上打破他的幻想，“但唐诗找过你，她跟我说了你们在纽约的事，她觉得很抱歉。”

“在你的房里吗？”唐迦南不欲多谈，推开他走向房间。

“她当时喝醉了，事后感到非常自责、难过。”

“那事跟她没关系。”

“那事确实和她没关系，但因为你的过错，却让她受到了非常严重的困扰。”

“什么？”唐迦南侧目竖眉。

“她本来只是去酒吧放松一下，喝多了一点儿，根本不算一回事。结果你玩失踪，把大家都给惊动了，这样一来，所有人都知道她在纽约买醉的事，同事们会怎么看她？她在北辰还算个新人，这有损她的形象。”易尔阳为自己的校友考虑得十分周到，“你得帮她挽回一下。”

唐迦南听得微微发愣。

纽约回来之后，他还没进过公司，风萍的事情都还没有搞定，哪有心思去考虑唐诗？这时经由易尔阳的提醒，皱眉道：“她想得也太多了吧，我都没那么想过。”

“她一贯心思细腻，你就当……”

“行了，行了，回头我会处理的。”

易尔阳应了一声，又想绕回刚刚的话题：“风萍那个……”

唐迦南找到了手机，举起来“啪”的一声，直接就把手机贴到他嘴上，皮笑肉不笑道：“对不起，我不接受任何采访！”

易尔阳拍开他的手，骂道：“你这家伙真是没良心啊，伤心了就来找我喝酒，喝醉了就睡在我家，我给你提供沙发、酒精，还有一对海纳百川的耳朵和一张守口如瓶的嘴，可是你却丝毫不懂回报……”

最后一句是对着门板吼的。

唐迦南已经恍若未闻地飘然而去。

因为满身酒气，他得先回家换身衣服。用人见到他都有些怯怯的，陆管家生平第一次遭到她心爱的二少爷如此严厉的斥责，她感觉很委屈，很没面子，尤其当时凌伯正在身边。她一个服务多年的人被骂了，太没面子了，很有理由躲起来伤心了。

唐迦南沐浴换装完毕，推开风萍的房门。一切如昨，床铺略显凌乱，她的粉色睡衣还垂在床沿上，仿佛她人就在更衣室或洗漱间，叫一声就会出来的样子。

他想起前夜的温存，几乎怀疑那是梦。

玫瑰金手机陷在粉色棉被里。

他走过去拿起来一看，有几通未接来电。除了他自己的号码，还有一个陌生来电。耐不住好奇心的驱使，他翻看了手机，里面只存有一个号码，是他的，还有几条信息，也都是他发的。尽管知道她不常使用手机，唐迦南还是略感意外，又有一种幸福在体内炸开。同时他也就更加自责了，因为他没有兑现诺言。他平时也未见得是这么有责任感的一个人，因为对象是风萍，责任感便格外强烈起来。

他驾车去办公室，一路上都在琢磨那个陌生来电。

来电时间是五点十七分，号码挺吉利，很容易记，绝不可能是什么骚扰电话，那会是谁呢？他想拨过去问问，又觉得太失礼了，对方若是“风炳辰”那样的朋友，不免尴尬……

他心情烦躁，一进办公室就吩咐秘书道：“把杨凡叫过来。”

“他今天上午没过来。”

“什么？”

整个上午，没有一件事是顺心的，唐迦南再一次爆发了：“马上都十二点了，他还没来？他在搞什么鬼？”

秘书吓了一大跳。

“给他打电话，让他马上到我办公室来！”

“是！”秘书说着就拿起电话。

“先叫阿九进来。”唐迦南放缓语气道。

“好的。”

稍后，阿九敲门进入办公室。

唐迦南劈头就问：“怎么样？”

阿九答道：“风小姐在时光酒店，整晚都没有离开过。”

意料之中。

他哼了一声，硬邦邦的脸部线条缓和了不少，随手翻了翻办公桌上的文件，忽然换了个话题：“今天的新闻，你看了吗？”

“那个，还没有……”阿九心里略作踌躇，立刻选择说谎。他虽早知陆管家对风萍不敬，但坚决秉持不涉足老板家事的原则。

唐迦南又哼了一声，张嘴准备说些什么，手机忽然振动起来。

他看了一下，立刻接起来问道：“我昨天交代你的事情，办得怎么样了？”

阿九听他的语气，不禁暗自同情杨凡。

但杨凡不知在电话里说了什么，老板的神色随即趋于柔和，点头“嗯”了两声，一边对阿九挥挥手，示意他先出去。

他顿时如蒙大赦般地逃离现场。

话说boss（老板）大人平时吊儿郎当、惹是生非，把他的桀骜不驯留给了家人，荒唐风流留给了媒体，但面对员工时简直温和得过分，大发雷霆的状况甚为罕见，以至于稍微发点儿小火也令下属们战战兢兢。

第二十一章

每个人的生命中都有各式各样的人，
有些人可以用来消磨岁月，
有些人则可以用来珍藏怀念。

DEEP DIVING INTO THE PINK OCEAN

阿九出去后，不敢在方圆三米内逗留，赶紧躲到七楼的员工餐厅。唐迦南秘书安娜紧随其后，很八卦地打听boss大发雷霆的原因。阿九把这两天的事情简单说了。安娜顿时激动起来，瞪圆一双蓝眼珠子，问道："是真的吗？他们都不喜欢她？她被虐待？"

阿九轻嘘，四下看了一眼："这里是公共场所，你讲话注意一点儿。"

安娜压低声音问："她的前男友是谁？做哪一行的？"

"不知道。"阿九开始为自己的一时多嘴感到后悔。

"你说boss会不会和她分手啊？"安娜兴奋地继续八卦，"其实他们订婚这件事从一开始就有些奇怪，你看boss以前的女朋友，没有一个像她这样的，风萍，连名字都挺土。"

"我不这么认为。"阿九忍不住截断她的话，"宋玉有句话叫作'风起于青萍之末'，我想她的名字可能来自这句诗，典雅，又有内涵。”

“宋玉是谁？”安娜一愣。

“一个才子。”

“你似乎对她挺有好感？”

“是，她是一个很有礼貌、很有教养的人。”

“是吗？”安娜显然有点儿出乎意料。

“吃饭吧，汤都快凉了。”

他说完开始埋头吃饭。

午餐时间过了一会儿，餐厅里陆续进来不少员工，周遭尽是窃窃私语。餐厅有两台电视机，后面那台平常不怎么开，今天也不知道是谁把它打开了，噪音立刻增加一倍。

阿九为自己的一时失言而成为八卦传播者，感到深深地懊悔。

他扒拉了几口饭，喝了小半碗汤，就准备起身离开，但是他忽然发现，安娜正抬高下巴，两眼直勾勾盯着电视机。

电视里是一则娱乐新闻，女主持几乎是不带喘气地说道：“先锋传媒就旗下杂志昨日刊登过的一篇文章发表道歉声明，称那篇报道完全是凭空捏造、子虚乌有，对风萍小姐的名誉所造成的不良影响而道歉，并宣布即日起立刻停止出版发行这份周刊，解雇当事记者和责编，主编也已引咎辞职。”

这条新闻一出，餐厅里忽然一片肃静，几乎每个人都盯紧电视机。

阿九立刻起身离开餐厅回总裁办公室。

刚出电梯就看到杨凡匆匆进来，他连忙叫道：“嗨……”

杨凡举手做了个手势，表示稍后再谈，然后敲响了总裁办公室的门，进去汇报情况。然而，他的汇报已经没有意义了。

唐迦南已经从电视里了解了情况，并且陷入到了一种无法言说的情绪里去。

杨凡很明显看出boss大人不对劲，放下资料就出去了，留下唐迦南一个人独自伤感。

风萍这次充分显示了她的实力，一夕之间就把事情解决了。他所做的工作完全多余。唐湛说得没错，她确实和他以前交往过的女人不同，她根本不需要他。在他的天地里，他是一个很有分量的人，可以帮助别人，是个重要的人，可在风萍的世界里，他无足轻重，什么忙也帮不上。他感到很沮丧、失落。他毕竟是个男人，有着男性的自尊心。

同为男人，安悦生也有些失落。

风萍的过去曝光，他的感受比唐迦南更加复杂，更难以言说。那篇文章说风萍半年前还住在白马公寓，还有那家他们以前常去的谭记面馆。他不禁要怀疑她对自己旧情未了，忍不住给她打了电话，虽然她没有接听，但他却忍不住想入非非。

他一整夜翻来覆去，好不容易睡着，结果一觉醒来，事情完全颠覆了。

杂志和报刊道歉停发、编辑记者均被解雇、后续报道胎死腹中。

他松了一口气的同时，居然也有点儿失落。那则报道确实是夸张了一点儿，内容是有点儿失实，但说它完全是子虚乌有，那才真的是子虚乌有。

安悦生闭目略微整理了一下情绪，然后睁开眼睛，看见浮光幻彩的夜景，他将酒杯重重地搁在窗台上，决定出去透透气，放松一下。

时间不到十点，夜生活还没有拉开序幕。

他驱车在街上漫无目的地绕了一大圈，特意绕到偏城郊的樱花街，在白马公寓外面停了好长一会儿。他往日绝不是一个容易伤感的男人，可一旦伤感起来，就像老实人发脾气那样颇具爆发力，而且来势汹汹。

他悲伤得连自己都有些吃惊，好像真的爱她爱得海枯石烂、至死不渝似的。

每个人的生命中都有各式各样的人，有些人可以用来消磨岁月，有些人则可以用来珍藏怀念。曾几何时，风萍不幸成了安悦生消磨时光的那个人，所以总觉得不够完美。如今她终于变成被怀念的那个，她昔日的缺点也就被过滤掉了。

安悦生的大脑就是修图工具，可以把一切棱角分明的记忆羽化。但或许是酒精在起作用也说不定。一个到酒吧买醉的男人，若没有女人让他失魂落魄，简直说不过去。

在喝酒这件事上，他天赋异禀，酒量绝佳，有千杯不倒的美名流传在外，无论是老板、同事还是客户都对他十分钦佩，但有时也挺烦恼的，比如今晚，想大醉一场都极为困难。他很努力地想要灌醉自己，但徒劳无功。回去的路上，又看见了不应该看见的人。

他以为自己眼花，用力眨了一下眼睛再看。

没错，正是风萍。

他想要下车，可是绿灯已开，出租车已经驶了出去，他只能目送她的白衣急速退去，隐没在夜色里。忽然之间，他感到胸口一紧，回忆像一条阴冷的蛇缠绕着他的心，酝酿了一整晚的情绪在这一瞬间到达顶点，他感到一阵强烈的恶心，急忙叫停车子，冲到路旁，翻江倒海般呕吐起来。

暮春时节，气温已经大幅度回升，但凌晨还是稍微有点儿冷。风萍把敞开的白色风衣紧了紧，风衣里是浅蓝色立领衬衫，下穿西裤，走在夜色里，有一种洒脱之美。

她晚上和唐湛共进晚餐，颇有些感慨，又独自去喝了点儿酒。

唐湛的思维真是奇怪，坦言很欣赏她，也很喜欢她，可是却并不希望她成为唐家的儿媳妇，这可真叫人诧异。换成三四个月前，她没准就要想歪了。

毫无疑问，唐湛是一个传奇。

他如有天神眷顾，在最好的年华里，拥有了人们梦寐以求的一切，甚至是他商业联姻的原配也早早去世。当然，这句话是媒体的刻薄，但联系到他日后的风流，倒也不算冤枉了他。在他风华正茂的年月，想必为女人的问题深深困扰。

想到这个，她不由得想起他那个活泼可爱的女助理，倒有好一阵子没有见过她了，貌似小报上说她住在伦敦。咦，伦敦？他最为人诟病的三个私生子不就住在伦敦吗？那三胞胎生得秾艳明俊、秀逸非凡，他们的母亲必定美艳动人。

她思维涣散，想到哪里是哪里，脚下也是无意识地沿着广场花园转圈，也不觉得累。

时光酒店就在广场右侧，但她并不急着回去。

她回想和唐迦南相识以来的种种，起初当然是为了好玩，有个还不算太讨厌的男人追求她，她没有拒绝。那时，她刚刚结束一场漫长的旅行，准备转机飞往伦敦，天气的缘故延误了航班，就干脆决定逗留一阵子。

她在报上看到招聘广告，忆起当年，临时起意抱着好玩的心态去试试看，不料遇到一位不拘一格的个性老板，她被录用了，然后就遇到了唐迦南。

你看，生活有时候就是这样，很多际遇都源于转念之间。原本不太可能有交集的两个人，因为她的一时兴起，走到了一起。她刚体验过一场疲惫的原生态之旅，渴望回归都市，甚至不排斥来点儿情感方面的刺激，唐迦南的出现恰是时候，这就是事情的因果。

有人说，爱情就是正确的时间遇见正确的人。

但唐迦南真的是那个正确的人吗？

他固执又任性，孩子气，绯闻女友多得可以组建足球队。像一切富家子弟那样，有一些被宠坏却又无伤大雅的小毛病，但和他在一起比较轻松，没有压力。他没有刻意迎合过她，即便知道了她的真实身份和昔日恋情，亦没有对她刨根问底，充其量只是露出了一点儿好奇。这或许是因为他的爱还没达到足够的温度，却恰恰是她目前所需要的情感状态。

她已经过了挥霍青春的轻狂年月，不再热衷那种撕心裂肺、死去活来的情感纠葛，那实在太像表演。她已经学会不去在意别人的看法，只专注于内心的平静和安宁，更钟情细水长流式的感情，就像有一首歌里唱的那样，不爱那么多，只爱一点点。

她满足现状，不会因为任何外力离开唐迦南，然而，现状正在改变之中。她于昨天下午离开唐家，今早又爆出两条轰动新闻，可唐迦南居然一点儿动静也没有。她气恼之余，也不禁要赞他沉得住气。

她十分后悔昨日过于负气，竟连手机也没有带出来。

绕着广场的花坛转了三圈之后，她终于决定回酒店给唐迦南打电话。可是，接听电话的人却是一个女人，声音沙沙地问她："哪位？"

风萍一愣，要不是对方的声音极为熟悉，她肯定以为自己打错了。

"是我。"

"哦，是你啊！"唐诗的声音听起来也有些发愣。

"唐迦南呢？叫他来接电话。"

"他睡着了。"

"麻烦你去叫一下。"

"他喝多了，我叫不醒。"

……

风萍无语，感觉心里有一股火气直往上冒，沉默片刻，缓和一下情绪才道："这个时候，和别人的未婚夫在一起喝酒，好像不太道德吧？"

唐诗对此论调很不以为然，反问道："难道一个人订了婚，就没有和朋友喝酒、聊天的资格了吗？"

……

风萍再次无语。

"唐小姐，你或许作风开放、为人大度，但我不是。我不喜欢我的未婚夫半夜三更和别的女人在一起喝酒。"

"那我只能表示遗憾了。"唐诗飞快地打断她，并且飞快地挂断了电话。

风萍目瞪口呆，不明白自己最近为何频频遭遇这种无礼的人。

她在房间来回走了片刻，然后拿起电话拨给易尔阳，把事情简单地说了一下。易尔阳睡得香甜，突然被人吵醒本是不太高兴的，但听到这等刺激的八卦，也不由得精神大振。

“他们没搞出什么事吧？”

风萍无语。

易尔阳在电话里“哼”了两声，忽然改变态度，安慰起她来：“你放心，阿南的酒品很好，喝醉了就是睡觉，决不会……”

“你到底睡醒了没有？”风萍打断他。

“呃……醒了……”

“我需要你把唐迦南带到时光酒店。”

“啊？”

“你是最合适的人选。”

“这个……”

“我的要求太过分，令你为难了？”

“不，不为难。”

“那么麻烦你了。”

“好吧，我稍后回你电话。”

易尔阳挂掉电话，把那头柔顺的长发掠到耳后，拧着眉头想了想，开始拨打唐诗的电话，得到的回复是关机，转拨唐迦南的手机，也关机。

他又翻了翻手机通信录，没有找到唐诗的宅电，忍不住倒床呻吟。无奈之下，他只好爬起来，穿上外套，亲自往她的住所跑一趟了。

等他开了将近半个钟头的车赶到唐诗的住所，很抓狂地发现她根本就不在家。然后又把电话打到两三家常去的酒吧，查询晚上唐二少有没有大驾光临，得到的回复也是没有。

这真的很让人抓狂啊！

他估计告诉风萍的话，风萍也得崩溃。

但他还是将真实情况转述给她，表示遗憾：“找不到他们。”

“那就算了吧。”风萍的语气出乎意料的冷静，“吵了你的睡眠，我很抱歉。”

“你没事吧？”面对她忽然的客气，易尔阳有点儿不习惯。

“我很生气。”

“呃……”她如此直接，易尔阳也有点儿不习惯，“我估计他们俩在一起，可能是因为上次在纽约，唐诗喝醉的事……”

“是吗，原来他们在纽约就已经醉生梦死了。”风萍接过他的话茬，冷笑道，“我说他怎么无缘无故地玩失踪，半夜三更跑出去喝酒，原来是这样。”

“你别误会，我不是这个意思，”易尔阳急了，自己这不是在帮倒忙了，怎么越描越黑了，“我的意思是……”

“你不用安慰我了，早点儿回去休息吧。”风萍谢绝他的好意。

“我没有安慰你，我不清楚纽约发生了什么事，但我相信阿南，我觉得他们俩没什么。”

“我要休息了，尔阳。”风萍此刻委实无心交谈，“谢谢你跑这一趟！”

“喂……”

易尔阳见她已经挂断电话，唯有无奈叹息，一边驱车回家，一边拨打唐迦南的手机，给他语音留言。

被夜晚的冷风一吹，他回到家后，再没有丝毫睡意，眼看客厅的笔记本电脑开着，干脆坐下来，上网浏览时尚界的新闻。

孰料时尚网站的头条，居然也是风萍和唐迦南这一对。

风萍前几日因出席Jennifer服装秀，成为焦点人物，近日她又爆出新闻，频频上报，惹得舆论哗然，各种猜测议论纷纷出炉，网友们分析得有板有眼，看得易尔阳也几乎信服。

论坛有网友自称是知情人，发帖表示要继续披露风萍的过去，声称自己手上有一组照片为证，惹得网友们热情高涨，他却一直没有出示证据。有人跟帖质疑他就是那名被解雇的记者，但没有得到回应。另外还有几条不着边际的八卦，完全没有技术含量，易尔阳略扫一眼就关掉网页，去工作室忙活了。

他原是建筑学的高才生，从事设计乃是半路出家。他的艺术天赋完全得益于他的设计师母亲，继承母亲的事业之后，他将建筑风格代入设计领域，取得不小的成功，便一发不可收拾。他那节俭吝啬的作风，使很多人误以为他出自寒门，实际上他的家世挺好，只是天性爱财。此外，他还很敬业，可以不眠不休连续工作三十八个小时。

翌日中午，当他接到唐迦南的电话时，他已经工作了七个半小时，但依旧神采奕奕，气势十足地吼道："你这个死鬼！昨晚死到哪里去了？"

听听这语气，十足的情人式责问。

唐迦南却早已习以为常。

他宿醉刚醒，摁着太阳穴答道："当然是在家，还能在哪里？"

易尔阳大惊："什么？！你昨晚在家？"

他昨晚想了好几个地方，唯独没有想到他居然是在自己家里喝酒。这也实在是惯性思维，一提到喝酒，第一想到声色场所，谁没事一个人在家喝闷酒呢？他不知道，唐迦南昨日第一次感到男性自尊受创，个中滋味不便对外人道，所以才一个人在家喝闷酒。

"废话！"唐迦南对他的语气感到很不耐烦，奈何嗓子嘶哑，发不出气势，"你到底有什么事？"

"我没事，有事的人是你。"

"有话快说，蠢货！我马上要去公司，晚上还有一个酒会。我要疯了，我的头好疼啊！"唐迦南痛苦地哼起来。

"我问你，"易尔阳拿出一副严刑拷打的态度，丝毫不同情他，"你昨天晚上和谁在一起喝酒？"

"我一个人。"

“真的？”易尔阳微微一愣。

“我得去公司了……”唐迦南不想跟他废话下去了。

“等一下！”易尔阳连忙阻止他，换了一种疑问语气，“你昨晚没跟唐诗在一起吗？”

唐迦南一怔：“没有啊，她出什么事了吗？”

易尔阳本来是很明白的，准备把他好好地训斥一顿，结果反被他给搞迷糊了。

“既然你们没在一起，那么风萍打你手机，为什么是唐诗接的电话？”

“风萍打电话给我？”唐迦南又吃了一惊。

“她是这样告诉我的。她打电话给你，接电话的却是唐诗。”

“有这种事？”

“废话！”易尔阳回敬他自己的口头禅。

“你等一下。”

唐迦南挂断电话，从沙发上跳起来，噔噔噔跑下楼去了。

他的头也不疼了，一下子就生龙活虎起来，扯开嗓子叫道：“陆管家！陆管家？”

陆妈赶紧从厨房出来，应道：“迦南，您……”

唐迦南立刻问道：“昨晚有人来过家里吗？”

陆妈点头道：“是的，唐诗小姐来过。呃，她来得有点儿晚，好像还喝了点儿酒，一定要见您，我只好让她上去了。”

她一边说，一边注视唐迦南的脸色。这孩子虽然是她一手带大的，但她也不是很了解他的性格。他是唐家第二个难捉摸的人，第一个是唐湛。

唐迦南看着她沉默半晌，终于道：“陆管家，你以前认识她吗？”

“不认识。”

“你了解她吗？”

“不太了解。”

“那你怎么能随便就让人上楼，进入我的卧室呢？”

“对不起，她说你们是好朋友，我……”陆妈开始为自己的行为解释，因为风萍的事，唐迦南对她很不满，她连话也说得没有平时那么利索了。

“我本来是不让她进来的，可是，她站在外面一直没有走。当时确实太晚了，我看她一个女孩子，又好像喝多了，所以才让她进来坐一坐，给她喝点儿茶水醒酒。”

这个解释无可挑剔。唐诗作为他的朋友，无论何时前来拜访，绝对应该得到很好的招待。陆妈代他尽到了主人的责任，他完全没有理由责怪她，更不应该对她发火。

唐迦南无奈，只得保持沉默。

陆妈又补充道：“她只待了一会儿就走了，大约二十分钟，然后就离开了。”

唐迦南哼了一声：“她有什么事吗？”

陆妈毕恭毕敬答道：“她说，上个礼拜在纽约发生了一些事情，她有一些话，必须当面跟您谈谈，所以我才……”

“以后不要随便让人到楼上去。” 唐迦南打断她。

“是，我知道了。”陆妈连忙点头。

“准备开饭吧！”唐迦南语气生硬地吩咐一句，立刻转身上楼。

陆妈于是走进厨房，张罗着开饭。

唐迦南上楼拨电话给易尔阳，把自己这边的情况说了一下。

易尔阳也把他昨晚知道的情况重述一遍，着重强调风萍很生气，后果很严重。

唐迦南于是根据易尔阳提供的电话号码赶紧拨过去，准备向风萍解释这个误会，谁知得到的消息竟是：风小姐已于上午十点飞往巴黎。

他赶紧问：什么时候回来？

对方答：不清楚。

第二十二章

○ ● ○

有人会在原地等你。

DEEP DIVING INTO THE PINK OCEAN

这个打击有点儿严重，唐迦南的情绪转变得有点儿大，直接导致他整个下午都没精打采、闷闷不乐的，无心工作，坐在电脑前瞎磨蹭。

网上开始流传小道消息，称他们的感情出现裂痕，风萍已经搭乘飞往巴黎的航班。与她同行的人，正是与她关系一度非常暧昧的方君浩。网友们都觉得事态演变得越来越狗血了，还有些人大胆猜测，认为风萍的一系列新闻是有人在幕后操作，她没准要向演艺圈发展。

如此种种，看得唐迦南啼笑皆非。

快到下班的时候，唐诗忽然打电话到办公室来，约他晚上一起吃饭。

唐迦南也很想找机会和她彻底谈一谈，奈何晚上有个不得不去的酒会，只好婉拒，改约到明天。

他们俩都没有提到昨天晚上的事。

唐诗不提，他也只好装作不知道，而且他当时确实是什么都不知道。再则他也不愿令她太尴尬，反正说什么都已于事无补。

晚上，他实在提不起应酬的兴致，干脆带了杨凡一起去酒会，由他独当一面，自己则负责做个花瓶，端着酒杯一一对众人颔首微笑。

即便如此，他依旧笑得嘴角发酸。偏有一个没有眼色的小明星，也不知是谁带来的，扑闪着一双天真的大眼睛对着他传风递月，讲话一口的娇声嗲气，谈话内容则完全是哪壶不开提哪壶，表示自己完全是因为仰慕风萍才来的酒会，结果却……她眨巴着眼睛，非常夸张地耸肩摇头，表现出非常大的遗憾，好像她才是酒会的主办人，而风萍则是那个因故缺席的首要贵宾。

唐迦南淡淡地讽刺了她一下："黄小姐，你是喜剧演员吗？"

她立刻瞪圆眼睛，娇嗔道："当然不是啦！不过上次我有碰到星爷哦，他有提到一部正在筹拍的喜剧电影，还询问我的档期呢，咯咯……"

唐迦南一脸诚恳地看着她，道："你很适合演喜剧，肯定能大红大紫。"

"真的吗？那就承您吉言了，咯咯……"

……

唐迦南觉得很无语，只好转移视线，寻找脱身机会。黄小姐一时之间似乎也找不到话说，于是又开始表达她新一轮的遗憾："哎呀，唐先生你怎么可以不带风小姐来嘛！真是的，还以为今天能有幸见到她呢！"

言下之意不胜惋惜，但唐迦南完全没有搭腔的意思，连笑容都有些欠奉。但神奇的是，她丝毫没有察觉，还因为唐迦南"赞"了她两句就开始口不择言，问了一个比较敏感的问题："前两天报上登的新闻是真的吗？"

……

唐迦南真的败给她了，无言以对。

"不好意思啊，我只是有点儿好奇。"

“没关系。”唐迦南忽然微笑起来，神情有如春风拂面一样的柔和，非常绅士地含笑道，“黄小姐，我要更正一下我刚才的话，可能会冒犯到你，请你原谅。”

“啊，是什么？”黄小姐立刻又睁圆了她那双天真无邪的眼睛。

“你不太适合演喜剧。”

“人家本来就不演喜剧的嘛！”黄小姐娇羞起来。

“相比演员这个职业，我觉得狗仔队更适合你。”

黄小姐面带娇笑，稍等片刻才会过意来，笑容就僵在了脸上。唐迦南已经端着酒杯跟别人打招呼去了。黄小姐惹来一通羞辱，整晚上都蔫了，老老实实地待在自己的位置上，直到晚会结束。

然而自此，唐迦南在女人圈中的绅士口碑便有了缺口。

当晚，他从酒会上回家，照旧是要失眠的。

最近发生了一连串的事，每一件都不让人省心。他刚和风萍有了更亲密的关系，就乐极生悲地起了变故……记者也就罢了，就连陆管家和唐诗都要跑来插上一脚……怎一个乱字了得！他的大脑里一团乱麻，千头万绪，剪不断，理还乱，哪里又能睡得着觉呢？昨夜借助酒精入眠，结果却因酒误事，错过了风萍的电话。

这都叫什么事啊？！

唐迦南想到这个，忍不住又想摸酒杯了。

目前的当务之急，自然是跟风萍澄清昨夜的误会。尽管要处理的事情确实很多，但最令他焦虑的还是感情。因为有了感情，才会感到困扰，感到烦恼，这次的事情帮他认清了一个事实，就是风萍对他的生活已经产生了重要的影响，她不再是一个无关紧要的人，一个解不解释都无所谓的人。所以，他必须把昨晚的事情解释清楚，不能让她有所误会。

可是，她飞去了巴黎，又没有她的联系方式，怎么办呢？

唐迦南躺在床上，瞪着天花板琢磨了老半天，又老半天……翻来覆去……无限纠结……忽然又想到了风萍的那个前男友……

说不好奇，那绝对是骗人的。

他从枕边摸到风萍的手机，翻到那个号码，已经熟记的一组数字。或许他应该找人查查这个号码？要是没什么问题的话，也省得他一天到晚地惦记着它。

嗯，就这么办！

唐迦南打定主意，心情就放松了一些，睡意也就渐渐地爬了上来。

这一觉睡到第二日中午。

当他起床洗漱完毕，穿着一身纯白的睡衣服走下楼梯时，赫然发现家里来了一位非常尊贵的客人——他的奶奶唐老太太。

她打扮得雍容华贵，像一尊佛像一样端坐在餐桌旁。她旁边坐着唐铭瑄，照样打扮得光彩照人。

她们正在用餐，而且是一顿大餐，只有陆管家一个人在旁边伺候显得有些不够。但确实只有她一个人毕恭毕敬地站在一旁待命。

唐迦南看到她们，忽然想起今天是礼拜六，按照惯例，他应该去老宅参加家庭聚会，没想到她们竟主动上门来了。

他惊讶之余，不禁失笑道："奶奶，你的厨师生病了吗？"

唐老太太正在咀嚼食物，没有说话，只是抬起眼看了他一眼。

唐铭瑄仰头，似笑非笑地打招呼："早啊，二哥。"

唐迦南对她眨眨眼，厚着脸皮道："不早了。"

说着就走过来，很自觉地拉开椅子坐下来，扫视一下桌子上的菜肴，然后就近夹了一块鱼，放到唐老太太面前的碟子里，讨好她："这是陆管家最拿手的菜，您有好几年没吃到了吧？"

"是啊，我确实有好几年没吃到她做的菜了。"唐老太太轻轻放下筷子，慢悠悠地开口了，语气竟出乎意料的温和。

唐迦南搞不清楚她的来意，只管拍马屁道："那您赶紧尝尝。"

"我刚才已经尝过了。"唐老太太淡淡地打断他。

“好吃吗？”唐迦南一脸献媚地问道。

“口味，似乎比以前重了不少，酱油和辣椒粉都放得有点儿多了。”唐老太太一字一句，慢吞吞地，听起来似乎意味深长。沉默片刻，她忽然又笑了一下，调转语气道：“或许是我老了，口味不同以前了。”

陆妈的脸上始终带着笑，只是略有些僵硬。

唐迦南听到这儿，总算听出点儿味道来了，敢情她是冲着陆管家来的。

他刚动这念头，唐老太太忽然话锋一转，口气严肃起来：“我看报上说，风萍搬出去，住到酒店去了，这到底是怎么回事？”

“呃，她经常住时光酒店的。”唐迦南说着忍不住瞪了一眼陆管家，若非念在她在唐家多年的情分上，他就要发飙赶人了。

“是吗？”

“是啊，时光酒店是她家的产业，她住那儿，就像是回家一样。”

“这是什么意思？”唐铭瑄嘴里含着一口菜，来不及咽下去就问道，“什么叫时光酒店是她家的产业？”

唐老太太尽管早就知道了风萍的身份，但毕竟知道得太笼统了，没有一个具体的概念，猛然听到这话也暗自吃惊，但她阅历深厚、见多识广，不像唐铭瑄这样表露出来。

面对疑问，唐迦南就把风萍曾经告诉给他的复述一遍，道：“时光酒店原是风家的产业，后来方伯韬的女儿方君怡出生，风家就把它当作贺礼送给了方家。”

此言一出，室内一片静默。

好一会儿，唐铭瑄才发出一声轻呼：“天啊！”

陆妈站在唐老太太身后，起先还没反应过来，这时候总算有点儿明白了，一双眼珠子差点儿没瞪得脱框。

时光酒店啊，世界顶级的酒店，资产雄厚，亚洲酒店业的霸主。哪个神人这么大的手笔，随便送人，太慷慨了！实在太慷慨了！！

她完全不能够想象。风萍看上去那么土，品味那么差，怎么会……

天啊，她实在无法想象！

她完全被惊呆了，连唐迦南问她要果汁的声音也没听到。

唐迦南不得不举高杯子，提高声音叫道："陆管家！"

她这才魂魄归位，连忙绕过来朝唐迦南的杯里倒饮料。

唐老太太也从震惊中恢复过来，低低地咳嗽两声，继续刚才的话题："咱们唐家也是有身份，有地位的，现在外面说风萍在我们家受到虐待，这到底是怎么回事？"语气已经严厉起来。

陆管家连忙道："对不起，这件事是我……"

唐老太太顿时把脸一沉，喝道："我是在跟你说话吗？"

陆管家立刻噤声。

唐老太太的语气越发严厉："真是一点儿规矩都没有，没大没小没上没下的，成何体统？是不是以为搬出来，就没人管得了你们了啊？"

室内格外安静。

唐老太太终于看向了陆管家："陆妈，我让你来这儿，是照顾阿南的生活，不是叫你来做他的感情顾问的。你不要以为他小时候跟了你几年，就真的把他当作自己的儿子，他姓唐，不姓陆。他和谁订婚，娶什么样的女孩子，那是连我和他爸都管不着的事情。"

陆管家一言不发，一张老脸直红到耳根脖子。

唐迦南只顾埋头进食。他既然知道了奶奶的来意，自然是开怀猛吃。这两天他除了酒水，没吃什么东西，这会儿正饿着呢。

实际上，陆管家在跟着他搬出老宅的这几年，确实有些不太像话，只因她在唐家服务多年，而且上了年纪，他拉不下面子，由唐老太太来说最合适，分量最足。

陆管家这么一把年纪了，在唐家服务大半辈子了，被主子这样严厉地批评，还是生平第一次，真恨不得有个地缝好钻进去，一张老脸烧得没地方放。

她这一生见识过形形色色的人，自命早已练就一双火眼金睛，没料到这一回在风萍身上栽了跟头，眼睛长到股沟里去了。

简直是……

天啦！这种心情实在是无以言表。

唐老太太后来还说了什么，她压根没有听进去，大脑已经完全蒙了，甚至连唐老太太什么时候走的，都浑浑噩噩地记不清楚。

整个下午，她都在努力消化唐迦南饭桌上的那句话，不可思议，太不可思议了！完全超出了她的理解范围，彻底颠覆了她几十年来的人生观。

人生啊，它就是一场狗血的意外！

毋庸置疑，唐诗对这句话甚为赞同。

尤其是当她联想到纽约发生的一系列事情，真的太狗血、太意外了！

从纽约回来的这几天，她的心情和唐迦南一样复杂，甚至比唐迦南还要复杂。

因为她是女性，女性的心思往往更细腻、更敏感，想的东西也更多，而她，偏偏又是女性当中比较杰出的……

可想而知，她有多么混乱、多么懊丧了。

她很焦虑，食不知味，睡不安稳，急于要和唐迦南见面谈一谈。

几乎每个人都把唐迦南的失踪看成一件有惊无险的事，但她不这么看。

她以为唐迦南是追着她出去的，所以他才连睡袍都没有换，钱包也没有拿。

这是完全有可能的，试想一下，当她怒气冲冲地挂断电话，半夜三更跑出去喝酒，他很可能在稍做思考之后，前来阻止她——当年他就是这样做的，所以她的推理是有根据的。他的狂放傲慢只是一种伪装，内心是个善良温和的人，不可能对自己喜欢过的女人太过绝情。既然他很困了，为什么还要去酒吧呢？而且连钱包都不带？

很显然，他去酒吧是临时起意，十有八九是为了去找她！

这是她的推论。

虽然很有一些自以为是的意淫，可除此之外，她想不出其他的更合理的解释。况且，他本人对那晚的事缄口不谈，也使她误以为他不好意思说。

她对自己在纽约喝醉一事感到非常惭愧和内疚。人生处处充满意外，谁能想到那家酒店会发生命案，惊动了那么多人，唐湛都亲自飞到了纽约。

她当时在哪里呢？

喝得酩酊大醉，不省人事，直到第二天中午才知道发生了什么事，甚至她的手机都被人打到自动关机，可想而知，有多少人找她，可是她却……

天啊，她在干什么啊？！

真是太失态！太不专业！太太丢人了！

虽说这件事最终不过虚惊一场，但在回来的飞机上，她沮丧羞愧得连杨凡都不知道如何安慰她，无论说什么都显得太虚伪了。她纵横职场多年，从来没有做出如此蠢事，并一向以理智冷静为荣，发生这种事，简直无法原谅自己。

从纽约一回来，她便急于跟唐迦南面谈一下，却不料他接连两晚都喝得烂醉如泥，害得她忍不住又想歪了，毕竟当年只有她才能令他大醉。

从另一方面来说，她作为一名职业女性，亦没有关注娱乐绯闻的习惯，而且从纽约回来之后，有不少工作要处理，偶尔得一点儿闲，便忍不住懊丧自己所做的蠢事，哪里有心情去关注八卦信息呢？

她根本就不知道这两天发生了什么，所以当她面对唐迦南的时候，看到他那副颓废、疲倦的样子，心里竟有些感动，她以为是自己令他失魂落魄。

“你的脸色看起来不是太好，昨天晚上没有睡好吗？”

“是吗？”唐迦南笑了笑，伸手摸着下巴道，“可能是我今天没有刮胡子吧。”

“你这两天一直都醉醺醺，有心事吗？”

“你知道的，我的酒量一向都不好，喝点儿就醉。”

“我还以为你这几年总会有些长进呢？”

“我在喝酒这件事上缺乏天分。”唐迦南笑了起来，开玩笑道，“你把我叫出来，不会是为了检测我的酒量吧？”

“当然不是。”唐诗神态略窘，低头喝了一口水，才道，“我叫你出来，是为了上个礼拜的事……我真的非常抱歉，我……”

她停顿下来，不知道怎么样来鞭笞自己，她一想起那件事，就觉得不能原谅自己。

唐迦南因为有易尔阳之前的提醒，当下安慰她道：“那是一个意外，跟你没关系，没有人会因此怪你，你不要想得太多了。”

“我怎么能不想呢？跟着老板去出差，却喝得烂醉，把大家的电话都置之不理。天啊！我长这么大，从来没有出过这种糗事。”

“都是我的错，如果我不出去喝酒，就不会这样了。”

“那你为什么要出去喝酒？”唐诗抓住机会，突如其来地发问。

“呃……”唐迦南微微一愣。

“那天晚上，你不是说自己很累了，想要休息吗？为什么后来又一个人跑出去喝酒呢？”唐诗目光灼灼地盯着他的眼睛。

“那是因为……”唐迦南避开她的视线，不打算告诉她实话，“因为当时出了一点儿小意外，我不得不出去。”

“是吗？”唐诗见他闪烁其词，越发笃定自己的推论。

“出了什么意外，你居然连外套也不穿，钱包都不带就跑到酒吧去喝酒？我认识的唐迦南从来不会这样。”

“……”

“怎么不说话？”

“抱歉，我不准备告诉你！”唐迦南拒绝她。

唐诗虽然遭到了拒绝，但没有生气，心里反而滋生了一丝愉快的感觉。

唐迦南再次抱歉：“对不起。”

“没关系。”她一改之前的懊丧，微笑起来，一张略显苍白的脸也渐生红晕，“你不说，我也能猜到。”

“你绝对猜不到的。”

那是一件连他做梦都梦不到的事情，她怎么可能猜到呢？

唐迦南笑着摇头，然后又安慰她几句，好打消她的心理负担：“你去喝酒是很正常的事，那属于你的私人时间，你完全可以自由安排，做任何你想做的事，不需要对任何人解释。作为你的老板，我绝对不会因为这件事而看轻你的能力，所以不要再去想那件事了。”

“可我并没有将自己当作你的员工，”唐诗不领他的情，“我是站在一个朋友立场上考虑……”

“当然，你一直都是我的好朋友。”

唐迦南因为易尔阳之前的提醒，以为她是担心自己在公司的形象，忽然听她这样说，有点儿出乎意料，说完便端起水杯喝了两口稍作掩饰。

但是，唐诗下面的话让他差点儿喷水。

“你一直恨我，对吗？”

“我为什么要恨你？”唐迦南放下杯子，反问。

“那一年，我拒绝跟你去拉斯维加斯结婚，伤了你的自尊心。”

唐迦南听她忽然提起那段年少轻狂事甚为尴尬，握拳连声干咳抗议：“我的天！这都是什么猴年马月的事了，提它干什么？”

唐诗一本正经道：“因为那是第一次有人向我求婚，所以我记得非常清楚。”

唐迦南窘迫得无话可说。

“女孩子都是这样的，就算她未必喜欢那个男人，但一定会记得那件事……”

“是吗？”唐迦南故作轻快，顺口接道，“男孩子恰好相反，他们通常比女生晚熟，青春期也特别容易冲动，一切都还没有定性。”

“你也是这样？”

“当然。”

唐诗的脸色微变：“你的意思是，当初只是一时冲动。”

唐迦南略作踌躇，道：“我这样说或许令你不快，但确实如此！”

唐诗噎住了，一脸尴尬表情，“我不敢相信，你这样说？”

唐迦南不由得苦笑：“唐诗，你还是不太了解我，在我将近三十年的人生里有绝大部分的事情，都是因为一时冲动才去做的，但是因为我有钱，我可以为我的冲动买单，所以没有产生什么严重的后果。那时的我就像大家以为的那样，自私、任性，没什么真心朋友，身边的人都格外纵容我，他们一边和我鬼混，一边在背后叫我傻瓜、蠢蛋……”

“原来你知道？”唐诗略显惊讶。

“当然，我并不是真的傻瓜，他们在背后是怎么议论我的，我都知道。”

“那你为什么还和他们一起玩？”

“因为我需要有那么一群人。”唐迦南自嘲地笑起来，“实际上，我的整个青春期都只有一个想法，就是如何花光我父亲的钱。挺幼稚的吧，呵呵！但我当时就是那么想的，直到后来遇见你和尔阳。”

“是吗？”唐诗冷冷地笑道，“你确定这不是你的又一次冲动？”

“拜托，我道歉还不行嘛？”唐迦南立刻举手投降，“我刚刚那样说，是因为我现在身处四年后的位置，回过头去望，有些事确实很幼稚。”

唐诗冷笑不语。

唐迦南恭维她：“但是你很理智，阻止了错误的事情发生，你比我们都冷静，而且善于思考。”

唐诗还是不说话。

他继续自行发挥，没话找话地做了个假设，自我解嘲道：“不过，如果你当时答应的话，我们也许就不是今天这样了。我这个人或许坏了一点儿，但还没有坏到家。你说是吧？”

沉默片刻，没有得到回应之后，唐迦南也忍不住发飙了：“拜托，唐诗，你没办法让时光倒流。现在的情况不同了，我的生命在向前流淌，那里面没有你，当初需要的某些成分，沿途已经得到补充，不再需要了……”

唐诗终于转过头来看着他的眼睛，脸上出奇地浮起了笑容。

“你补充进去的成分就是风萍吗？”

唐迦南微怔，沉吟片刻才道：“不全是因为她，还有其他东西，生活里有很多东西都会让人成长……”顿一顿又道，“她是一部分。”

“她教会了你什么？”

“我说不出来，但我愿意家里有她这么一个人，和她在一起很轻松。她不会借我宣传自己，不会有事没事就给我打电话、发信息，黏得人几乎发馊，当然她更加不稀罕我的钱。”

“世上竟然还有这么清高的女人？真是稀有。”

“确实比较少见。我说了你肯定不相信，她之前甚至都不用手机的。”

“是吗？”唐诗不大以为然，绵里藏针地问道，“她的交际能力没有问题吧？”

“当然没问题，你怎么能这样问？”唐迦南有些怪嗔地看了她一眼，“她很聪明，有时看问题比我透彻，她给人的感觉就像是，嗯，介于冷静和热情之间。”

唐诗看他脸上的表情，再听他那语气，内心忽然一片冰凉。

她觉得自己实在愚蠢可笑，同时还有一股无名火。

唐迦南丝毫没有察觉，还在喋喋不休：“她根本不像外界说的那样，是什么一贫如洗的灰姑娘，她是一个真正……”

“行了！”唐诗听得十分刺耳，忍不住打断他道，“你何不直接就说你爱她呢？”

她的声音较往日略显尖锐，语气中隐含不悦。

可是唐迦南不知道是堵塞了哪根筋，依然没有发觉她的情绪变化。

他垂头抿嘴，长睫毛微微轻颤，脸上露出一种疑似羞涩的表情。

看得唐诗凉气、火气一起冒：“你居然跟我说这些话？难道我是个毫无感觉的人？”

“我当你是好朋友嘛。”

“你这是报复！”

“明明是你在无理取闹，”唐迦南忍不住笑出来，“难道你这次回来是因为忽然发现忘不了我？而且还是在我订婚之后？”

“哧，”唐诗嗤之以鼻，“你以为是在演戏吗？My best friend's wedding（我最好朋友的婚礼）？”沉默一下，又追加一句，“你还真不是一般的自恋。”

“你又不是第一天认识我。”唐迦南笑。

“这饭没法吃了。”

“呵呵……”

“你爱她什么？”

“我没想过，大概是因为她长得好看吧。”说着自己先笑起来。

唐诗对这种肤浅的回答无言以对。

沉默半晌，她忽然道：“如果，我是说如果啊，我真是因为忘不了你才回来的呢？”

“那是你个人的事，我不想过问。”

“你怎么变得这么冷血？”

“我也是这样过来的啊，当年你和朋友到夏威夷度假，可有安慰过我？”

“这么说我们扯平了。”

“得了吧，唐诗，你根本不伤心，别再耍我玩了。”唐迦南忍不住想要拆穿她。

“这句话听着可真顺耳。”

“我擅长恭维，工于献媚，如果你想听的话，我可以讲一箩筐。”唐迦南微笑道。

“你在做慈善事业吗？”唐诗说完，脸上终于也带出一丝笑意。

唐迦南暗自松了一口气，一丝疲倦涌上心头，连骨头都懒散起来，提不起精神。

他不再爱她了，便连应付她的心情也有些欠奉。

唐诗也颇受打击，胃口全无，当晚的晚餐便草草结束，各自分道扬镳。

她的归来虽说是应唐湛之邀，但某种程度上亦恰好切合了她近年来的新认识，即一个女人不论她何等优秀，终归还是要获得某个男人的认同来成全她人生的完整。她游走在这种隐隐的威胁里，渴望一场更长远的安宁。

所以，她回来了，然而却没有得到她想要的东西。

有些事情过去了，真的没有办法回头，像那句庸俗的老话：没有人会在原地等你。如今她的爱恨已经左右不了唐迦南。

她无限遗憾地叹了一口气，然后拿出手机拨电话给唐湛。

第二十三章

我们不能因为别人曾经失败过，
就放弃自己成功的机会。

DEEP DIVING INTO THE PINK OCEAN

网络时代是一个全民参与的充满娱乐性的时代。

上周最热的八卦女主角自然非风萍莫属了，凡是有关她的内容，点击量都很高，尤其是关于她前男友的帖子。但让网友们大感失望的是——那个声称握有神秘照片的知情人再也没有出现过。

唐迦南猜不到那个人，唐铭瑄却已经猜到了。

在和风萍有限的几次见面里，她见过安悦生，调查风萍的时候，也有资料显示他们有联系。但仅凭这个，是不能确定他们是一定有旧情的，只是源于女性的敏感，觉得可能是他。

周六中午和唐迦南吃饭的时候，她有股八卦的冲动，很想把这个情报贡献出来，但她和自己的意志角逐了半天，还是决定保持缄默。经过最近的一系列事情，她已经略知谨慎，尤其是关于风萍的事，实在不是她能随便议论的。

两天后，她为自己的谨慎感到庆幸。

因为网上又出现了一篇热文，内容是转载自国外最新一期名流杂志的图片，图片上的人毋庸置疑，就是风萍了。文章由安德鲁亲自撰写，借着Jennifer的服装秀为引子，对她进行的一个专访，标题是《与女神对话》。

专访内容暂且不提，就冲这标题，已经把那些各抒高见的网友给镇住了，一时间怎么也没反应过来，缓过气后便有人怀疑是捏造。

周新竹可算这群人的杰出代表。

她不能相信。

她就像个被宠坏的小公主，只愿意相信自己小小城堡里的事情，不能接受有人比她更强，哪怕事实摆在眼前，她也拒绝承认。

在先锋传媒公开道歉之后，她气急败坏，让那个记者利用网络力量来达到目的。

然而，那个可怜的记者刚刚准备发文，电脑就被人给黑了，里面的所有文件全部消失。不但如此，当他第二天早晨醒来，发现房子的空间忽然大了很多。

他的手机、电脑、照相机、光盘、录音带等一切和工作相关的东西全都不翼而飞。

这一切超出了他的常识范畴。

这离奇荒诞的事件让他的神经一直紧绷着，夜不能寐，食不下咽，彻底失去了八卦别人的兴趣，一直生活在恐惧之中。到后来真的有点儿精神恍惚，需要看心理医生了。不过在他有限的狗仔生涯里，随意捏造绯闻，撒了无数谎言，连心理医生都有些不待见他。

周新竹联系不上他，又迟迟不见他的下一步动作，以为他拿了钱不做事，既愤怒又无可奈何。

风萍在巴黎陪着方君浩到处应酬了两天，已经老大不耐烦了，躺在床上哪里也不愿意去了。电视里正在重播一档超自然现象的节目，搜罗了一些科学解释不了的事，渲染得神乎其神，她看是为打发时间，却也看得半信半疑。

方君浩忍不住建议她回去：“你哪里是来散心的，干脆回去算了。”

风萍盯着电视根本不理他，过了半晌，问道：“那件事处理得怎么样了？”

方君浩一边在电脑上忙活，一边心不在焉地答道：“哦，那个啊，处理得就像处女一样纯白干净，据说那小子吓得灵魂出窍，可怜的……”

“唐迦南这几天有什么情况吗？”

“他和唐诗见过面……”

“他们都谈了些什么？”风萍对此十分敏感，立刻转移注意力。

“这是他人隐私，我的大小姐。”方君浩皱眉，“你想知道，为什么不自己去问他呢？我相信他一定对你知无不言。”

……

“我今天还要参加一个聚会，没时间陪你一起无聊。你想要知道什么，就自己打电话给他，听懂了吗？”

“你的生活可真够糜烂的。”

“随你怎么说，我要出门了。”方君浩起身整理仪容，扯扯衣服。

“喂……”

“别告诉我你不会打国际长途，要我帮你拨号吗？”

“嗯……好吧……”

“OK，我帮你。”他说着走到电话跟前，一屁股坐到桌子上，打开免提开始拨号。唐迦南的电话号码十分易记。他拨号完毕，歪头对风萍道，“好了，你自己来说吧。”

“谢谢，你可以走了。”风萍从床上坐起身来。

……

方君浩摊开手掌，翻白眼，摇头，表示无语，然后才将屁股挪下桌子，走向门口。

电话里传来了唐迦南充满磁性的男低音：“你好，我是唐迦南，我现在不方便接听你的电话，如果你是风萍，我要郑重声明那晚的事是一个误会，请给我解释的机会，如果你不是，请留言……”

“My god!”方君浩原本已经握住了门把，听见唐迦南的语音留言，忍不住停下来大笑道，“真亏他想得出来，哈哈哈！”

风萍怔了一下，赶紧伸手按掉免提，道：“你可以走了！”

方君浩大笑完毕，又表示了钦佩：“上帝，我可没脸设置这样的语音，他真是天才！”他咧着嘴巴朝风萍竖起大拇指，然后大笑着出门去。

风萍盘腿坐在床上，石雕般静默了好一会儿，最后也终于忍不住笑倒在床上。

估计每个给他打电话的人，听到这则语音都会愣神。

确实太尴尬了！

但是，她莫名的有点儿开心啊！

几天来的郁闷心情一扫而空，巴黎的天空都高远了，辽阔了，空气也清新了，一切都变美好可爱了。

真神奇！她尚不清楚唐迦南要怎样解释那件事，却已经对他深信不疑。

仿若有心灵感应般，唐迦南在会议上表现得心不在焉，怎么都坐不安稳，手指不停地旋转笔杆。

好不容易熬到会议结束，他回到办公室，刚推开门，有些意外：“您怎么来了？”

唐老太太穿了一身蟹青色套装，戴金边眼镜，看起来格外庄重。

她正在喝茶，看到他便放下手里那只考究的瓷杯，带笑反问道：“难道我不能来吗？”

“当然可以啦。”

唐迦南笑起来，把手里的文件扔在办公桌上，再脱掉外套也随手往桌子上一扔，忍不住抱怨一句：“真烦人，一天到晚，没完没了的会议……”

唐老太太看着他，淡淡道：“你爸爸做了三十年，从来没有抱怨过。”

唐迦南没好气地撇撇嘴：“是啊是啊！他是超人，晒太阳就能补充能量，哦不，他比超人还厉害，晒日光灯就能补充，能量无穷。”

“他确实很完美。”唐老太太微笑道，似乎听不出孙子的讽刺。

“拜托，不要因为他是你的儿子就这样肉麻，我都起鸡皮疙瘩了。”

他说着走过来，坐在她的对面，端起茶盘里的茶壶给自己倒茶。

唐老太太忍不住笑出声来，笑了一会儿，忽然叹了口气道：“可惜他已经老了，下个月初三就五十岁了。”

唐迦南一愣，沉默片刻道：“您是在考虑怎么给他庆祝吗？”

“能够让他高兴的事情不多了。”唐老太太深深叹息。

……

唐迦南默然，明显感觉有套在等他。

沉默片刻，她果然说道：“我知道你还在生他的气，可是阿南，他不是神，不可能控制所有的事。”

“他是不能控制所有的事，但最起码应该试一试，他却连试都没试。”

“我觉得你一直都没领会他的意思，他不帮你解决那件事，是想让你亲眼见识一下风萍的实力，了解风家的能力。”唐老太太一双锐利的眼睛自镜片后面盯牢孙儿的脸，缓声问道，“你以为，北辰集团和先锋传媒有什么区别呢？”

“我不明白……您为什么这么问？”唐迦南隐约明白了点儿什么。

“北辰当然比一个传媒公司要强，而且强很多，但是在风家人的眼里，也许根本没有区别，你懂吗？”

“我不懂。”唐迦南垂头不看她。

“你懂的，阿南。”唐老太太忍不住叹息道，“这就是你父亲想要提醒你的地方……风萍和你以前交往过的女人不同，她手里握有非常强大的力量，她的一喜一怒可能影响很多事情。和她做朋友，当然是唐家的幸运，可如果不幸成为她的敌人，那将是一场灾难。”

“她怎么会成为唐家的敌人？”

“我知道你爱她，但你能保证一辈子都只爱她一个人吗？就算你能保证，你又怎么能保证她也会一直爱你呢？”

唐迦南无言以对。

“我很认同爱情的力量，但是，我这一生看到的都是它的破坏性，你姑姑就是最典型的例子，甚至是你妈。”说到这里，她的声音里流露出一丝伤感。

“我妈？”唐迦南一惊。

“我从来没有说起过这件事，唉……”她忍不住再次叹息，“你妈的性格内向，爱猜忌，身体又不好。她最后的那两年，和你爸的关系很不好，有一次你爸竞标一块地，但她偷了底价给竞争对手……”

“有这种事？”

“我难道凭空捏造去污蔑她？”唐老太太微微沉脸。

唐迦南感到十分诧异，皱眉想了一会儿，道：“是不是锦绣那块地？媒体说那是他唯一的失败。”

唐老太太点头：“没错，当初如果把那块地拿下来，北辰的成就远不止今日……”她顿一下，吸了口气又道，“当然，那个已经不重要了，我只是想告诉你，爱恨往往只在一线之间。”

唐迦南沉默不语。

“爱是这世上最不可捉摸的东西，它是一柄双刃剑，能够给你多少快乐，就能给你多少痛苦。”

“奶奶，我明白您的意思了。是爸爸让您来的吗？是他让你这样说的对吗？”唐迦南困惑，“他这一生不都是在追求财富和权利吗？没道理不喜欢风萍不是吗？”

“是我自己来的，你们闹成这样，我实在看不下去了。”唐老太太有些无奈，开始一贯的语重心长式的口吻，“阿南，我知道你现在听不进去。你爸年轻的时候，我说的话，他也听不进去，现在还不是回来跟我道歉。”

“您说的道理我懂。以前我确实对他很不服气，但经过这两年，我知道他一些经验很管用，很多决策也都是正确的；我也知道自己不够成熟，但我也是有感情的，你们不能这样要求我。”唐迦南放下手里已经冷却的茶，看着她那双微微下陷的眼睛，道，“我以前听说过因女方家境贫穷，家长棒打鸳鸯的；我也听说过，因为各种利益联姻，不得不牺牲个人感情的；但我从来没有听说过，因为女方背景显赫，反而必须放弃她，这太荒谬了。”

唐老太太被迫回看他，久久不能言语。

“你们不能把过去的经验套用在我的身上，我们是不一样的个体。我是爸爸的儿子，但我和他不一样，我承认您说的有一些道理，但是您太悲观了。您的经验是朝着防范苦难去的，而不是追求幸福。我们不能因为别人曾经失败过，就放弃自己成功的机会。”

唐老太太在他那样炽热的目光下，终于微微低垂了头，伸出一根手指沿着杯沿缓缓摩挲着。她为他年轻的勇气高声喝彩，甚至嫉妒他的年轻。

她的垂暮老气，使她一味追求安稳，缺乏进取的锐气。但同时，她也深信生活会把他的锐气磨平。生活是一场永无止境的消磨，光阴的消磨、生命的消磨、爱情的消磨等等，它们都将被烦琐的生活一点点磨掉。或许还会有突如其来的冲动，在某个漆黑的夜里，在已然老去的身体里做一次次虚空的挣扎。

不过，这些话，她是不打算对他说了。

即使说了，他也未必会懂。即使懂了，他也未必相信。即使相信了，他也未必照做。即使照做了，也不能保证一定不出差错。

就让他去吧，去走那条属于他自己的路吧。

送走唐老太太之后，时间已经接近七点了，秘书安娜进来提醒他晚上有个宴会。

他翻着文件，头也不抬道："让杨凡去吧。"顿一下又道，"让他先过来一下。"

安娜答应一声出去了。

稍后，杨凡敲门进来。

唐迦南递给他一张纸条："你去查查这个号码是谁的。"

杨凡拿了纸条出去，很快就有了回复，说是智能思维安悦生的号码。

唐迦南愣了半晌，回想起风萍和安悦生见面时的场景，十分疑惑。

难道那个前男友就是安悦生?

他纠结了许久，回家的途中还特意绕道去了一趟樱花街，最后驱车到山顶吹风，抽了半盒烟，最终烧掉了那张纸条，决定不再追究了。

那个人是安悦生，还是其他什么人，又有什么关系呢?

既然风萍说过她不想提，那就尊重她的选择吧，给彼此都留点儿空间。

他自己同样也有不堪回首的过去。

实际上，他和风萍能够走到今天，要感谢那个不懂珍惜她的人，才让自己有机会遇见她。他或许无法保证未来，但他坚信，在几十年后的某天，当他临终的时候，回顾自己的一生，那些幸福的瞬间里面一定有她。

想通之后，他驱车回家洗了一个热水澡，吹干头发，然后上床睡觉。

他没有做梦，那是他半个月来最好的睡眠。

第二天早上醒来的时候，手机里有一则留言，要他上午十点半到机场，迎接一位来自巴黎的客人。

他兴奋得从床上跳起来，睡衣也没换，穿了一件暗灰色的旧外套就跑下楼，开车一路风驰电掣般直奔机场。

这时候还是清晨，七点刚过一会儿。时间非常充足，他本可以回去梳洗整理一下，把自己打扮得整齐得体一点儿，沿途再选购一束鲜花作道具，像一切偶像剧里的男主角那样，带着一丝造作的庄重和潇洒出现在机场，但他没有想到这些，大脑空间被一种无名的情绪霸占着。

他打开车窗，任由清晨凉爽的风放肆地充盈他的胸腔。

天气晴好得过分，郊区的电线杆上蹲着许多不知名的黑色大鸟，一辆大卡车鸣笛尖锐地驶过来，它们受到惊吓，一起扑棱扑棱地展开黑色羽翼，飞上深海一般碧蓝的天空。唐迦南的视线追着它们，一直到天边。

他觉得自己心里也有这样一只大鸟，扑棱着振翅欲飞，然而他却想就此折翼！

第二十四章

○ ● ○

她曾经以一种卑微、
纯粹的姿态爱过自己。

风萍回来之后一直住在酒店，她实在不想看见那个陆管家，唐迦南也明白，他陪风萍在酒店住着，又斥资入手了一幢拥有无敌海景的豪宅，等装修完毕就搬过去住。

陆管家获悉后觉得很不是滋味，她得罪了未来的女主人，豪宅肯定是去不了了，老宅那边，已经给唐老夫人留下了恶劣印象，即便回去怕也得不到重用。当然，她也并非这么贱，一定要给人家做仆人，只是她还有三个子女的前程要指望着唐家提携。她是有心到风萍跟前认个错，道个歉，但实在没有那个脸，尤其想起自己以前的那些蠢话，一张老脸都羞得没地方搁。

唐迦南上一次的求婚太过草率，为了弥补这个遗憾，他精心定制了一对戒指，正正经经地重新求了一次婚，当晚两人共进晚餐。

唐迦南说："有一个问题，我一直想问问你。"

风萍抬眸看他："你说。"

“你将约会明码标价，就不怕被人误会吗？”

风萍笑了：“我也并不是对每个人都明码标价的，”眼见唐迦南露出窃喜的表情，话锋一转，“只针对那些死乞白赖的厚脸皮的家伙……”

唐迦南面不改色，笑嘻嘻说：“死乞白赖能够抱得美人归也是不错的。”

风萍微笑：“说起来我也有一个问题，想要问问你。”

“什么？”

“那天晚上，是不是换了任何一个女孩，你都会向她求婚？”

“当然不会！”唐迦南不假思索地说，“我之前从来没有带过女孩子回去，这个问题不存在假设的可能。”

风萍微笑着继续刁难他：“那你怎么就把我带回去了呢？”

唐迦南继续面不改色：“所以说咱们有缘分嘛，毕竟向我唐迦南收费约会的女人也只有你一个。”他说着端起桌上的红酒向她举杯，“敬缘分！”

风萍举杯和他碰了一下，微笑道：“敬缘分！”

日子进入十月，唐家最大的事情就是唐湛的五十岁生日，若干亲友宾朋自不必说，国外那三个私生子也都回来了准备祝寿。方君怡和Richard如胶似漆，也趁机回来看望父亲，大家全都住进时光酒店。

唐迦南和风萍，外加三胞胎，唐家五兄弟有四个住到了一起，酒店一下子就热闹了起来，连女员工们也一个个活泼荡漾起来了。

这三个黑发碧眼的少年，宛如一个模子印出来的，个个眉目如画，玉树临风，充满年轻的活力，实在令人赏心悦目。但是，考虑到Richard和唐迦南之间很不和谐的气场，风萍不太赞成他们成为邻居，方君怡则不以为然。

“他们是兄弟，血浓于水。”

“十几年没有见过面的兄弟，而且一下子冒出来三个，搁谁身上也吃不消。”

“总不至于打起来吧？”

“谁知道呢？”

“如果唐迦南打人，那就是他的不对了。不过他们可是三个人，一比三，你觉得谁会赢呢？”

“这个说不好，但我知道最后的受害人肯定是方伯。”

“为什么是我爸？”

“打架肯定是要砸烂东西的，尤其是四个血气方刚的年轻人。”

方君怡微微一愣，道：“他们都是唐湛的儿子，打烂东西当然由唐家照单赔偿，他们好歹也是有脸面的，总不好意思赖账吧。”

风萍笑道：“瞧你说的，好像他们已经砸烂了东西似的。”

方君怡也忍不住“扑哧”一声笑了出来。

风萍又问：“他们为什么不住唐家呢？唐湛既然让自己的儿子回来参加寿诞，理应为他们做好安排才对，让他们住酒店似乎有点儿……”

“他们只是回来祝寿，并不打算认祖归宗。”

“可是我看唐家很愿意……”

“唐家那个老太婆确实很愿意，可Richard的母亲不愿意。”

“哦？”

“她早年曾经遭到那个老巫婆的刁难，她们是死对头。”

方君怡对唐老太太的称呼一再升级，可见她的立场。

风萍不禁失笑。

这时，三胞胎中的老幺Charles走过来，把手臂朝方君怡的肩膀上一搭，看着风萍笑嘻嘻道：“嗨，我们又见面了，最近好吗？”

风萍以为他是Richard，微笑点头：“还不错。”

他还是一副笑嘻嘻的语气：“我能约你吃晚饭吗？”

风萍一怔，侧头瞪着方君怡道：“他是Richard，还是Charles？”

方君怡一直忍着笑意，这时扭肩甩掉他的胳膊，笑道：“他要是Richard，我就撕烂他的嘴。”

风萍看看Charles，又看看另外两个眉目完全一样的家伙，突发奇想地凑近她问道：“老实说，你有没有吻错过？”

她的声音很低，Charles还是听到了，当即爆发一阵大笑。他的两个兄弟不明所以，齐齐追问她们笑什么。方君怡尴尬得脸红。

等到晚上唐迦南过来，得知他们住在隔壁，脸色果然不太好，但也没有多说什么。在方君怡的力邀之下，大家还神奇地聚在一起吃了晚餐。除了Richard之外，另外两个和唐迦南都是首次见面，虽然有点儿拘谨，却也流露出一些好奇。

唐迦南对三胞胎的敌对情绪，很大一部分是源于他对唐湛的不满，至于外界所说的惧怕三胞胎认祖归宗，分去巨额财产云云，不能说他完全没有这样想过，但他对待父亲财产的态度有些分裂，有时恨不得花光他的钱，有时又恨不得从来没有花过他的钱——后者显然是不可能的，所以他就致力于前者，花光他的钱。当然了，现在他是比较理智了，知道和钱对着干是行不通的，可这种想法还会时不时地在脑海里冒一下，尤其是看见自己这三个同父异母的兄弟后。所以，晚餐吃得并不愉快，气氛很差，完全冷场，唯有方君怡说个不停，风萍偶尔配合她笑两声，搞得大家都有点儿消化不良。

最后，方君怡很八卦地问起他们的生日贺礼。

三胞胎异口同声表示保密。

说起这个，风萍也很好奇，唐湛的寿诞在即，却一直不见唐迦南有什么动静，不知道他打算送什么，一点儿口风也没透露，总不至于什么都不送吧。就算对父亲再不满，这种日子不送礼物也实在有点儿说不过去吧。

“迦南，你准备送什么？”

“回房间再告诉你！”唐迦南目不斜视地回答她，潜台词也是暂时保密。

这倒是他们兄弟四人第一次达成一致的回答。风萍不由得笑了。

方君怡就这个话题开始发表高见，笑道："照我看，应该选最昂贵、最稀罕的东西，什么最贵就送什么。"

四个男人不置可否。

风萍笑道："敢情你的原则是：只选贵的，不选对的。"

君怡满心希望能化解他们的怨恨，帮助Richard找回家庭的幸福。风萍很乐意帮忙，但效果甚微。君怡始终微笑，颇有越挫越勇之势，勇气可嘉。

晚餐结束之后，风萍回房换了衣服，便倒在床上看电视，唐迦南从洗漱间出来，直接就对她来了个饿虎扑食，耳鬓厮磨一番的缠绵之后，他透露说给老头子的最好贺礼，当然莫过于给他一个孙子，这显然非常需要她的配合和努力。

风萍被这个说法逗笑了，但配合得很积极。

唐湛首次搞这么盛大的寿诞，宾朋好友、各界名流那是不消说的，狗仔队也在外潜伏。唐家人自然都是盛装出席，三胞胎一亮相立刻引起骚动，闪光灯一通乱闪，风头甚强，唐老夫人还特意和他们一起合影。唐皓云等人冷眼旁观，尽管非常不快，却也无可奈何。

唐湛是当晚的主角，那一身的派头自然考究得不能再考究了，黑色纯手工高级定制西服，内衬深玫瑰红马甲，往人群中一站，长身鹤立，芝兰玉树。

风萍看了也忍不住赞他雍容华贵，风度翩翩。

唐迦南不以为然，淡淡道："是吗？我没看出来。"

风萍横他一眼，道："你肯定是从小到大看习惯了，入兰芝之室，久而不闻其香……"

"你也被他迷住了吗？"他的语气有点儿酸。

"我只是站在一个纯粹的女性角度，觉得他很不错。"风萍逗他。

“很多女人都觉得他不错。”

“你讲不讲道理啊？我难道不能有自己欣赏的男性吗？”

“可以，但不能是他。”

“你这是什么逻辑？真是不可理喻。”

“我就是这样的，你现在后悔怕是来不及了。”

“我要是后悔的话，媒体不得乐疯了。”

“我不这么认为，我想我们要是结婚的话，媒体才会真的乐疯了。”

“你若想借机把结婚提上日程，我不得不批评你，实在太随便了一点儿。”

“我也不得不说，你的联想力实在太丰富了。”唐迦南终于露出了他今天的第一个笑脸，预备结束这个话题，“我们都在说什么啊，似乎不合时宜。”

风萍也忍不住笑了，她看着周围流动不绝的衣香鬓影，叹了口气：“实际上，我想到一句更加不合时宜的话……”

“说来听听。”

“算了。”

“你勾起了我的好奇心。”

“走吧，好歹过去打个招呼。”风萍挽着他的胳膊，微笑着岔开话题。

她忽然想到的那句很不合时宜的话，是这样说的：一个人可以过上好的生活，受人尊重，热衷慈善，可最后来参加他葬礼的人数，还是取决于当天的天气。

在人家寿诞上提到葬礼，确实是太不合时宜了！

唐湛尽管不太看好风萍和儿子的后续发展。这个不看好主要来自于对儿子秉性的担忧，但是两个当事人均是一意孤行，他也没有办法。

感情这东西往往越是反对越是牢固，还是让他们顺其自然吧。

照理说，在今天所有来宾里，再没有比风萍更尊贵的了，理应受到最高款待，可从来也没有老爸做寿，把未来的儿媳妇捧做上宾的，只得把她和孙媛媛一视同仁了。

来宾中的部分名流，自从风萍上了安德鲁的杂志，也对她的身份表示疑惑，一些贵妇也愿意放低姿态，跟她多亲近亲近了。

俗话说，态度决定一切，真是一点儿不假。

她们的态度刚有点儿转变，观点也跟着大相径庭起来，风萍的朴素变成了疑似低调，她的沉默也变成了疑似涵养——之所以疑似，当然是因为一切都没有定论。

然而，令她们有点儿失落的是，随她们怎么纡尊降贵，风萍始终淡淡的，并没有表现出丝毫的受宠若惊，倒是孙媛媛笑得面部肌肉发酸。

整个宴会上，被关注最多的人其实并不是风萍，而是那三胞胎。

他们即将大学毕业，不知将来会否进北辰效力？

唐家认子的态度已经非常明显，唐湛庆祝生日的用意或许也在于此。

那三胞胎尽管一早知道他们的父亲非常了不起，临到这样盛大的场面还是有点儿吃惊，看起来略显紧张，神色茫然。

来宾众多，唐迦南和大哥都帮着招待客人去了，风萍和孙媛媛被安排与唐迦南舅舅那头的几个姐妹一起。

宋氏姐妹自恃名门世家，又对当下时尚刊物和网络新闻不太关注，对外界关于风萍神秘身份的讨论知之甚少。对安排风萍过来甚为不满，并且直接就表现在了脸上。

原本她们就嫌孙媛媛身世普通，配不上皓云。现在忽然又来了风萍，一比较，还不如孙媛媛呢。人还没嫁过来，就哄得迦南为她花掉了上亿元，她们感到一种切身的损失，实在可气！更可气的是，唐家老太太居然连句重话也没有，看那态度似乎还嫌房价太低，叫人不禁怀疑唐家上下是不是都疯了。

她们不待见风萍，风萍也不耐烦应付她们。

她起身四处一看，忽见Charles就站在左侧，望着楼下那一长排豪华名车，似乎对车子很有热情的样子，便出声招呼他。

Charles回头看见她，当即扯出一个笑脸，朝她走过来。

“超酷，每一辆都是。”

“喜欢哪一款，叫他买给你。”她说着朝唐湛的方向偏一下头。

“谁会无缘无故接受别人这么昂贵的东西？”Charles笑嘻嘻道。

“他不是别人，他是你父亲，接受父亲的礼物不用感到良心不安。”

“我当然很乐意，可是妈妈会不高兴。”

风萍挑起眉毛表示遗憾：“这样看来，你暂时与名车无缘了。”

Charles笑道：“看来你跟他们是一伙的。”

风萍喝了一口香槟，道：“其实有这样一个父亲并不是坏事。”

Charles顺口道：“所以你就跟唐迦南订婚了？”言下之意是你想有这样一个父亲。

风萍忍不住笑了起来。

“我听到她们私下议论，说他送了你一幢价值上亿的豪宅。”

“没错。”风萍笑着点头，继续刺激他，“你们拥有同一个父亲，他花钱如流水，而你却连辆车都买不了。”

Charles并不上她的当，笑嘻嘻道：“我能去参观一下吗？”

“当然可以，但那里还没有装修好呢。”

“听说风景很美，窗外就是大海……”

“还行。”风萍笑出声来。

“听说中国人搬了新家，都要举办party（派对），请客吃饭的，你是不是也要入乡随俗？”

风萍听他乱用成语，再次失笑：“好，就为你这句入乡随俗，我搬家时一定要办个party，邀请你来参加……”

“真的吗？”

孙媛媛在不远处冷眼旁观，见他们聊得热络，不禁暗自冷笑：她知道老太太急于认孙子，所以故意讨好这三个小鬼，还真是心机重啊。

宋氏姐妹更是面面相觑，愤怒得说不出话来。风萍和Charles这两个人在她们眼里都是来瓜分唐家家产的，虽然唐家的家财跟她们宋氏无关，可宋氏毕竟在唐家的财富积累过程中出过大力气的啊——唐宋联姻当年可是商界的一大盛事。

其实，自从他们聊到那幢豪宅，孙媛媛她们都已经不约而同地留心听起来了。

孙媛媛的感觉尤其复杂。想当初，她也曾私下斥责过唐迦南的轻浮荒唐，深以唐皓云的稳重为荣，并对自己的择人眼光颇为自豪。但现在她不这么认为了，现在她深切希望唐皓云也是个荒唐轻浮的家伙，可以不管不顾地送她豪宅，和她订婚。

同为唐家兄弟的女友，风萍比她风光百倍，她真是枉挂了豪门女友的虚名。

在她身上发生的事情，没有一件配得上“豪门”这两个字的。

孙媛媛正愤愤不平，那边风萍微笑着回答Charles关于派对的事情：“当然是真的。我会举办一个正经的party，邀请一些真正的名流，伦敦也会有朋友过来，我保证那将是你一生之中最难忘的party。”

Charles被她的语气感染，孩子气地伸出右掌：“那我们一言为定？”

“一言为定！”风萍笑着举掌与他轻轻一击。

“那你可要抓紧时间装修了，最好两个月内能够完成，我那时正好放假……”

“没问题！”风萍一口答应，笑道，“到时候我……”

她说着忽然一眼瞥见孙媛媛的脸色不对劲，再看其他人，一个个都像仇人似的看着她。她心里一怔，但随即明白过来，于是微微一笑，下面的话便不再说了。

唐老太太那边也正好叫Charles，她便回自己的位置坐了下来。

当日这一顿饭吃得异常尴尬。

晚上回到酒店，唐迦南还不知疲惫地找她麻烦，原因是她在宴会上和Charles调情，必须受到严厉的惩罚。风萍虽然极力否认那是调情，但很乐意接受惩罚。

事后跟他说起举办party的事，唐迦南当然大力赞成。

这样一来，风萍果真催赶豪宅装修进程，负责豪宅设计的是欧洲知名设计师，现已五十六岁的Roy，对于风萍能够在装修豪宅时想到他甚感荣幸，工作当然也格外尽心，每一个细节都考虑得非常周到贴心，无可挑剔。

没想风萍准备开party的事，圈内人不知怎么都晓得了，传得沸沸扬扬的。

唐铭瑄有一天忽然打电话来跟她求证。

这也不是什么丢人的事，没有否认的必要。

结果唐铭瑄听完，告诉她说，某个名媛放言要看她的笑话，她在圈内放话不让人参加风萍的party，但考虑到唐家根深叶茂，为怕某些明星为难，还非常体贴地选择与她在同一天举行派对，广邀亲朋好友，有点小名气的人都接到了邀请函。

风萍一听，就知道这个名媛是谁了。

她原本不屑招惹那种人，谁知她竟这么愚蠢，怎么也学不会教训，真是无可救药。

她忍不住冷笑一声，说：“铭瑄，你如果有要好的朋友，可以给我一份名单，我给她们寄邀请函。如果她们不愿意来，你劝劝她们，最好也不要去参加别人的party，我保证，那会是一场灾难。”

唐铭瑄如今对她的话深信不疑，果然提供了一份好友名单，不过，也就五个人，其中居然还有余曼文和吴念真，这两人都是唐迦南的绯闻女友。

其实，她们和唐铭瑄的交情，起初也不过是为了要套住唐迦南，所以从他身边的人下手，但与唐铭瑄交往的次数多了，倒也渐渐生出一些闺蜜情来，因为彼此的身份背景都差不多，有共同语言，不担心对方有图谋。唐迦南和风萍闪电订婚之后，唐铭瑄还为她们不平了好一阵子。当然，那都是过去的事了。

风萍把话说满了，自然不会计较多邀请两个人，只是不知道那两个人是否愿意给她这个面子了。但是，待到晚上唐迦南回来，她还是免不了泼出一点儿醋意，放狠话说："从今天开始，如果我在网上或电视上再看到你的绯闻，那你就死定了！"

唐迦南一脸无辜："那个实在不是我能控制的。"

风萍沉吟片刻，道："那你干脆在脸上贴个纸条，上面写着：所有雌性动物请自觉保持三米以外距离。"

唐迦南闻言跪倒在床上，对着她深深拜下去："感谢您对我有如此强烈的占有欲，鄙人受宠若惊，但我若真的这样做，恐怕活不过明天，董事长肯定第一个把我扔出办公室。"

"看来后果严重？"

"国家没准还会给我追加一个封号，类似捍卫男性尊严的勇士之类的。"

"嗯嗯！"风萍连连点头，微笑着接话道，"媒体可能会说你忤逆不孝，罔顾'圣意'，有辱皇家体统，一怒就把给你废了，放达浪漫派的人士没准会赞你很有性格，不爱江山爱美人，但大多数人肯定认为你的脑壳坏掉了。"

"那是因为他们还不知道风萍小姐姐的价值。"唐迦南枕着她的大腿，用那双漂亮的眼睛对她献媚，"你就是我的金主，是我的江山，我的美人。"

风萍由衷地微笑起来，伸手抚摸他的眉骨，中指沿着那双浓黑的眉毛描摹。

他有一双格外动人的眼睛，可以是男人的，也可以是男孩的，时而纯真，时而深沉。

她完全有理由相信，年少的他若是做了坏事，只需这样无辜地望大人一眼，立刻便能获得宽宥。她疑心自己当初是不是被这双眼睛迷惑了，当日她忙得焦头烂额，他还来烦她，她一抬头就遇到一双清亮眼眸，惊人的漂亮。

“你在想什么？”

“没什么。”

风萍放开他，拿过枕畔的笔记本，跟他商量起party的邀请名单。唐迦南抬起头凑过去看她纸上已有的名字，看得直咂舌，笑道：“这份名单实在是精彩绝伦。”

风萍笑而不语。

“我不相信有人能够把他们都聚集在一起，你肯定是在变魔术。”

风萍大笑，忍不住俯身去亲吻他抹了蜜糖的唇。唐迦南享受了一会儿，推开她道：“不过，你为什么要邀请Charles？还把他的名字列在第一位。”

“哦，这个……”风萍喘了口气道，“因为他是第一个知道我要举行party的人。而且他是你弟弟，邀请他很正常啊，我们也邀请了铭瑄和皓云啊！”

“那孙媛媛呢？”唐迦南不再纠缠Charles。

“皓云应该会带她一起来的吧？”

“最好单独写一张邀请函。”

“哦……”风萍低头写下孙媛媛的名字，一边道，“不过，她会不会觉得我在显摆啊，上次你父亲的生日宴会上，她似乎不太高兴。”

“那是她的事，咱们管不着。”

他说着跳下床，到外间的冰箱里取牛奶。

风萍忽然道：“对了，你喜欢皮特是吗？我邀请他。”

唐迦南端了两杯牛奶出来，一杯递给她，另一杯自己喝了一口，道：“你能邀请他来，我很高兴，不过你这样说，我会不好意思的。”

风萍差点儿被牛奶呛到，惊奇道：“是吗？你会不好意思。”

唐迦南笑起来：“当然，但我会掩饰得很好。”

风萍想起唐湛也曾经说过类似的话，不由得笑道：“看来你们父子俩都很会伪装。”

唐迦南闻言，嘬着嘴不乐意了，唇上又有一圈乳白牛奶，看起来分外孩子气。

风萍自知失言，于是低头继续拟她那份超级豪华的宾客名单。

筹备party，没有人手肯定是不行的，方伯韬派了酒店的精英给她差遣，举办party不过是小菜一碟。Roy获悉也抓紧赶工，表示豪宅装修不日将完美完工。

每样事情都在有条不紊地进行中，风萍只需负责有客人到场便好。她亲手设计了邀请函，寄给她的朋友们，其中当然也包括余曼文和吴念真两位，尽管觉得她俩不一定会来。

实际上，在风萍之前，已经有人向她们发出了电话邀请，说明自己正在举办一个圣罂市有史以来最华丽的party，并进一步表示许多时尚圈、娱乐界的明星大腕都将出席。

毫无疑问，这个人是周新竹。

余曼文在接到邀请函之后，就给周新竹打了电话，两人在电话里非常无情地嘲笑了风萍的智商和情商。给未婚夫曾经的绯闻女友寄邀请函，还让唐铭瑄出面做说客，实在是太搞笑了，难道她举办宴会，连一个客人都邀请不到吗？哈哈哈，真是笑死人了！

周新竹几乎等不及要看她的笑话，当然要不遗余力地宣传自己的party，毕竟知道的人越多，才会越欢乐嘛！

这样一来，搞得全部的狗仔队都知道了这件事，各方都派出了两组人马，分别追踪风萍和周新竹的party，争取得到第一手的八卦资料。

眼看日期一天天地近了，风萍的豪宅也已装修完工——虽说装修速度和豪宅面积的巨大反差令很多业内人士诧异，但Roy大师是不容置疑的，而且从外观和花园景致来看实在是无可挑剔，大家也都谨慎地不发表意见。只是，这举办party的日子马上就到了，她的豪宅依然没有丝毫动静，让他们好奇至极。

相反，周新竹的豪宅忙得热火朝天，布置得花团锦簇，宾客名单那真叫星光闪耀啊，影后、歌后纷纷捧场；豪门名媛中除了唐铭瑄之外，全都在邀请之列。这样豪华的阵容，记者们完全同意女主人的说法，直接冠以"有史以来最华丽派对"之名。

再看风萍的客人，目前已知的只有易尔阳，而一向和风萍私交不错的方家兄妹均不在国内，是否回来参加派对不得而知。有记者怀疑她这个所谓的盛大派对是不是已经取消了，或是改成了唐家的家庭聚会。

就在大家把目光集中在这两场豪门派对上时，一位真正巨星非常低调地出现在了圣罂国际机场。他戴超大墨镜，棒球帽，随身带了一名保镖，可即便如此，当他走下飞机还是被影迷们认了出来。

他就是好莱坞超级巨星皮特。

他的出现就像一块吸铁石，把狗仔队的目光全部吸引了过去。

他们纷纷离开周新竹的豪宅，聚集到皮特下榻的时光酒店苦苦守候，甚至于风萍终于开始装饰她的豪宅，开始往豪宅里运送食品等东西，都没有人关心了。

风萍本人也不甚关心，她的目的很清楚：二十号要开party。

至于开一场party需要准备的一切东西自有别人去安排。

实际上，绝大部分有幸获邀的人都知道，参加她的派对，绝不是为了享受吃喝，而是一种身份的象征。当然也不排除个别不知深浅的，如余曼文之流。

就在皮特的到来引发骚动的时候，辽阔的海洋彼岸有一架私人飞机正在准备起飞。

Charles在登机前给风萍打电话，激动得声音都在战抖："你说要派飞机来接我，但我不知道，飞行员居然是安德烈王子！"

风萍微笑着安慰他："他正好经过伦敦，我就让他顺路捎上你……"

Charles似乎根本没有听她讲话，只是一个劲地叫唤："你都没有告诉我，你的朋友是王子，天啊！我要疯了！"

"千万保持冷静，我说过这会是你一生之中最难忘的party，更大的惊喜还在后头，比如……"风萍说到这里略顿一下，抬眸看向坐在她对面用餐的皮特，微笑道，"国际巨星皮特……"

"啊……"

Charles的叫声太具有穿透性，风萍不得不将手机远离自己的耳朵。皮特和唐迦南一起笑出声来。

风萍因为唐迦南，在皮特到达后的当晚，便邀他共进晚餐。

为了避免记者的打扰，时光酒店的顶楼餐厅当晚关闭，不接待其他客人。

这个媒体自然是要报道的。但是，这也还不算什么，第二天，陆续有国际知名人士悄悄抵达，如安德鲁，Jennifer，Michael等时尚圈的泰斗，还有两位法国国宝级的女星和导演，这些人在同一天出现在机场，这是真正前所未有的事情，令媒体非常震惊，几乎吸引了全城的娱乐新闻记者。

如此一来，周新竹的那个史上最华丽的派对人气急剧下滑，派对举行的当晚，邀请的客人全都到了，唯有记者缺席一大片，只有几个稚嫩的小记者前去捧场，其余都去追更大的新闻了。

这些记者追着名人跑，结果发现他们的目的地只有一个，那就是风萍的豪宅。这个结果不言而喻。

记者终于找到了答案——这些名人都是来参加风萍的派对的！

太出乎意料了！

太匪夷所思了！

这得需要多大的面子才能同时请到他们！然而，他们不会知道，这些公众熟悉的时尚名人对于风萍的party来说，也不过是锦上添花，真正令他们震撼的人物，他们是无缘目睹的，即便目睹了，也不一定认识，但英俊迷人的安德烈王子除外。

他的出现点燃了所有记者的摄像机，并迅速在网上引起轰动。

当这则消息流传到周新竹的名媛派对上时，大约是在十点半的样子，正是派对进入高潮的时刻，但宾客们忽然之间都没了兴致，好些人都在传看手机，窃窃私语，甚至有几个贵妇表示有事，提前告辞了，这令周新竹大为光火却也无可奈何，于是这场史上最华丽的名流派对草草收场，与前期的宣传造势相比，就好比唱一首歌，起高了调子，结果高潮部分却怎么也唱不上去，令大家非常失望。相反，风萍则一鸣惊人，唱出了响彻云霄的嘹亮之音。这两厢一对比，结果真的是……非常惨烈！

周新竹受到如此严重的打击，自此一蹶不振，骄傲的自尊心让她觉得再没脸待下去了，很快便开始着手移民，准备搬去加拿大温哥华了。

她的离开对大家并无影响，他们全都把目光聚焦在风萍身上，贵妇名媛们都已经不介意放低姿态，就连宋氏姐妹也通过唐迦南来攀交情，每一个人都在期待她的下一次party。

可见举办party确实是改善人际关系的最好方法。

事后，风萍如是总结。

自此之后，再没人把灰姑娘这个标签贴在风萍身上了，毕竟这些人脉资源是唐家也搭不上的。安悦生自然也看到了网上的各种舆论，他对风萍有了全新的认识，再去品味过去，才知道自己错过了什么。但一想到这样一个女人，她曾经以一种卑微、纯粹的姿态爱过自己，似乎也得到了一丝安慰。

影视番外之
方君浩和邱天

01

方君浩和邱天的相识就像一些言情剧里的桥段。

他需要一个女伴去参加晚宴，正一筹莫展，就看到了邱天。酒店里不乏优秀的女性员工，实际上，能够入职时光酒店的，不论男女，外貌身材都是必备条件，他何以就选择了邱天呢？他后来回想起这件事，不免觉得有些事情确实是冥冥之中早有注定的。

那天晚宴上，他也不过是觉得这个女孩子过于坦率、直接，想到什么就说什么，非常擅于将自己处于尴尬的境地。三天之后，他还发现了邱天的另一项技能：顺手牵羊。

那天，他正带着两名下属在酒店里巡视检查，提醒他们要注意消防安全，手机里忽然收到了两条信息，他也没当回事，继续训斥说：“消防栓，灭火器这些全都要定期检查，对老旧的设备要及时更换，绝对不可以有任何侥幸心理。”

这时，他的手机里又接二连三地收到了好几条信息。他以为是什么急事，便掏出手机查看了一下，结果却是一连串的信用卡消费提醒，有好几笔都是过万元的消费。

方君浩微微有些吃惊，吩咐那两名经理继续完成工作，然后走进办公室，拿起钱包一看，果然，信用卡不见了。

这是什么时候的事?

自己这几天既没有出门，也没有消费，信用卡怎么会不翼而飞呢?

他仔细想了片刻，想起了三天前的慈善晚宴，也是他最近唯一的社交活动。

那天晚宴结束时，夜色已深，天气寒冷，邱天穿着晚礼服，被冷风一吹，冻得缩成一团。他作为一个绅士，自然不能视若无睹，便脱了外套披在邱天的肩膀上。

稍后，到了车里，方君浩拿出一个早就准备好的信封交给邱天，“谢谢你，邱小姐，这是你的酬劳，按照你的要求，现金支付。”

邱天接过信封打开来看了一下，放进自己的手包里，给他一个甜美的微笑：“谢谢！”

方君浩问道：“你住哪儿？我送你回去吧！”

邱天略显迟疑：“其实你不用这么客气，我自己回去也是可以的。”

方君浩笑了：“你确定吗？这个时间点，周围三公里都不会有出租车的。”

邱天一愣：“不是吧，这么夸张？”

方君浩说：“这里是高档会所，出入的客人非富即贵，都是车接车送，出租车也许会有，但要碰运气。”

邱天点了点头：“这样啊。”

方君浩看着她：“所以，你家的地址是？”

邱天想了一下：“还是别去我家了，直接去酒店吧。”

方君浩一时没反应过来，理解成了字面意思，先是愣了一下，继而失笑：“抱歉，我从不让男女私情介入到工作关系中。”

邱天也笑了，恶意戏谑他：“所以你是倾向于男男私情？”

方君浩一时哭笑不得：“当然不是！不过……”

邱天打断他：“你误会了方先生，我说的酒店是指时光酒店，我工作的地方。”

方君浩蹙眉，有些疑惑：“你不是已经下班了吗？这个时间还去工作？”

邱天反应极快：“明天早班啊！现在都这么晚了，我回家也睡不了多久，还不如去酒店将就一晚，也顺便把这身衣服还了……”

方君浩对她的理由心悦诚服，还为有她这样的员工感到一阵欣慰。如今看来，他似乎欣慰得有些为时过早了。

可是，邱天作为一名员工，竟敢偷老板的信用卡，胆子未免也太大了！

他心里存在这个疑惑，也怕冤枉了她，还是决定先打个电话确认一下，于是拿起办公桌上的电话机，按了几个数字，拨通了内线电话。

片刻后，电话被接通了，女秘书的声音传来：“您好，秘书室，请问……”

“是我。”方君浩打断了她。

女秘书立刻听出了老板的声音，语气变得十分恭敬：“您好，总经理！”

“你帮我查一下客房部员工邱天的档案。”

“好的，总经理，请问具体是哪两个字？”

“邱淑贞的邱，天气的天。”

“请稍等。”

话筒里传来一阵敲打键盘的声音，稍后，女秘书回复他说：“总经理，我搜索了员工系统，没有发现叫邱天的员工。”

方君浩十分意外：“没有这个人？”

“是的。”

方君浩握着话筒，一阵沉默，他迅速回忆了一下，自己遇见邱天的情形，她好像并不认识自己，难道是……

“总经理？”一阵沉默之后，女秘书忍不住出声提醒他。

“有没有可能她是刚刚入职的新人，人事部还没有把她的信息登入系统？”方君浩还是更倾向于相信邱天是酒店员工。

女秘书毕恭毕敬地说道：“那我和人事部沟通一下，稍后再给您回复。”

方君浩：“好的！”

方君浩挂上电话，想了一下，又拿起电话，拨打了女装部的内线号码，开门见山地说道：“我是方君浩。”

女装部经理：“总经理，您好。”

“三天前，我从女装部借走了一套女士晚礼服和首饰，有没有人还回去？”

“您请稍等，我来查一下。”

方君浩沉默，静等电话。

过了片刻，女装部经理回复说：“总经理，我查了一下，没有还回来。”

方君浩的脸色微微一变：“好的，我知道了！”

方君浩放下了电话，人事部的消息也反馈了过来，表示最近没有员工入职，也没有叫邱天的员工。

方君浩十分纳闷，重新又看了一下自己手机里的信用卡消费信息，觉得这个事情突然变得神秘了起来。

这女人到底是从哪里冒出来的？冒充酒店的员工，收费陪他去参加晚宴，尽管未有确凿证据，但还是有极大的可能偷走并盗刷了自己的信用卡。

方君浩越想越觉得这件事太蹊跷了，这才想到酒店是有监控的，一查便知。于是打电话到监控室，要求他们查看三天前客房部十八楼从下午五点到七点时段的监控视频，然后发送到自己的邮箱。网络安全部的经理还以为自己工作有什么失职，一阵惶恐，想要询问得详细一点，但方君浩已经挂了电话。

网络安全部经理赶紧吩咐手下查看视频，这一查看，果然发现了一个极大的失误，他不敢只发邮件汇报，决定亲自去总裁办公室请罪。

“对不起，总经理，这次的事情是我失职，您要责罚……”

“怎么回事？”方君浩蹙眉打断他。

“就是您要的那些视频……没有了！”

“什么叫没有了？”

“就是……您要的那段时间的监控视频被人删除了，我们试图通过各种方式进行恢复，也都失败了……”

“什么人删除了视频？”

“这个我也不清楚，但肯定不是内部人员。”

“你确定？”

“非常确定。他们哪有这个胆子，也没有这么做的必要，是外面的人删除的。”

“外面的人？”

“就是……俗称的黑客。”

“黑客？”

“对，对方不知道出于什么原因，黑进了我们酒店的监控系统，没有窃取任何资料，单单就是删除了那段您需要的监控视频。”

方君浩一阵沉默，觉得这件事情越来越诡异了。

邱天难道就是那个黑客？还是说，她有同伙？

网络安全部经理见他半天没说话，不知道要面临什么惩罚，十分惶恐，毕竟网络安全被人入侵，他作为部门负责人首当其冲、难辞其咎。

这时，总裁办公室的房门突然被人敲响了。

方君浩回过神来，吩咐一句：“进来。”

房门被推开，大堂经理走了进来，手里拿着一个信封毕恭毕敬地呈递给方君浩：“总经理，有个女孩让我将这个信封交给您。”

方君浩狐疑地接过信封，打开一看，发现里面装着自己的信用卡，还有一张记事贴粘在信用卡上，上面有一行字：我会还钱的。

方君浩一看，立刻站了起来，大声问道：“那个女孩长什么样子？什么时候来的？”

大堂经理答道：“大概十分钟之前，她高高瘦瘦的，一头短发，拿着一个安全帽。”

“她还在吗？”

“走了。”

方君浩立刻吩咐网络安全部的经理：“走，去监控室。”

他说完率先抬腿出门，网络安全部的经理赶紧跟了上去，留下大堂经理一脸茫然。

方君浩到了监控室，立刻吩咐工作人员调取酒店大堂十分钟前的监控，工作人员没料到总经理大驾光临，手忙脚乱地操作了一番，发现那段视频也恰好被人删除了。

方君浩又诧异又好奇，不知道这个邱天到底是什么来路。

那个经理倒也不笨，不禁脱口问道：“总经理，莫非这个黑客就是你要找的女孩？”

“你觉得呢？”方君浩不答反问。

经理顿时无语、一阵尴尬。

方君浩冷下脸来训斥他：“你的网络安全工作是怎么做的？三番两次被人黑进来，这件事情一旦泄露出去，还有客人敢入住时光酒店吗？”

经理冷汗涔涔，不住地点头应声，保证：“我立刻修补漏洞，加强安全防御……”

“你这是严重失职，马上检查整个系统，看看到底被入侵了多少次，重要信息有没有外泄，明天给我一份详细的报告和解决方案！”

方君浩说完拂袖而去。

回到办公室，方君浩又拿起信用卡和那张记事贴，认真看了看上面的话，不禁冷笑：“就凭这么一句话，就想让我相信她会还钱？该不会是怕我报警，所以才写了这个纸条吧？”

他原想找人查一下她的消费记录，但转念一想，她既然能够黑进酒店的监控系统，自然也不会在信用卡的消费上留下线索。

他正要将这张记事贴扔掉，忽然又想到这可是证据，便随着信用卡一起放入皮夹。

这样的事情发生在自己身上，方君浩是做梦都没有想到的。说出去，别人只怕要误会他是被美色所惑了，那邱天要真是个国色天香的绝色佳人倒也罢了，可她非但没有女性的柔美，甚至还是走中性风。

虽然被刷掉了十几万，但这笔钱对他而言，连九牛一毛都算不上，只是这种被人戏弄的感觉实在很不爽，要是再被他遇到这个邱天，一定要她好看。

02

方君浩再次遇到邱天，是在半个月后的一个晚上。

他开着跑车在路口等红绿灯，身后忽然传来数辆摩托车的轰鸣，到了斑马线前齐齐刹车，声音十分刺耳。方君浩忍不住皱眉，转头看过去，看到几辆摩托车停在旁边，其中一女骑士似曾相识，好像在哪里见过，但一时想不起来。

直到交通灯变绿，那几辆摩托车“轰”地冲过了斑马线，他才猛地想起那个人正是邱天，顿时勾起了新仇旧恨，猛踩油门，追了上去，一边冷笑：“这次可不能让你跑掉！”

方君浩的跑车太扎眼，那几个摩托车骑手早就留意到了，又发现他一路紧追不放，误以为他是在挑衅，被激起了斗志，双方竟你来我往地飙起车来。

一路飙到偏远郊区，路况越来越差，方君浩为了避让前方的障碍物，猛打方向盘，差点翻车，却也因此将旁边的两辆摩托车别停在角落里。

方君浩解开安全带，气呼呼地下车就要去找邱天，却不料刚一下车就被那几个骑手团团围住了。其中一个骑手冷笑着上来挑衅：“开个豪车就这么横？”

其他人纷纷响应：“当我们哥几个好欺负吗？”

方君浩好汉不吃眼前亏，微微一笑：“你们误会了，我是找她！”

他说着伸手往他们身后一指。

那群人回头一看，齐声嘲笑：“你敢惹小天哥，不想活了吗？”

“小天哥？”

方君浩听到这个称呼简直哭笑不得，忍不住又朝邱天看了一眼。

角落里，邱天正慵懒地靠在摩托车上，借着一抹月色和两三盏街灯，遥遥望着他，看不出脸色表情，光是那个闲适的样子就让他生气。

这个女人敢情还是一帮小混混的老大呢！啧啧。

这时，那群骑手面目狰狞地逼了过来。方君浩一个翩翩贵公子，何曾见过这种场面，诧异大于害怕，蹙眉：“有话好好说，你们这是要干什么？”

“好好说？你仗着自己开着豪车追了我们一路，现在想好好说话，晚了！！”

方君浩没辙，拿出手机准备求援，却被那名骑手劈头夺走，用力往旁一扔，方君浩十分吃惊，被那群人逼得连连倒退，脚下踩到石块一滑，脚踝扭伤了。他又气又无奈，冲邱天大喊：“邱天，你还要装死吗？”

终于，邱天走了过来，劝阻那群骑士：“够了！不要惹事！！”

那几个人有些不平：“小天哥，我们是在帮你啊！”

邱天嗤笑：“我还用得着你们帮！你们先走吧！”

那几个骑手愤愤地跨上车，绕着方君浩挑衅似的转了几圈后才驶远，其中一人还特意碾压了方君浩落在地上的手机，然后才绝尘而去。

方君浩和邱天愣愣地看着地上碎裂的手机。

邱天说了一句：“我会赔你的。”

“赔？”方君浩简直气笑了，“看来你很习惯以钱来解决问题？你很有钱吗？”

“要不然呢？”邱天面无表情地反问，“难道要我说，对不起，你去重新买一个吧。”

“你——”

方君浩想要走过来和她理论，一抬脚就疼得龇牙咧嘴。

邱天看了看他的脚，“看你这样子，八成是开不了车了，我送你回去吧。”

方君浩“哼”了一声，看了看这荒郊野外，又没有手机，脚还扭伤了，只能这样了，于是把钥匙给她：“今天算你走运，有这个荣幸！”

邱天听了这么自恋的话，忍不住翻了个白眼，走过去打开了车门。

03

汽车超速行驶在路上。

方君浩瞄了仪表盘一眼："你超速了……"

却见邱天恍若未闻，依然猛踩着油门，他忍不住提高了声音："喂！你超速了！"

邱天白了方君浩一眼，踩了一脚刹车："我刚才的时速正好是六十！"

"我明明看到的是六十一！"

"因为你在我的右边！你一个大男人计较这一公里有意思吗？"

"那是交通法规定的！"他忽然话锋一转，"当然了，像你这种连信用卡都可以随便盗刷，监控录像都可以随便删除的人，还会在意交通法规吗？"

邱天自知理亏："信用卡的事，我很抱歉，我会尽快还你钱的。"

方君浩忍不住冷笑："是吗？什么时候？一次性还清，还是分期支付？有利息吗？"

"看来你很不相信我……"

"你觉得自己很值得信任吗？"

"……"

"你混入我的酒店，冒充我的员工，第一次见面就偷走我的信用卡，还黑进我酒店的系统删除监控，我甚至都不知道你的名字是不是真的。你觉得我应该相信你吗？"

邱天被他问得哑口无言。

"还有，你看看自己身边都是些什么人，一群混混、流氓！你和他们搅和在一起，你爸爸妈妈知道吗？"

邱天听到最后这句话不禁脸色一变。

"一个女孩子玩什么飙车，就算你不爱惜自己的身体，难道也不为父母家人想一想吗？要是他们——”

他一句话没有说完，身体突然猛地往前一倾，鼻子差点撞到挡风玻璃上。

原来是邱天一脚踩下了刹车。

他既吃惊又愤怒：“你疯了吗？这样急刹车容易出事故的……”

邱天冷着脸吐出两个字：“下车！”

方君浩怀疑自己听错了：“这是我的车！”

“我是让你过来开车！我这种人不配坐你的车！更不配开！”

方君浩见她完全没有反省的意识，反倒发起了脾气，也是很不快：“你知道就好！”

他解开安全带，开门，下车。谁知他刚一下车，邱天踩下油门，汽车飞驰而去。

方君浩看着疾驰而去的跑车，愣在原地，半晌回不过神来，不敢相信世上有这样毫不讲理并厚颜无耻的疯子。

过分！简直太过分了！！

他气得想要仰天长啸，没提防，旁边迅疾驶过一辆车，压过路面上的一个水坑，里面的污水溅起来，泼了他半个身子。

方君浩呆若木鸡，站在荒凉的夜色里，难以置信今晚发生的这一切。

04

当他以一副落汤鸡的模样出现在唐迦南家门外的时候，风萍也惊呆了。

风萍支付了出租车的费用，还没开口，方君浩就抢先说：“先让我洗个澡再说。”

风萍忍着好奇心，将他领了进去。

这时，唐迦南裹着睡袍睡眼惺忪地走下楼来，看到风萍带着一个满身泥水、衣衫不整的男人走进客厅，一时都没敢认。

“方君浩？”唐迦南用力眨了眨眼睛，“真的是你？你怎么弄成这个样子？”

方君浩哭笑不得，问风萍：“我必须马上洗澡，洗手间在哪里？”

风萍指了指楼上：“楼上，左手边，我的房间。”

“等一下！”

唐迦南连忙阻止，就算他是方君浩，也是个男人，怎么能让他去风萍的房里呢？他高声叫来了阿九，让他带方君浩去洗澡。

阿九前来请方君浩，态度恭敬：“方先生，请跟我来。”

方君浩急需洗澡，当即从善如流，随阿九走进了地下室。

他一走，唐迦南就十分好奇地问风萍：“他这是什么情况？被人抢劫了吗？”

风萍摇头表示不知情。

十分钟后，等方君浩洗好了澡，穿着一身干净的浴袍出来，陆管家也已经准备好了酒水点心，风萍不等他坐下就忍不住问道：“说吧，到底怎么回事？”

方君浩瞄了唐迦南一眼：“当着他的面？”

风萍失笑：“我三更半夜带了个男人来我的未婚夫家里住，总得有所交代啊……”

唐迦南对风萍说出这句话感到很意外，同时又感到十分宽心，得意地看向方君浩。

“也有道理！”方君浩想了想，看向唐迦南，“但你绝对不可以对别人提起。”

唐迦南保证：“放心吧！”

方君浩与唐迦南对视片刻，似是在确定他的话是否值得相信。过了半晌，方君浩才点了点头将目光移到风萍身上："你绝对不可以告诉我爸！"

风萍不耐烦："你之所以来找我，不就是怕被时光酒店的人看到传到方伯伯那里吗？"

方君浩叹了口气，把自己遇到邱天、信用卡被盗等事情说给了他们听。

唐迦南听了不时偷笑。

方君浩没好气地瞪了他一眼："你笑什么？"

唐迦南笑嘻嘻地调侃他："这个女孩子，她先是偷了你的信用卡，然后又删除了监控视频，现在又偷走了你的车……这样你都不打算报警，看来这个女孩子一定很符合你的审美了……"

风萍微笑点头，表示赞同唐迦南的判断。

方君浩从容地端起酒杯饮酒，说："她，她的确不难看，但也没有非常漂亮……"

眼见风萍和唐迦南都是一脸的不相信，他不禁摇头叹息："风萍，你自从和他住到一起，也变得俗不可耐了……"

"喂——"唐迦南立刻抗议，被风萍抬手阻止了，她微笑着问方君浩："看来你没有选择报警，是另有想法？"

"没错。"

风萍微笑，一副愿闻其详的表情看着他。

方君浩轻轻摇晃着红酒杯，解释说："咱们时光酒店的监控系统不能说是铜墙铁壁，却也不是什么人都能黑进来的，可是她却能多次进来删掉视频，做得无声无息，不能不说是一个人才。"

风萍笑道："这么说，你是起了惜才之心？"

方君浩却不答她，继续说道："她虽然偷刷了我的信用卡，但事后却能够主动还回来，并且保证会尽快还钱，说明还没有坏到不可救药的地步……”

唐迦南忍不住揶揄他：“那你现在准备怎么办？等着她开着你的车来还你的钱？”

方君浩不理会他的嘲讽，仰头灌下一杯红酒，长叹一口气：“今晚太累了，我决定明早再想这件事。”说着站起身来，“我今晚睡哪里？”

风萍和唐迦南互看一眼。

唐迦南抢先说道：“你就跟我一起睡吧！”

方君浩立刻拒绝：“我不要！我宁愿和风萍睡。”

风萍也不满了：“什么叫宁愿？我是你迫不得已的选择吗？”

“我——”方君浩立刻赔笑，待要辩解。

唐迦南又说：“我看你和阿九睡最合适！”

方君浩看向阿九。

阿九来者不拒的表情：“我没有意见。”

方君浩无语，看着风萍连连摇头：“唐家居然连间客房都没有，穷困至此，这门亲事，你要三思啊。”

他折腾了一晚上，极为困乏，只要有地方睡觉，睡伴是谁并不紧要，何况阿九眉目俊秀、身材挺拔，委实是无可挑剔的人选。

当晚，方君浩不但发现了阿九的种种好处，还结下了后来的缘分。

05

邱天一怒之下开走了方君浩的车子，将他扔在路边，事后想了想，终究于心不忍，又兜了回来，却发现他已经不在原地了，只好先把车子开了回去。

第二天，她睡得迷迷糊糊的，就听到外面的嘈杂之声，无法入睡。她爬起来，拉开窗帘一看，原来是自己昨晚开回来的豪车引发了邻居们的热切关注，个个忙着和豪车合影，她怕他们弄坏了方君浩的车子，赶紧推窗大吼一声，凶神恶煞地把他们赶走。

想到这车子过于名贵，若有什么损坏，担待不起，还是要尽早还了。于是她匆匆洗漱一下，拿了车钥匙出门去还车，车子刚出巷口，就看到小飞在街边的摊点上买早餐。

小飞一看到她就飞奔过来，一边抚摸车身，一边夸张地惊叹："几天不见，想不到小天哥你已经开始结交这种等级的朋友了……"

邱天也懒得解释，眼见他手里拿着手抓饼，东摸摸，西碰碰，油污沾得到处都是，连忙阻止："你别瞎摸，这车子我马上要给人送回去的，弄脏了我还得花钱去洗！"

小飞缩回手："小天哥，我正要去医院看我爸，你送我一程呗……"

邱天叹了口气："上来吧。"

小飞高兴地打开车门坐了进去。邱天一脚油门，车子飞驰出去。

她把小飞送到医院，准备去时光酒店还车，没想到开出去没几米，就被交警给拦住了，她只好打起转向灯，再次停靠路边，拉起手刹，熄火，摇下车窗。

交警绕着车走了一圈，然后停到驾驶座外，敬礼。

邱天微笑着装可爱："警察哥哥，有什么事吗？"

"刚才那里是禁停区域，请出示你的驾照和行驶证。"

邱天愣了一下，再次挤出笑脸，继续嗲嗲地装可爱："我刚才只是让一个朋友下车而已，很快就开走了，停留的时间都不超过十秒呢！"

交警一脸严肃："请出示驾照，和行驶证。"

邱天赔笑："我今天出门太急，忘带钱包，所以……"

交警退后一步，再次打量了一下汽车，然后打开随身携带的设备，将车牌输入后神情忽然变得严肃起来，走到驾驶室旁警惕地盯着邱天：

“很抱歉！你要跟我走一趟了。”

邱天吃了一惊：“啊？”

06

她到了交警大队才知道方君浩将车子做了失窃处理，并且方君浩得到了消息，已经赶到了交警大队。他见到邱天微微一笑，说：“嗨！没想到我们这么快就又见面了。”

邱天自知理亏，硬着头皮说：“我正要把车子开去还给你，没想到你这么小气，居然还报了警……”

“小气？”方君浩笑了，“我的车子被偷了，报警是一个很正常、很合理的选择，怎么就成了小气？”

“你明知道我不会偷走你的车子！！”

“这我怎么会知道呢？毕竟你有那么多潜藏的技能……”

“……”

“你居然还敢把我扔下车？！”方君浩一想起这件事就恨得牙痒痒，“你知道我的车子价值多少吗？偷了这辆车子，会有什么后果，会判多少年，你好好算一算吧！”

“‘偷’这个字，是不是太严重了？我充其量也就是开走了你的车，怎么能叫偷呢？”

“是不能叫偷，你昨晚的行为应该叫抢更合适。”

“车钥匙是你亲手交给我的，怎么能叫抢呢？而且我正准备把车子还给你……”

“你被抓住了，当然会这么说……”

“你要是不报失，两个小时之前，我就已经把车子还给你了。”

“除了车子，你还盗刷了我的信用卡，黑进我的酒店系统，这些事情又要怎么算呢？”

邱天无言以对。

“警察叔叔就快到了，你看他们会不会相信你的说辞！”

邱天静静地看了他半晌，突然笑了。

方君浩不动声色：“你居然还笑得出来？”

“说说你的和解条件吧。”

“条件？”方君浩嗤笑一声，“说得好像你财大气粗，我要什么，你都能给得起似的。”

“正因为我什么都给不起，所以你的行为才更可疑。”

“哦？”方君浩微微一怔。

“以你的身份和财力，要是真的想把我送进去，根本没必要和我说这些废话，所以，你不如直接说出你的目的……”

方君浩倒也不否认，点了点头：“你果然是个聪明人。我的车子既然已经找到了，目前看起来也没什么问题，可以不予追究。但是，信用卡被你盗刷了，这是实实在在的金钱损失，要是真的把你送了进去，谁来还这笔钱呢？”

“所以呢？”

“所以，我决定让你以工抵债。”

“以工抵债？”

“没错！你可以到时光酒店来上班，直到你的债务偿清为止。”

邱天立刻不屑地嗤笑一声：“开什么玩笑？！要我穿着那身可怕的制服，每天朝九晚五，还不如杀了我……”

“朝九晚五？！”方君浩也嗤笑了一声，“你还真是单纯得可爱！酒店是服务业，哪来的朝九晚五？”

邱天噎住了：“没有别的选择吗？”

这时，两名身穿制服的办案人员走了过来。

邱天脸色一变。

方君浩笑了：“留给你考虑的时间不多了。”

办案人员走到近前，提高声音问方君浩：“是你的车子丢了吗？”

“是的。”方君浩看了一眼邱天，指着她，“就是她开走了我的车子……”

警察叔叔一脸严肃地看向邱天。

邱天不得不低头，咬牙对方君浩说了一句：“行！我答应你了。”

方君浩露出了一个满意的微笑，从容地把话锋一转，说：“对不起，警察叔叔，她是我的女朋友……”

邱天听得直翻白眼，待要反驳，被方君浩一把将她的手握住，拦在身后，一边从容地说：“昨天晚上，我们吵了一架，她一气之下就开车走了，也不接我的电话，我今天早上起来一看，车子没了，还以为被偷了，所以才报的案，现在这个误会已经解开了，真的是非常抱歉，给你们添麻烦了……”

他解释完毕，态度诚恳地赔礼道歉，办案人员很严肃地把他们教育了一顿，将他们带回派出所，签署了销案文件，途中还对他们这对情侣进行了一番感情教育，听得邱天对方君浩各种腹诽。

07

他们从派出所驱车回了时光酒店，方君浩又准备了一份“以工抵债”的协议，在保证她每个月日常生活开销的情况下，她每个月剩余的薪水都将用来还债。

欠债还钱，邱天没有异议，却对上班时间和工作内容提出了异议。

“第一，我不喜欢穿工作制服。第二，我不懂服务业，也不能保证我的服务态度一定会让酒店的客人满意。”

方君浩笑了：“就你这种态度，客人不被你得罪光才怪，我怎么敢让你到服务业的第一线……”

邱天纳闷了："那我还能为你做什么？"

"你不是懂得网络技术吗？还黑进酒店的系统，删掉了两段监控视频……"

邱天立刻否认："没有证据的事情，你还是不要瞎说……"

"你不承认也没关系，反正我已经掌握了证据。"

邱天不禁嗤笑："你怎么可能会掌握证据，我——"忽然意识到自己说多了，连忙打住。

方君浩也不深究："我已经跟网络安全部的人打了招呼，从明天开始，你就到网络安全部上班。具体的工作内容，会由你的上司告诉你。"

事已至此，邱天只得无奈接受。

方君浩得意笑着伸出手："欢迎你加入时光酒店，从今天开始，我就是你的老板了。"

邱天愤愤地瞪了方君浩一眼，伸手将他的手打掉，转身就走。

方君浩的声音传来："明早八点钟上班，记得打卡，千万别迟到！会扣工资的！"

邱天转头瞪了方君浩一眼，重重地摔门而去。

方君浩忍不住笑了，露出一种奸计得逞的笑容。

他坐到办公椅里，拉开抽屉，从里面拿出一份报告，这是一份由网络安全部经理提交的关于酒店监控视频被删除的工作报告，里面对这个黑客的技术大加赞赏，看得他哭笑不得，不知道这报告的目的究竟是他的自我检讨，还是对黑客的赞美。但是，考虑到酒店的网络安全，他考虑一番之后，决定把这个黑客聘请回来，为己所用。

不过，他对这个黑客的背景还需要更进一步的了解。

第二天，人事部送来了邱天的档案资料，他把她的身份资料拍了一份，传给阿九，让他帮忙去调查一下邱天的底细。

阿九的办事效率一向很高，第三天就有调查结果：邱天家境贫困，父亲滥赌，母亲不堪忍受，离开了他们。是邻居小飞一家对她诸多照顾，将她拉扯大。至于她盗刷信用卡的钱，一部分用于还债，大部分都为小飞的父亲支付了医药费。而她之所以欠下债务，也是因为小飞的父亲病重，她替小飞担保，借了私人贷款。

方君浩得到这个消息，终于放了心。为了表示对阿九的感谢，方君浩特意让风萍请了阿九过来，在酒店的顶楼餐厅请客致谢。

席间说起这件事，方君浩不免感慨了一句：“没想到她还挺讲义气的。”

阿九不以为然：“这不过人之常情，谈不上什么义气？”

方君浩一怔：“哦？”

阿九不带感情地客观评价：“小飞一家对她有养育之恩，她要是完全不想着回报，不就成了白眼狼了吗？！”

风萍点头表示赞同，笑着瞥了方君浩一眼：“君浩，你似乎对她有特别的好感啊？”

方君浩一阵尴尬：“笑话，我什么样的女人没见过，会对她有什么好感？”

风萍坏笑：“那你为什么还要把她招进酒店？”

“她……她欠我钱啊。”

“你缺这十万块吗？”

方君浩嘴硬：“我不缺，但也不能就随随便便不追究了。”

“但你追究的方式实在有些奇怪。”

“她在事后主动归还了信用卡，说明她还算有底线，又有一技之长，我才愿意给她一个工作机会嘛。”

风萍意味深长地“哦”了一声。

方君浩想了一下，又解释了两句：“而且这几天她准时上下班，工作上也很称职，基本能算一个讲信用的人。”

风萍笑而不语，不点破他的此地无银。

三人吃了饭，阿九道谢，驱车把风萍送了回去。

方君浩当晚入睡时，想起风萍的话，不免有几分心虚。虽说他女人见过不少，但是像邱天这样的女人，确实稀罕。首先，像她这么穷的，就绝无仅有。穷也就罢了，胆子还挺大，脾气还挺冲。而且，邱天的工作并不像他说的那么顺利。之前她删除了监控视频，害得网络安全部颜面尽失全员检讨，如今她突然空降，也引起不少议论，偏偏她又不懂得处理人际关系，完全没有作为新人的觉悟，和众人相处得并不愉快。

这些事情他都知道，却按兵不动，也是想看看邱天到底能撑到什么时候。谁知她这个人我行我素独来独往惯了，周围人的态度丝毫影响不了她，他不免对她更加好奇。

阿九的调查结果解答了他的绝大部分疑惑，还有一桩事，他始终想不通，就是他们相遇的那天，她为什么要假扮员工，潜入酒店。但是以邱天的性格，如果直接问她，肯定是不会说实话的，只能等以后找机会再问她了。

08

邱天入职不到一个月，便闯下一件祸事。

某天晚上，她值班时竟然对一位客户动粗，遭到了对方的投诉。经理要求她向客人赔礼道歉，邱天坚决不从，惹得客户暴怒，扬言要找媒体曝光，事情闹到了方君浩那里。

他调查监控发现，原来这位客人半夜带了一名喝醉酒的女性来酒店，在电梯和走廊里就一直上下其手，进房时，那名女性突然清醒了过来，不愿意随他进房，两人在客房门口争执起来，男的欲强行非礼，邱天赶来阻止，揍了那名客户。

随后他又对这两个客人询问了一番，那名女性声称自己根本不认识对方，只因为在酒吧喝多了，莫名其妙就被他带到了酒店。方君浩一听就明白了其中的关节，这种情况俗称捡尸，但男女之事本就暧昧不清，难以鉴定，酒店的工作人员不愿惹事，大多数时候都选择睁一只眼闭一只眼，谁知碰上了这个一身正气、不懂变通的邱天，这才闹了起来。

客人住店消费，按理酒店是不可以这么对待客户的，但客户本身的行为也极为欠妥，在方君浩的威逼利诱之下，那个客户最终也同意息事宁人。

事后，方君浩把邱天严肃地批评了一顿，邱天却坚称自己没错，让他更加生气。

“你是酒店的员工，对方是酒店的客户，你怎么能殴打客户呢？这种事情一旦传扬出去，还有谁敢入住我们时光酒店？”

“难道要我眼睁睁看着他祸害人家女孩子?”

“你以为只有你有正义感，别人都没有吗？你以为时光酒店在这几十年，今晚是第一次发生这种事情吗？”

邱天被他说得愣了一下。

方君浩冷笑一声，继续训斥她：“你以为发生这种事情，那个女孩自己就没有一点责任吗？她在酒吧喝得烂醉如泥，本身就不够自爱。今晚这件事要是真的闹大了，那个女孩很有可能为了自己的名誉考虑，根本不会承认发生过这种事情，甚至不会指控那名顾客，到时候，客人控告你暴力伤人，你要怎么办？”

邱天只是一时冲动，根本没想到这些，一时无话可说。

“我们是服务行业，而且是服务行业里的典范，任何时候，都不能殴打顾客。”

“道理我都懂，可下次要是再让我遇上这种事情，我还是会教训他的。”

“你——”方君浩气急，“你的入职培训是怎么做的？”

邱天想起自己在那两天的入职培训课，光顾着打游戏了，压根没有听进去，不禁有些汗颜。方君浩一看她的表情就明了了，冷笑道：“明天继续去做入职培训。”

“不是吧？”

“今晚这件事扣你半个月薪水。”

“不是吧？”

方君浩冷哼一声，拂袖而去。

09

邱天自认为做了正确的事情，反而要被罚，也是心气难平。

两人闹了几天矛盾，谁也不理谁。

偏巧这几天风萍的绯闻越演越烈，甚嚣尘上，方君浩看了心烦，就想找邱天，看能不能通过她的技术处理一下，眼看快下班了，就来了网络安全办找她。

邱天的工位空着，办公桌上除了电脑和散放的文件，还摆着一盆小小绿植，绿植边是一本翻开的台历，他随手拿起来，只见台历上当月的一个日期被用红笔圈了起来。

突然，一只手从方君浩身后伸过来，夺过台历放回原处。

方君浩回头一看，邱天站在身后，脸色欠佳：“方总，请您尊重下属的隐私。”

“下属？”方君浩嗤笑，“你什么时候有过下属的自觉了？”

邱天不理他，自顾自收拾东西。

方君浩有求于她，只好没话找话，指着台历上的红圈：“这天是什么特别的日子吗？”

邱天硬邦邦地说：“这是我的私事。”

“你生日啊？”

“……”

“不对啊，我记得你是射手座，生日在年底。”

“……”

“哦，我知道了！”方君浩恍然大悟，“一定是你的生理期！”

邱天忍不住翻白眼：“不管是什么日子，都不关你的事。”

“你下了班准备干什么？”

邱天没好气：“下了班就是我的私人时间，没必要向你汇报吧。”

方君浩只好实话实说：“我想请你吃饭。”

“等我有时间再说吧。”

邱天说完背上双肩包就走了，留下一脸尴尬的方君浩，他转头看了看周围的其他员工，每个人都屏息静气，高度集中地看着自己的电脑屏幕，仿佛什么都没听见。可是，当方君浩刚一走出办公室，里面立刻像炸开了锅，纷纷议论了起来。

“谁给她的胆子，居然敢那么跟方总说话……”

“她是不是疯了？”

“我看是方总宠着她吧，他们那样子不像老板和下属，倒像小情侣吵架……”

方君浩无语，摇了摇头，走掉了。

10

邱天下了班，买了一袋水果，到医院去看望小飞的父亲。

小飞一见到她，就把她拉出病房道谢：“小天，真的是太感谢你了。”

“说什么呢？”邱天一脸茫然，将水果递给他，“这点水果又不值什么钱。”

“你还不知道吗？我爸的医药费已经全部结清，还存了一笔钱进去，医生说可以治到我爸出院还有富余。而且医院还出面请了一个有名的专家来给我爸做会诊，出了新的治疗方案，我能不谢谢你吗？”

邱天十分惊讶：“这可不是我能做到的。”

“我问了医院，他们说，对方不想透露姓名。我又没有这样的朋友，只能是你的朋友啊，上次那辆跑车……”

邱天愣住了：“难道是他？”

邱天顾不上跟小飞说什么，找了张椅子坐下来，拿出背包里的笔记本电脑打开，一番操作，调出了医院的监控系统，发现和院长交涉的人竟是方君浩的秘书。

邱天盯着画面，沉思：“什么情况？”

11

时光酒店的顶楼餐厅。

轻柔的音乐声里，方君浩身着西装，一个人孤单地吃着晚餐，吃得百无聊赖。

方伯韬走了过来。

方君浩一愣：“爸，你怎么来了？”

方伯韬在对面坐下，打量方君浩面前摆的食物，一脸的不赞成：“你一个人点这么多菜，太奢侈了。从小我就教育你，要爱惜食物，就算家里很富有，也不应该这样浪费。唉，我跟你说的话，你到底有没有听进去。”

方君浩委屈：“爸，我点的肯定会吃完，你等我不吃完就走再骂我浪费不迟吧。”

方伯韬瞪眼：“说你两句就不服气。”

“可你偏偏在我吃饭的时候跑来说我，影响我的胃口，让我吃不完，不是制造继续说我的借口吗？”

“点这么贵的菜，你必须吃完。吃不完扣你工资。”

“您饶了我吧，我已经连吃了七天的清水煮鸡胸肉，一周的伙食费加起来连一百块都不到，偶尔吃一顿好的，算是奖赏一下自己，还被你这么批评。”

方伯韬听了有些心疼：“谁要你去吃什么鸡胸肉了，你爹有这么虐待你吗？”

“我是为了保持身材，减脂增肌，按健身教练的要求吃的。”

“邪门歪道！”

“爸，我在酒店工作累了一天，只是想安静地吃个饭，不想听您唠叨，”

“哦，现在就开始嫌我唠叨了。”

方君浩正要辩解，桌上的手机突然响了起来，他一看，是个陌生号码。知道他私人号码的人没有几个，会是谁呢？他想了一下，接听：“哪位？”

邱天的声音传了过来：“你说晚上要请我吃饭，还算数吗？”

“是你？”方君浩很诧异，“你怎么知道我的电话号码？”

“只要我愿意，世上没有我不知道的号码。”邱天十分自负。

方君浩笑了：“差点忘了你是个黑客。”

“我想吃麻辣烫。”

“没问题。”

“那我把地址发给你。”

邱天说完就挂了电话。

方君浩放下手机，抬头看着父亲，微笑：“爸，我不吃了，你扣我工资吧。”

方君浩说完就丢下父亲，跑了出去。

方伯韬一头雾水。

12

街头大排档，简易的桌椅，坐满食客，衣着十分随便，四周谈笑十分喧哗。

邱天和方君浩坐在一桌，吃着麻辣烫。

他是在场的人中唯一穿着整齐西装的，显得十分醒目，他却并不在意别人看他，撸起袖子吃得很奔放。

“你看起来饿了很久的样子啊。”

“别提了，你打电话简直救了我的命，那会我正在被我爸教训，弄得完全吃不下饭。”

“你爸看着很和气的啊。”

“那你是没看过他教训人的样子。”

邱天看着他，忍不住笑了一下。

她一直一张扑克脸，平时难得笑，方君浩看得一愣，连忙问：“怎么了？”

邱天扯一张纸巾递给他：“你脸上有油渍。”

方君浩有点不好意思，连忙接过去擦脸，一边问：“你怎么突然改变主意了？”

邱天快人快语：“因为我想跟你说声谢谢，关于小飞父亲的事……”

方君浩愣了一下，笑了：“我分明叫他保密的。”

“这能瞒得过我吗？”

“那倒也是。喂，你不会黑进我家电脑，偷看我洗澡吧。”

邱天瞪他，不屑的语气：“你以为自己是金城武吗？”

方君浩面不改色：“不是，但我比金城武帅多了，当然会有不安全感啦。”

“得了吧，你放一万个心。今天除了跟你道谢，还有一件事我要跟你讲清楚。”

邱天脸色严肃。

方君浩也放下筷子，正襟危坐。

“我不喜欢被人私下调查，请你以后不要再对我做这种事了。”

方君浩从善如流，点头道：“我懂了，以后绝对不会再发生这种事了。”

邱天满意地点了点头，又问：“明明接受了你的帮助，还叽叽歪歪跟你提要求，你不会觉得我不知好歹吧？”

“不会，我喜欢有原则的人！而且，我帮你也算是一种投资。”

“投资？”

“没错！你业务能力强，人不坏，还充满正义感，为金钱所困也是暂时的，我既然不差钱，为什么不帮你一把呢？”

“我人不坏，还充满正义感？”邱天笑了，“上次你可不是这么说的，你不但批评了我，还扣了我半个月薪水？”

“这并不矛盾。”

“哦？”

“在职场，作为你的上司，我当然要处罚你，但并不妨碍我欣赏你的人品。”

“如果这是道歉的话——”

“这不是道歉，”方君浩立刻打断她，“这是客观评价。”

“你突然要请我吃饭，该不会就为了说这个吧？”

方君浩终于想起了正事，于是放下筷子，擦擦嘴角说道：“确实有件事想你帮忙。”

“只要不犯法，我尽力而为。”

方君浩把自己的请求说了，让周新竹请来黑风萍的那名记者电脑里的所有文件全部消失。

13

这天，方君浩晨间例行巡视，在大堂看到一位女性，把自己裹得严严实实，戴着口罩和头纱，只露出一双眼睛，活像某些中东国家的女性。

他刚开始还以为是顾客，再一看却是邱天，不禁诧异："你怎么打扮成这样？"

"过敏。"

"那还不请假去医院看看？"

"我要上班。"

邱天说完要走，却被他一把拉住："我送你去医院。"

"不用，我知道是怎么回事，很快就好的。"

"把口罩拿下来。"

"你没权利管我。"

方君浩的语气强硬："我是这家酒店的总经理，要保证客人和员工的安全，万一会传染呢？"

邱天生气地把口罩摘了下来："看到没有，龙虾过敏，不会传染！"

方君浩看着她满脸的小红疙瘩，忍不住笑了。

"有什么好笑的？"

"走，去医院。"

方君浩拉着邱天，强行把她带出了酒店。

邱天挣扎："方君浩，我要迟到了！"

"放心，不会扣你工资的。"

方君浩拉着她往外走。

身后的工作人员再一次窃窃私语。

“方总该不会是喜欢上邱天了吧？”

“咱们方总是什么人，会看上她？”

“你要是得个过敏，看方总会不会亲自送你去医院？”

14

酒店里开始流传了关于他们俩的恋爱消息，甚至有人说邱天是靠着方君浩上位的，这股流言蜚语终于刮到了邱天的耳朵里，她一点就爆了，立刻去找方君浩。

方君浩看到她怒气冲冲的样子，笑着问道：“谁又惹你了？”

邱天看着他不说话。

“跟我说说，我帮你出气！”

邱天强压怒火，说出一句不相干的话：“你知道我身上有多少疤痕吗？”

方君浩一愣：“什么意思？”

“因为挨揍和揍人，我身上一共有四十七条疤痕。”

方君浩一头雾水：“你想说什么？”

邱天握紧拳头敲了一下办公桌：“我是说，我现在所有的一切，都是我靠自己努力得来的，没有受过别人的照顾，我做这份工作，也是因为我能够胜任这份工作。”

“没错！”方君浩点头，“你要是不能胜任，我也不会用你啊。”

“但是大家都说我是靠着你才能在这里立足的，还被说成是你的女朋友！”

方君浩十分诧异：“谁说你是我的女朋友？”

“女朋友”本是她气愤之下脱口而出的，忽然被他这么一问，倒不知如何回答了，愣了片刻才气呼呼地说：“大家都在说！影响很不好，请你尽快处理一下。”

方君浩看了看她的脸色，笑道：“看来你对成为我女朋友这件事很不满意？”

“我没心情跟你开玩笑。”

“我没开玩笑啊，既然大家都在说，难道是觉得我们很般配？”

邱天无语了：“我这个一贫如洗的穷屌丝，和你这样含着金钥匙出生的公子哥哪里般配了？”

方君浩故作正经，教育她说：“你怎么有这种错误的观念呢？人贵在品格，不在财富多少……”

“得了吧！”邱天打断他，“总之，我不想再听到这种奇怪的传闻。”

“我知道你的意思了，看来我需要整顿一下酒店的风纪了。”

邱天“哼”了一声，离开了他的办公室。

方君浩坐在办公室里，暗自苦恼：这个邱天看起来压根没有开窍，自己怎么会喜欢上这种女人呢？

方君浩漫漫情路请关注电视剧《当她恋爱时》。

DEEP DIVING INTO THE PINK OCEAN